得到的不仅仅是真相

红楼梦事件

褚盟 著

图书在版编目（CIP）数据

红楼梦事件 / 褚盟著 . —杭州：浙江文艺出版社，2023.2（2025.5重印）
ISBN 978-7-5339-6902-8

Ⅰ.①红… Ⅱ.①褚… Ⅲ.①推理小说—中国—当代 Ⅳ.①I247.5

中国版本图书馆CIP数据核字（2022）第113119号

责任编辑　於国娟
营销编辑　汪心怡
装帧设计　李　璐
数字编辑　姜梦冉　诸婧琦
责任印制　吴春娟

红楼梦事件

褚盟　著

出版发行		浙江文艺出版社
地	址	杭州市环城北路177号
邮	编	310003
电	话	0571-85176953（总编办）
		0571-85152727（市场部）
制	版	杭州天一图文制作有限公司
印	刷	杭州富春印务有限公司
开	本	850毫米×1168毫米　1/32
字	数	175千字
印	张	8.75
插	页	6
版	次	2023年2月第1版
印	次	2025年5月第17次印刷
书	号	ISBN 978-7-5339-6902-8
定	价	58.00元

版权所有　侵权必究

献给心弈

"蜘蛛文库"总序

褚盟

"他像一只蜘蛛蛰伏于蛛网的中心,安然不动,可是蛛网却有千丝万缕。他对其中每一丝的震颤都了如指掌!"

这是史上最伟大的侦探福尔摩斯对好友华生说出的经典台词,而被比喻为"蜘蛛"的,就是福尔摩斯生平最大的对手——有着"犯罪界的拿破仑"之称的莫里亚蒂教授。就这样,"蜘蛛"这种独特的生物,在推理文学中成了一个独特的象征——

它象征着最难缠的反派,象征着最复杂的谜题,象征着大侦探无法回避的终极困难。它精心布设的蛛丝,可以把试图找到真相的人死死缠住;但与此同时,希望也隐藏在其中。无论是抽丝剥茧,还是快刀斩乱麻,只要找到那个正确的方式,这些恼人的蛛丝就会变成通往真相的条条线索。

正因为这样,这个文库以"蜘蛛"来命名;这个名字想告诉所有人,这是一个关于推理小说的文库。

1841年,一个叫埃德加·爱伦·坡的美国人发表了一篇名为《莫格街凶杀案》的小说。这篇小说第一次同时满足了三个条件:侦探成了故事的主角;谜题成了故事的主体;解谜成了故事的主导。

因此,我们把这篇小说认定为历史上第一篇推理小说,尽管作者从来不承认自己写过推理小说。

从1841年到2022年，推理文学已经走过了181个春秋。

爱伦·坡创作的这种故事，成了后世推理文学中的绝对主流。在西方，这种以侦探解谜为最大卖点的小说被称为"古典推理"；而今天，我们通常用一个日语词"本格推理"称呼它——本格者，正统也。

爱伦·坡是推理文学的创造者，而将其发扬光大的则是一个英国人。这个人叫阿瑟·柯南·道尔，他创造出了世上最伟大的侦探——夏洛克·福尔摩斯。福尔摩斯在1887年登场，一共有60篇故事传世。他的伟大无须多言，毫不夸张地说，即便再过181年，也依旧没有人能取而代之。

福尔摩斯的成功开创了推理文学史上一个最辉煌的时代。从19世纪末一直到第二次世界大战结束，这个时期被称为推理小说的"黄金时代"。在短短几十年里，有上百个可以被称为"天才"的作家创作了上千部经典作品——而他们写的，都是本格推理。这些作家的作品无人不知，比如阿加莎·克里斯蒂的《无人生还》《东方快车谋杀案》，埃勒里·奎因的《希腊棺材之谜》，约翰·迪克森·卡尔的《三口棺材》……

黄金时代的光芒不仅跨越了大西洋，甚至跨越了太平洋，照射到了东方的中国和日本。在这个时期，被誉为"中国推理之父"的程小青创作了"霍桑探案系列"；被誉为"日本推理之父"的江户川乱步更可以用横空出世来形容，他在1923年创作出了第一篇真正具有日本特色的推理小说。受他的影响，另一位大师横沟正史在20世纪四五十年代通过一系列经典作品，开启了日本自己的本格时代。

不过，不管是欧美还是日本的推理文学，都难免走向衰落。本格推理的核心是诡计，而诡计则是会枯竭且套路化的。诡计一旦不能吸引读者，本格推理也就发展不下去了。穷则思变，推理作家开始思考这种类型文学的出路。既然小说的游戏性已被挖掘殆尽，那么路也就只剩下一条——提高现实性和文学性，把智力博弈变成心灵风暴。

就这样，以美国作家达希尔·哈米特和雷蒙德·钱德勒为代表，一群作家在推理领域掀起了大风暴，开始创作完全不同的推理小说。这些作品不再以解谜为卖点，而是把焦点集中在了人与大环境的碰撞上。侦探不再像福尔摩斯那样从容不迫，而是一次次被社会毒打，一次次头破血流。我们把这次变革称作"黑色革命"，而这场革命的成果则是"冷硬推理"走上舞台。

无独有偶，同样的革命也发生在日本。只不过，日本的新式推理不像欧美那样"暴虐"，而是更注重揭露社会的阴暗面和人性的丑恶。这种推理小说和冷硬推理异曲同工，被称作"社会推理"。社会推理的开创者是日本一代文豪松本清张，他因为创作了《点与线》《砂器》等新派推理，而与柯南·道尔、阿加莎·克里斯蒂一起被称为"世界推理三大家"。

任何事物都处于变化之中，没有什么能一成不变却永远屹立不倒。西方的"冷硬推理"也好，日本的"社会推理"也罢，这种现实主义推理看多了，读者又难免开始厌倦。到了20世纪末，越来越多的人希望推理小说回归本质，回到"智力博弈"上。有需求就会有生产，于是，在社会推理盛行30年后，一大批日本作家开始推动一场名为"本格维新"的运动。

这些作家的代表是岛田庄司和他的学生绫辻行人。他们认为本格推理是没有错的，只是故事中的诡计是属于19世纪、20世纪的，而读者想看的是21世纪的新的华丽诡计。只要解决这个问题，本格推理就可以重获生机。于是，这些作家用一部部匪夷所思的作品，开启了一个新时代，我们称其为"新本格时代"。

从游戏性到现实性,再从现实性回到游戏性——经过这样一个历程,无论是在西方还是在东方,推理小说的外延已经被彻底打破了,无数"子项目"应运而生——间谍小说、悬疑小说、惊悚小说,甚至是轻小说,都可以看作是推理小说的衍生品。如今,已经没有读者在意小说应该注重游戏性还是现实性,只要人物够鲜活,只要节奏够紧凑,只要反转够震撼,只要元素够新颖,就是一部出色的推理小说。

在这种理念的推动下,东西方都出现了一大批无法分类却备受推崇的超级畅销书作家。西方的代表是写出了《达·芬奇密码》《天使与魔鬼》的丹·布朗;而东方的代表无疑是有"出版界印钞机"之称的东野圭吾——他的代表作《嫌疑人X的献身》《白夜行》可以说是无人不知。

就是这样,在180多年的岁月里,推理文学兜兜转转,起起伏伏,不断变化,不断壮大。看上去,今天的推理小说已经和福尔摩斯故事大相径庭;但细细品味,就会发现如今的推理小说初心未改,却早已身兼百家之长。也正因为如此,推理文学不仅没有被时代抛弃,反而吸引了越来越多的读者。

想要走进推理的世界,就要去触动那一根根精巧敏感的蛛丝;既然如此,就应该有个专门帮助我们收集蛛丝的文库。而这也就是蜘蛛文库存在的意义。目前蜘蛛文库有原创系列和引进系列两个分支,其中原创系列收录了《红楼梦事件》《第七位囚禁者》《乱神馆记·蝶梦》等诸多华语优秀推理作品,未来也将持续关注华语推理的新锐之作。而引进系列则有《脑髓地狱》《杀戮的双曲线》这样的经典作品,也收录《老虎残梦》《法庭游戏》这样的新作。未来,蜘蛛文库将同时关注经典与新锐,为华语读者持续展现来自推理世界的魅力。

目录

引子 红楼梦	一
第一回 枉凝眉	一一
第二回 聪明累	二一
第三回 留余庆	三一
第四回 喜冤家	四三
第五回 分骨肉	六五
第六回 晚韶华	八七
第七回 好事终	一〇三
第八回 虚花悟	一二七
第九回 世难容	一四九
第十回 乐中悲	一七一
第十一回 葬花吟	一九五
第十二回 终身误	二二三
第十三回 恨无常	二五九
收尾 飞鸟各投林	二六三
后记	二六八

满纸荒唐言,一把辛酸泪。
都云作者痴,谁解其中味?

——曹雪芹

引子 红楼梦

开辟鸿蒙,谁为情种?都只为风月情浓。趁着这奈何天、伤怀日、寂寥时,试遣愚衷。因此上,演出这怀金悼玉的《红楼梦》。

话说宝玉至城外无人之处，祭拜了晴雯、香菱，连先前已去的金钏、司棋、五儿也一并哀吊，此刻只觉浑浑噩噩，孤身一人坐在马上，缓缓行在街市之中，满街往来之人，皆不能入宝玉双眼。

忽听迎面有人高声呼唤："宝兄弟，叫我好找！怎地一人在这里闲逛！"宝玉猛抬起头，见薛蟠打马而来。他今日衣着与往日大不相同，只穿了一身素面紧身衣裤，腰间横着玄色海水金丝束带，脚上的是一双长靴。

香菱新丧，薛蟠脸上却不见半分悲伤之色，只一把拉住宝玉马辔头，扬声道："今儿有个大热闹，兄弟还不随我一起过去。"宝玉不解道："有何热闹？"薛蟠道："皇上要对西边用兵，已命南安郡王三日后领兵出征。今儿卫若兰、冯紫英一干人相约京西围场射鹿，少不得一番议论，你我何不过去凑个热闹。"宝玉笑道："若是几位兄长饮酒作诗，自是少不得我；今儿是朝廷兵事，与我何干？不去也罢。"

不料薛蟠不容宝玉分说，扯住缰绳便往西打马而去，口中说道："怎说不相干！便是真不相干，一同喝上几杯酒，吃上几口新打来的鹿肉，便相干了！"宝玉拗不过，只好随他。

卫若兰一箭发出，十丈之外雄鹿应声而倒。

一旁薛蟠不禁高声叫道："好箭法！"卫若兰、冯紫英一齐转头望去，见薛蟠和宝玉不知何时站在一旁。宝玉一眼看去，只见二人身旁还有一人佩剑而立，竟然是去年不辞而别的柳湘莲！不等宝玉开口，薛蟠已然大步过去拉起柳湘莲右手，一面拍打一面道："好个柳二郎！当日一下子跟个杂毛道士去了，今儿又一下子在这里冒出来！莫不是真的跟老道学了什么飞天钻地的本事。"宝玉也走到跟前。

柳湘莲面露无奈之色，从薛蟠手中抽回右手，却对宝玉说道："那日三妹弃我而去，万念俱灰。幸遇恩师点化，随他一番修行领悟。本打算束发出家，再不与俗世有甚瓜葛。奈何恩师说我俗缘未了，只可来不可去，定要将一干缘孽交割妥当方算是了。"宝玉忙问："何缘何孽？"柳湘莲苦笑道："恩师言道，天意不可违，天机不可泄。叫我回京住下，到时一切自见分晓。我这才重回都中暂住，蒙卫兄、冯兄相邀到此观猎，更不想遇到薛大哥与宝兄弟。"

卫若兰收起弓箭，与冯紫英一道与宝玉、薛蟠见礼。宝玉拍手赞道："卫兄果然有百步穿杨之术，我今儿算是见了真神。"卫若兰道："真神假神并不打紧。宝兄弟和薛大哥赏光过来，又难得咱们几个今儿聚得齐，自然不能扫了兴。这一箭过去别的不说，一会子饮酒时，倒是不缺下酒之物。"众人拍手叫好，薛蟠更是朝中箭雄鹿奔了过去。

卫若兰道："今儿咱们便将这畜生烤了，在这里一饱口福。"听卫若兰如此一说，宝玉不禁笑出声来。冯紫英道：

"宝兄弟因何发笑,可是卫兄哪里说得不对?"宝玉忙道:"非也非也!只是卫兄说起鹿肉,倒叫我想起先前在我家园子里,也有一个人请我吃过。"卫若兰甚是讶异,问道:"何人如此不羁,敢在贵妃娘娘的园子里摆弄这些?"宝玉道:"卫兄有所不知,摆弄之人豪爽阔达,决不在你我这些须眉浊物之下。"卫若兰道:"如此说,此人竟是女子?"宝玉笑道:"乃是老太太家亲侄孙女,闺名唤作'湘云'。"

卫若兰不觉神往,口中念念道:"史湘云……"

京西围场本是朝廷演兵场,因天下太平,圣上又不忍废弃,渐渐成了京中王孙公子围猎之地。说是围猎,其实就是权贵弟子勾连聚会,饮酒享乐。饮酒未必是假,更要紧的是拉帮结派、传递消息,好叫自家立于不败之地。宝玉先前倒是跟人来过几次,只觉得这里处处与己不合,甚是不喜。所幸今日卫若兰、冯紫英、柳湘莲、薛蟠俱是老相识,倒也能直抒胸臆,忘却近些日种种不快。

卫若兰乃神威将军卫公独子,冯紫英乃神武将军冯公次子,身边皆有小厮侍候。闻听主人要在此饮酒烤肉,小厮立即操持起来,不出半个时辰俱已准备停当。冯紫英自家中带来十年惠泉酒,分与众人。卫若兰叫小厮不要近前,只半个时辰过来添些新炭便好。小厮退下,五人皆席地而坐,边饮酒边割肉来烤。宝玉一时心中慨叹:"虽都是烤鹿肉,今儿与那时芦雪庵中却是大不相同。"想到那时晴雯、香菱皆在,不觉一阵怅然。

薛蟠一连饮了几杯，问卫若兰道："三日后便要出兵，不知哪家跟着南安郡王奔往西边？"卫若兰望了冯紫英一眼，缓缓道："别家不说，便是家父与冯老伯，都要随郡王出征。"宝玉、薛蟠、柳湘莲三人大惊。薛蟠道："这如何使得！两位老伯早把能打的仗都打过了，如何还要披挂上阵？"冯紫英道："薛大哥只知其一不知其二。此番西征纵有千难万险，也不可不去。"薛蟠道："这是为何？"

卫若兰将手中酒杯放下，四下打量一番，方说道："去，大不了马革裹尸；不去，便是满门抄没！"宝玉道："何来此说？"卫若兰笑道："宝兄弟，你是方外之人，自然不知朝廷俗务。前些年，当今圣上登基临朝，朝堂上自然有一众圣上心腹替去老臣。所幸那时太上皇与皇太后尚安，圣上又是至孝之人，老臣新贵相安无事。非但如此，圣上还特意施恩旧臣，以示仁德。宝兄弟府中娘娘便是因此加封贤德妃，特许回家省亲……"宝玉痴痴点头道："原来如此。省亲已是数年前之事，我竟从未想到过这一层。"

一阵秋风扫过，吹起炭灰点点，众人禁不住以手掩面。唯有柳湘莲拾起断枝拨弄炭火，不致熄灭。薛蟠叹道："今年天气真是见鬼，未到中秋，怎么凉得如此邪乎？"卫若兰并不搭话，只缓缓道："昔日太上皇信任义忠亲王老千岁，圣上在府邸中时甚为不满。后来老千岁坏了事，圣上即位，并未追查相关众人。是以东平、南安、西宁、北静四家郡王,镇国、理国、齐国、治国、修国、缮国六家加宝兄弟家宁荣二公,忠靖、保龄、平原、定城、襄阳、景田诸位侯爷,乃至各将军,虽都与老千岁私交甚密,但一时也不曾被牵连。"宝玉点头道:"是了。想来除去我家、老太太娘家、凤姐姐娘家、宝姐姐娘家,也都与老千岁甚是要好。我还记得,那年东府里蓉大奶奶没了,用的就是留给老千岁的一口樯木棺材。"

卫若兰吃了一口鹿肉,又道:"可近些年,光景大不相同,咱们日子越发难过了。"宝玉问道:"可是因太上皇、皇太后相继撒手?"卫若兰点头道:"不假。如今圣上大权独揽,忠顺亲王一派做大,一桩桩旧事又给提了起来。先前金陵甄家,不是已然抄没治罪了……"宝玉低头不语,不禁想起前些天凤姐手下打甄家送来的几口檀木箱子。

宝玉道:"这些可都与西征相干?"卫若兰道:"看似不相干,实则大大相干。西北狄胡反复滋扰,朝内争论多年未休。过往义忠亲王老千岁主战,忠顺亲王主和。如今战祸又起,忠顺亲王咄咄相逼,老千岁一派本就失势,此番若能削平叛乱,或还有转机。是故众人公推南安郡王挂帅出征,家父与冯老伯亦知其中利害,不得不随郡王亲征。"薛蟠道:"难怪!这是用脑袋来换一家老小平安。"冯紫英叹道:"家父昨夜还说,若真能以他一颗白头换得冯家不倒,真是求之不得。只怕最后还是如甄家一样万劫不复。除去西边,北边贼寇也是蠢蠢欲动。即便这一仗胜了,也难保北边不会乘朝廷分身乏术而兴风作浪。"

卫若兰将酒杯在地上重重一放，众人皆停杯投箸，低头无语。良久宝玉方说了一句："我等生了这副草包皮囊，事到临头，却没半分用处。"卫若兰忽地仰面大笑，复将酒杯举起，一饮而尽道："宝兄弟不必这般说，这副皮囊再不济还能灌些好酒，装些鹿肉。虽说饮酒啖炙粗鄙不堪，可终究还是有些用处。"宝玉笑道："卫兄这话可不通情理了。饮酒啖炙如何是粗鄙不堪？是真名士自风流。咱们这会子腥膻大吃大嚼，回来却是锦心绣口。"卫若兰拍手赞道："到底是宝兄弟，说得出这样道理。"宝玉道："这话岂是我这等短浅浊物说得出的。这是我家湘云妹妹说的。"卫若兰惊道："又是那位史姑娘？"宝玉道："正是。"卫若兰叹道："真女中豪杰。"

柳湘莲始终一语不发，听卫若兰说了一句"女中豪杰"，不禁呆在那里，口中喃喃道："真女中豪杰……"卫若兰与冯紫英不知缘由，宝玉却知他必是想到了尤三姐，急忙插话道："卫大哥、冯大哥可随二位老伯同去西边？"冯紫英摇头道："我二人一早便说要去，家父和卫老伯不许，定要我二人留在京中。"宝玉点头道："二位兄长不可负了老伯一片苦心。"

卫若兰腾身而起，忽道："天色已晚，我和冯大哥还要回去替老父打点。今儿尽兴，我等改日再会。"宝玉方觉已过了日入时分，与众人一道站起身来，从腰间解下金麒麟锦囊，举至卫若兰身前道："今儿承蒙卫兄射圃，方能享用如此美味。无所答谢，这锦囊便赠予卫兄。微物不堪，还望卫兄海涵。"卫若兰忙道："一餐粗食何足挂齿。这锦囊是宝兄弟随身之物，在下如何敢收。"宝玉笑道："锦囊虽是随身之物，里面的物件却也不能说是我的。"卫若兰道："此话怎讲？"宝玉道："此物乃是我逢机缘偶得的。既是机缘偶得，就该留于有缘之人。"

卫若兰听宝玉如此一说，不好再说，伸手接过金麒麟锦囊，朝宝玉深深一揖道："既然如此，便不能拂了宝兄弟美意。他日若再有缘，愚兄定为此囊找个最适合归处。"柳湘莲道："恩师说过，万物万事皆有缘法，卫兄倒也不必刻意为之。"

卫若兰将金麒麟系在腰间丝绦上，与冯紫英翻身上马，又朝宝玉三人深深一礼，打马而去。宝玉转过身向薛蟠道："薛大哥可要与我一同回府？"薛蟠早把嘴咧到耳后，摇头叹道："再莫提什么'回府'。母夜叉在那里坐镇，宝蟾那小蹄子跟她穿一条裤子，老娘那里除了掉泪便是骂我无用，谁想要回去便不是爹娘生养的！"

宝玉知他不是去云儿那里，便是与一群戏子胡羼，又见他全然不提香菱，便不再说些什么。宝玉又看柳湘莲。不等开口，柳湘莲便道："我倒可与宝兄弟同行一程。此番回来，暂住二府后街'醉金刚'倪二哥家。"宝玉道："如此一说，倒是和我比邻而居。"柳湘莲道："正是这话。倪二哥豪爽仗义，见我无处去便一把拉进他那里，每日好酒好食与我。但凡拿钱给他，便要骂我，倒叫我不好再推托。府上芸哥也与倪二哥要好，隔三岔五便来看望。我三人甚是谈得来，一来二去便常住在那里。"

宝玉心中甚是向往，却也不再多说。二人先送薛蟠离开，正要上马，忽见小厮茗烟一阵风似的跑来。见宝玉在这里，茗烟不及见礼，开口便道："我的二爷，怎地在这里，可叫我把整个京城都找翻了过来。"宝玉笑道："莫不是哪里走了水，怎地这般火烧火燎？"茗烟道："若真是走水，倒也不急着叫二爷。如今有件事却比走水急迫百倍！"宝玉道："出了何事？"茗烟回道："二爷还不知晓，今儿晌午刚过，宫中娘娘派人传出话来，召府中人进宫回话。"

宝玉看了柳湘莲一眼，转头问道："传的是谁？"茗烟抬起衣袖在脸上抹了一把，苦脸答道："怪便怪在这里，琏二奶奶都没想明白。这一回，娘娘叫去宫里的，竟是老太太和宝姑娘！"

第一回 枉凝眉

一个是阆苑仙葩,一个是美玉无瑕。若说没奇缘,今生偏又遇着他;若说有奇缘,如何心事终虚化?一个枉自嗟呀,一个空劳牵挂。一个是水中月,一个是镜中花。想眼中能有多少泪珠儿,怎经得秋流到冬尽,春流到夏!

宝玉听闻娘娘传老太太与宝钗进宫,顿时如失了魂魄,一时竟不理柳湘莲、茗烟两个,径自上马奔去。茗烟看了柳湘莲一眼,见湘莲微微点头,一溜烟跑了下去。湘莲将放在一边的玄色大氅披在身上,抚了抚腰间雌雄鸳鸯剑,不禁长叹一声……

初秋已过,细雨如断线之珠,恰如宝玉此刻心境。街上人流越发稀松,宁荣二府仿佛已然在秋风冷雨中睡去,并不在意宝玉尚未归来。宝玉自后角门下马,并不理会迎上前来的小厮,径直朝怡红院奔去。

怡红院内刚刚掌灯,麝月坐于内屋面对镜子发呆,袭人却立于廊下,焦急望向烟雨深处。麝月缓缓起身走到门口说道:"姐姐回屋里等便是了。茗烟已经出去了两个时辰,想来二爷也快回了。"袭人答道:"我并非担心二爷天晚不归,只是怕他回来知道今儿午后之事,又要发起痴来。秋纹娘老子病了,这些天都告假不在;坠儿被撵;小红算是二奶奶那边的人了;晴雯又……倘使这会子二爷有个差错,叫你我如何担待?"麝月垂下头,长叹一声。

袭人话音未落,宝玉已然走了进来。袭人忙上前为他褪去淋湿的外衣,却被宝玉一把攥住了双手。袭人大惊,想将手抽回来，却看见宝玉一双眸子直勾勾盯着自己，便知他已迷了心，不敢再擅动半分。

宝玉没头没尾开口："我且问你，今儿娘娘可是传人进宫回话？"袭人低声道："正是。"宝玉再问："进去回话的，又是谁？"袭人垂眼答道："是老太太，还有……宝姑娘……"宝玉顿时抬声道："如何该是宝姐姐？如何该是宝姐姐？"袭人不敢移动半分，麝月忙上前拉住宝玉，口中急道："二爷！二爷且先放手！"宝玉猛地一惊，双手缓缓松开，眼睛却依旧直直看着前头，忽地转身跑了出去。麝月急得大叫："二爷小心淋坏了身子！"袭人却上前一步，拉住了正要追出去的麝月。

梨香院内香薰袅袅，似乎和窗外的凄风苦雨全然无干。薛姨妈与宝钗已用过晚饭，此刻正在屋中闲坐。莺儿已将茶水奉上，自己坐在屋外看雨。薛姨妈端起斗彩小盏喝了一口，缓缓问道："今儿个贵妃娘娘跟我儿说了些什么？"宝钗手中绣着团扇，不急不慢回道："母亲放心，娘娘并没跟我多说什么，只是些家长里短。赏了女儿几样宫里头的东西，便说不能留我跟老太太在宫内用膳，打发公公送我们出来。"薛姨妈微微皱眉道："这倒奇了。来回路上，老太太可跟你说了什么？"宝钗手里针线不停，缓缓说道："老太太只说，这府里大事，终究还是要听娘娘的意旨。"薛姨妈点头道："还是老太太看得长远。"

屋中西洋座钟忽地打了八声。薛姨妈微微一惊，压低声音又道："这里只有咱们母女二人，为娘便直说了。这次娘娘召你和老太太进宫，十有八九是为了宝玉的婚事。"宝钗停下手中针线，却没将团扇放下，道："女儿自然不敢违了娘娘心意，却也不好背了老太太跟太太的意思。"薛姨妈叹道："真真是我的儿！换作旁的，此刻怕是鞭炮已经放了几百挂。"宝钗淡然一笑。薛姨妈又道："太太那边我儿放心，毕竟是嫡亲姐妹，岂有不盼着亲上加亲的道理。娘娘那边，自然也是拎得清楚。娘娘和宝玉一样，都是太太嫡出，无论怎样也难找出比我儿更妥帖之人。若是娘娘和太太都执意如此，老太太也不会多说。为娘并非攀龙附凤之人，但若真能如此……"

　　宝钗放下手中针线，直起身子，双目幽幽望向远处，良久才喃喃道："……还得要他心甘情愿。"薛姨妈并未听清，问道："我儿说什么？"宝钗忙转过身，轻轻笑道："女儿在说，万事皆有娘娘、老太太、太太跟娘做主。"看到薛姨妈点了点头，宝钗又转过身，抬手轻抚项中金锁。

　　"不离不弃，芳龄永继。"

　　宝玉虽痴，却并非傻子。他心中早已知晓自己的婚姻与荣国公一支兴衰荣辱息息相关。元春姐姐与自己都是王夫人嫡出，王夫人又与薛姨妈是嫡亲姐妹，因此姐姐和母亲自然乐见宝姐姐跟自己亲上加亲。

宝玉固不信什么"金玉良缘",心心念念的就只是"木石前盟"。这些年相安无事,除去自己年岁尚幼,更要紧的是老太太的意思。老太太虽向来对黛玉、宝钗一视同仁,并无半分偏私,可细枝末节处任谁都瞧得出,她更中意的乃是黛玉。说来并不稀奇,姑母贾敏乃是祖母最最在意之人,如今只剩黛玉一女,老太太自然另眼相看。况老太太将宝玉视作掌上明珠,这些年看在眼里,自然不愿违了他的心意。这一回娘娘倘若真有旨意,这府中上下能为此事出头者,唯有老太太一人。宝玉因此打定主意,今晚定要请老太太明示,万万拖延不得。

宝玉一路奔至老太太屋前,却远远瞧见两人站在门外,各撑一柄绿漆湘妃竹伞,似在交割什么。宝玉并未上前,却在暗中瞧得清楚,两人是老太太跟前的鸳鸯与凤姐前头的小红。

鸳鸯将一张薄纸递与小红,嘱咐道:"这是老太太平日口挪肚攒积下的体己,特意叮嘱拿给二奶奶,只给宝姑娘添些日常所用,免得到时候手忙脚乱顾不得。"小红接过银票收在袖里说道:"我来的时候二奶奶特意嘱咐,老太太还有什么吩咐,鸳鸯姐姐只管说与我。"鸳鸯低声道:"二奶奶知道你是个聪明靠得住的。老太太说,此事只叫二奶奶私底下办妥就好,万不可声张。张扬出去,薛姨妈那边且不说,若让宝二爷和林姑娘知道,那可是不得了。宝二爷是个认死理儿的,林姑娘更是风一吹就倒了的,如何承受得起这等大事。"小红四下瞧了一遭，低声道："鸳鸯姐姐，我问一句该打嘴的。平素里有丁点儿大的事，老太太都要说与宝二爷、林姑娘。今儿出了这么大事，老太太如何……"鸳鸯急忙伸手捂住小红的嘴，说道："且住！这话是你我该问的？老太太见多识广，自有打算。可还记得去年中秋，甄家被抄没的信儿传过来，一大家子无不慌张，就连二奶奶一时间都没了主意。老太太却只说别管他家是非，自顾自家赏月。单是这等心胸，就是咱们三五辈子也赶不上的。"小红微微点头道："姐姐说的是。我只是可惜，林姑娘……好了，姐姐若是没有再叮嘱的，我便回二奶奶去了。"

见小红朝贾琏、凤姐居所去了，鸳鸯长叹一声，转身正要掩上门户，宝玉快步走到跟前，一把抵住院门。鸳鸯见宝玉模样，心中已然明白了八九分，不等宝玉开口便说道："天老爷，这黑灯瞎火的，又下着雨，怎地伞也不打就跑来这里？袭人、麝月都没瞧见不成……"宝玉只痴痴看着鸳鸯道："只求姐姐通禀老太太一声，说我今儿若见不着老太太，便不回怡红院。"

鸳鸯并没转身传话，似是早就知道宝玉要说什么。她将伞撑在宝玉头上，缓缓说道："二爷，老太太方才用过晚饭，已然安歇了。"宝玉道："不妨事，之前不论多晚，只要是我找老太太，没有不成的。"鸳鸯低头略沉吟了一下，又抬头道："二爷，今儿老太太进宫去了大半天，身子乏了，还请二爷明儿再来。"宝玉急道："姐姐，我……"不等宝玉说下去，鸳鸯便道："老太太特别叮嘱过，今儿晚上谁也不见，便是二爷……也先请他回去。"

宝玉顿觉如五雷轰顶一般，愣愣地往后挪了半步。鸳鸯一把拽着宝玉说道："二爷，老太太年事已高，平素饮食本就不多，今年来吃得更少了。今儿打宫里出来，回府上没跟谁说过一句话，连我也理都不理。晚上我弄了十几样清淡小菜，可老太太只进了半碗碧粳粥。"话未说完，鸳鸯眼中泪水已然落下，急忙扭过头去拂拭。宝玉只觉自己该说些什么，却不知从何说起。鸳鸯拂去泪痕，又说道："二爷，说句不该说的，事已至此，纵然见了老太太，又能如何？"宝玉一惊，喃喃自语道："又能如何……又能如何……"

宝玉一人走在雨中，并不知该去向何处。忽见远处有两点灯光过来，走到近处却是周瑞家的跟赵嬷嬷。赵嬷嬷道："已是这时候，又下着雨，二奶奶如何这等急着叫咱们过去？"周瑞家的道："二奶奶杀伐决断，可曾有半点差错？今儿如此紧急，必有道理。倘若我想得不错，必是要咱们替宝姑娘那边置办置办。"赵嬷嬷在府中多年，自用不着周瑞家的多说。她脚下不停，嘴上问道："说来也怪，二奶奶不是一直把二爷与林姑娘往一处撮合，今儿怎地……"周瑞家的道："这本不该大惊小怪。头一桩，二奶奶无非是讨老太太欢心；再者，还有一层……"赵嬷嬷问道："哪一层？"

周瑞家的略慢下步子，左右打量，低声道："这边府里，本该大太太协理家务。可打一开始，执掌大小事宜的却是二房。二奶奶明上虽是大房的人，暗里却与太太一体同心。"赵嬷嬷点头道："可说是呢。"周瑞家的道："二奶奶得以掌权，全仗太太撑腰，可终究隔了一层。珠大爷去得早，大奶奶寡妇守业不便抛头露面，况还是个菩萨性儿管不得事。倘使宝二爷大婚，于情于理，这掌家大权都该归于那位二奶奶，便没了咱们这位二奶奶施展的场子了。"赵嬷嬷笑道："这也是二奶奶，那也是二奶奶，听着头都昏了。"周瑞家的又道："你头昏了，二奶奶可清楚得很。若是林姑娘成了宝二奶奶，断不会跟二奶奶争这些；可若是宝姑娘，那便大不同了。"赵嬷嬷道："怎么说？"周瑞家的道："宝姑娘平日不言不语，是不想落个越权名声；倘使名正言顺，便没了这层顾忌。宝姑娘最会为人处世，上上下下没个不念她好的。前些日子帮三姑娘略施手段，便革除了多少年积弊，可见是个有本事的。况且，薛姨妈乃是太太嫡亲妹妹，再怎么论也亲过二奶奶。因此上，二奶奶心里恨不能把宝二爷和林姑娘拴在一处，自己才不致大权旁落。"赵嬷嬷叹道："我个老天，亏你看透了这么多层。"

周瑞家的道："可惜，人算终究不及天算。娘娘一道意旨，漫说二奶奶，便是老太太也拗不过。如今能做的，无非是尽心尽力教宝姑娘风风光光进门，也好给日后留下退路。"赵嬷嬷道："难怪二奶奶这么紧急……"

两点灯光渐渐远去，只留下暗处宝玉立在雨中。娘娘意旨如山，老太太闭门不见，凤姐姐顺势而为……忽然间，宝玉只觉得自己是天地间最孤独无助之人。

恍恍惚惚间，宝玉竟走到沁芳溪边。秋雨如银线落入溪中，打在溪中片片花瓣上。宝玉不觉驻足，凝视流去溪水。他并不知自己如何走到这里，更不知在这里要做些什么。

忽地，溪水那边竟也有一人伫立在秋风细雨中，一对似泣非泣含露目中似有无限悲伤。宝玉一惊，正欲快步上去，不想那人径自转身，纤弱身影渐渐消逝在烟雨之中。

宝玉想叫住那人，却不知该如何开口，只在心中默默念道："妹妹，你放心。"

第二回 聪明累

机关算尽太聪明,反算了卿卿性命!生前心已碎,死后性空灵。家富人宁,终有个,家亡人散各奔腾。枉费了,意悬悬半世心;好一似,荡悠悠三更梦。忽喇喇似大厦倾,昏惨惨似灯将尽。呀!一场欢喜忽悲辛。叹人世,终难定!

宝玉本以为过不了几日府中便会有大动静，没想到不论是老太太那里，还是凤姐那里，全是行走如常，好似元妃娘娘从没传下什么意旨。宝玉一时抓不到关窍，一腔愤懑淤积之情，也没了宣泄之处。

一日宝玉自外边柳湘莲处回来，却见凤姐贴身的平儿正在屋里跟袭人说些什么。看见宝玉进来，平儿急忙起身施礼，也不顾宝玉挽留，急匆匆告辞离去。宝玉一头雾水，恍惚间见平儿似乎面带泪痕。

袭人送走平儿，回屋伺候宝玉更衣。宝玉问道："方才平姐姐找你说些什么？可是凤姐姐那边又有事了？"袭人手里不停，叹道："二爷快别说了，没的叫人堵心。前儿不知因为什么，老太太拿了一笔银子交给二奶奶，也不知是做什么用的。"宝玉忙问道："凤姐姐没跟平儿提过？"袭人道："奇就奇在这里，这一回子二奶奶竟是只字未提。"

宝玉默然无语，袭人顿了一顿，又道："也不知怎地，二奶奶竟将银子暗里送去了娘家，交与嫡亲哥哥王仁那里。天下没个不透风的墙，这事被琏二爷得知。二爷叫二奶奶挪出一笔留给自己，其余去了哪里一概不问。不想二奶奶一口拒了，既不肯说银子本是拿来做什么的，又不肯告诉琏二爷为何将银子拿去娘家哥哥那里。"宝玉愈听愈奇，说道："以凤姐姐才能见识，断办不出这样不周正的事。"袭人道："可说是呢。如此一来一回，琏二爷自然急了，与二奶奶吵了起来，又把平儿裹带其中，平儿才跑来这里。"宝玉叹道："前些年凤姐姐做寿那天，因为鲍二家的已然闹过一回；去年尤家二姐的事更是伤了筋骨；这一回怕是……"

宝玉褪下外衣，也不理会袭人，一个人痴痴坐在灯下。过了半晌，宝玉方喃喃道："三日之后便是中秋，老太太还说叫凤姐姐操办起来，多叫些人热闹一番……"

今年中秋，贾府上下已比不得前些年光景。老太太心知肚明，才想着多叫些人，只为撑住场面，不叫人心慌乱；下头众人嘴里不说，心里明镜似的，个个强颜欢笑。凤姐自然是主事的，将上上下下打理得妥妥当当。平儿照旧不离左右帮凤姐协理，丝毫瞧不出前几日生出过什么意外。

往年中秋宴都设在娘娘省亲的园子里，外人进出多有不便；今年以人多热闹为最要紧，凤姐便撺掇老太太，叫把宴席设在前头。老太太自然应允，于是便来了许多外客。宝玉邀了柳湘莲，薛蟠叫了卫若兰跟冯紫英。举目看去，老太太居中而坐，左边坐了薛姨妈、邢夫人、王夫人、尤氏、李纨、凤姐，唯凤姐四下张罗不在位上；右边第一个是宝玉，第二个是宝钗，第三个是黛玉，第四个是湘云，后边才是迎春、探春、惜春三位小姐。屏风外头，贾赦、贾政、贾珍、贾蓉等皆在各席招待宾客，却不见贾琏。宝玉坐在贾母身边,朝下手边瞧去,只见宝钗依旧端庄如常,后面黛玉低头不语。旁边湘云与黛玉说话,黛玉十句里回不了一句。最令宝玉不解的是,凤姐娘家哥哥王仁竟也在席中,与贾珍相谈甚欢。

看见贾珍、尤氏与身边人相谈甚欢,柳湘莲不禁面露厌恶之色。他正要起身走开,忽听见外面有人高声笑道:"老太太,快瞧瞧是谁过来给您请安了!"众人朝门口望去,只见凤姐领着满脸喜笑的刘姥姥快步走了进来。

刘姥姥不等凤姐引见,径直走到贾母席前,倒身便拜,口中念念道:"给老寿星请万福金安!给各位哥儿、姑娘请安!"贾母见是刘姥姥,甚是喜欢,欠身道:"快些起来!万没想到老亲家今儿也来捧场。可是特意赶着过来?"凤姐边搀刘姥姥起身坐下,边回贾母道:"姥姥念着老太太恩典,送些应时当令瓜果菜蔬与老太太尝鲜,可巧正好今儿到了。"贾母笑道:"到了好!到了好!老亲家,头两回都领了板儿过来,今儿怎么不见那孩子?"刘姥姥忙道:"来了!来了!今儿路赶得急,天儿又晚了,困得上下眼皮黏在一块儿,二奶奶就安排先睡下了。"贾母点头道:"来了便好!这一回子,定要在这里多住些时日。"刘姥姥照凤姐眼色行事,搜肠刮肚逗老太太开心不提。

已入亥时,夜色渐深,寒意渐浓。外面宾客三三两两告辞离去,只剩下些与贾府至亲至近之人。贾母忽然问道:

"怎地今儿不见琏儿？"不等邢夫人回话，凤姐忙说道："琏二爷今儿一早就出去了，也不知去了哪里，老太太……"

凤姐话没说完，只听外头一阵吵闹喧哗之声。众人抬头看去，只见贾琏快步进来，脸上带着三分醉意与七分怒意。凤姐急忙迎上前去，面带笑意说道："二爷今儿是去哪儿了？老太太才还在问呢。"谁知贾琏并不理会，只用白眼定了凤姐一下，径直走到贾母跟前倒身跪下。屏风内外一时间鸦雀无声。贾母与王夫人皆未搭话，邢夫人起身喝道："没体统的东西，哪里又撞了邪，跑到这里冲撞了老太太。"贾琏愤愤然道："但凡不是出了捅破天的事儿，万不能今儿惊扰了老太太跟太太。琏儿是死是活，全凭老太太跟太太一句话。"贾母道："敢是出了什么事？若说不出个子丑寅卯，定不饶你。"贾琏道："老太太容禀。前儿老太太送来五千两银子，叫操办宝兄弟跟……"

贾琏顿了一顿，偷眼去瞧宝钗。宝钗只低着头，竟似全没在意眼前之事。贾琏又道："我有心讨这个差事，一则替老太太分忧，二则之前办过几回，也算轻车熟路。却不想这悍妇竟百般不允。"贾琏转头瞪着凤姐，又道："我心里起疑，今儿才彻底弄明白，银子竟被这悍妇拿去给了她娘家，说是先放三个月印子，拿足了利钱再去办正事。老太太明鉴，今儿我若再不说，只怕明儿这府里都要被她搬空了！"

贾琏一番话说得惊心动魄，上上下下无人敢出声。凤姐两步过来，直挺挺跪在贾琏身旁，掩面抽泣道："老太太、太太明鉴。这些年我苦命强撑，可有一天怠慢？可有一事敢不上心？我终日算计，拆了东墙去补西墙，无非都是为了日子过得宽裕些，不叫外人看了笑话。若真有一事是为自己，叫我舌头上生了烂疮，死后魂魄归不了地府！"

听凤姐如此说，贾琏猛地站起身，冷笑道："亏你有脸当着老太太、太太赌咒发愿。就凭这些年你做的那些事，只怕全身都要生疮烂透。"凤姐忍不住哭出声来，抽抽噎噎道："老太太，这些年我为了府里脸面，管着二爷不叫他胡天胡地，因此叫他恼在心里。先前的多儿姑娘，后来鲍二家的，都怨在我身上；去年尤家二妹妹没了，他更将我视为眼中钉。今儿借了那五千两银子的事，在人前发作，无非是借此将我碎尸万段才好。"不等贾母开口，贾琏冷笑道："事到如今，你还拉三扯四开脱，可见是不见棺材不落泪！也罢，今儿咱们就彻彻底底来个了断。"

贾琏快步走到外头凤姐娘家哥哥王仁那里，不容分说将他扯了进来。王仁是个嗜酒如命之徒，此刻早已经喝得眼花腿软，如癞狗般被拖至贾母席前。贾琏将他丢在地上，厉声道："今儿当着老太太，你须把话讲清楚。今儿可是你娘家妹妹叫你过来，为的是取走那五千两的银票，好出去放印子？"凤姐跪在一旁一语不发，王夫人变色道："琏儿不得无礼！都是自家亲戚，不要失了脸面！"邢夫人见将王夫人一门牵扯进来，便不动声色道："说的是。自家亲戚，将事情说清讲明就好，老太太自有公断。"

此时王仁瘫软在地,也不知是酒醉还是怎地,竟浑身颤抖,说不出一句整话。贾琏不容分说,从他怀中寻出一张银票,扬在手中道:"老太太看得分明,这不是您那日送来的银票又是什么?如若是我喷粪,此刻怎会在这悍妇娘家哥哥身上。"凤姐急忙叩首道:"还望老太太明鉴。"贾母见凤姐并不分辩,长叹了一声,朝旁边伺候的管家赖大道:"舅爷今儿吃酒多了,也问不出什么。你先架他找一处偏房歇着,有事明儿个再说。无论如何,亲戚间不能失了体统。"赖大领命,叫人架起王仁下去,银票则让鸳鸯收了起来。

　　贾琏又道:"我知道老太太跟太太是要脸面之人,只是今儿已然如此,索性将一桩桩一件件都说个明白。"凤姐扭过头,瞪大眼睛盯着贾琏。贾琏瞧着她,从鼻孔里发出一丝冷笑,忽地朝外头喊道:"且都进来。"话音未落,外头战战兢兢进来两个。凤姐一瞧,顿时面色煞白,三魂去了两魂。头一个进来的是水月庵的小尼姑智善,后一个进来的竟然是当日与尤二姐订婚、被凤姐教唆将贾家告了的张华!

　　二人跪在席前,皆低头不语。贾琏先对着智善道:"小师父,若想保水月庵周全,须把实话一字不差说出来。"智善偷眼扫了凤姐,见她正圆睁丹凤眼瞪着自己,不由得全身一震,低头说道:"小尼并不敢隐瞒。那年东府蓉大奶奶没了,琏二奶奶跟着到了师父那里。师父求二奶奶居中调停张李两户婚事,事后便将张家三千两谢礼送与二奶奶……"凤姐直起身厉声道:"你……你受了谁的教唆,跑到这里诬陷于我？"智善不敢回话，贾琏冷声道："受了我的教唆不假，却不是诬陷！"贾琏又跪下朝贾母说道："老太太听真。那日她拿了张家三千两好处，借着贾家与王家的威势，逼李家退了亲。不想张家女儿和李家公子都是节烈之人，竟先后自裁，去了地府相会。两条人命，皆因这悍妇蛇蝎心肠，便这样没了。"

贾母与王夫人一语不发，一旁邢夫人扭过头，竟露出得意之色。凤姐跪在那里，大口喘着气，额角已然冷汗涔涔。贾琏并不理会众人，起身走到张华身边道："今儿你也都看见了。有老太太跟太太在这里，有何冤情，便说出来，定与你做主。"

张华与智善不同，心里没有丝毫惧怕。张华并不看凤姐，只是抬起头对贾母说道："小人张华，本与东府珍大奶奶娘家二姐有婚约。后结不成亲，却并不怨恨。去年间，这里的琏二奶奶忽地许我纹银十两，叫我到衙门去告琏二爷国孝家孝中停妻再娶。小人本不想多事，可二奶奶说若是不从，定叫我死无葬身之地，还说告得越大越好，就是告上金銮殿也有她兜底。"贾母已然气得微微发抖，问凤姐道："凤丫头，可有此事？"凤姐此刻只是哭泣，抽抽搭搭并不答话。贾琏道："老太太并不知晓，后面还有，且先听张华把话说完。"张华又道："小人不敢违了琏二奶奶心意，便一告到底。后来官司了结，二奶奶又差人送来五百两银子，让我只管远走。小人本打算回原籍，不想半路竟遇歹人追杀。小人侥幸逃得一命，又被琏二爷寻到，才能见着老太太跟诸位太太。"贾母道："那杀你的人，可曾见过？"张华抬起头看了贾琏一眼，见贾琏微微点头，便决然说道："那杀我的，便是琏二奶奶下面的兴儿！"

张华此语一出，四座皆惊。贾母良久无语，王夫人缓缓站起，面色铁青道："凤丫头，他方才说的，可是实情？"凤姐已然伏倒在地，颤巍巍抬头哀声道："老太太，太太，我做的，全是为了家里。"王夫人听她这么一说，猛地坐下去，呆呆地凝视眼前。一旁尤氏想起死去的尤二姐，不禁面露愠色。贾母缓缓道："凤丫头身子本就没大安。今日过后，府里一时也不见什么大事，便好生歇息一阵子，万事就交由珠儿媳妇打理。你便不要过问了。"

凤姐伏在地上不语，只是浑身颤抖。贾琏还要说话，却被贾母抢了先："今日之事到此为止，往后谁也不许再有二话。要敢再提，便是咒我早死。"贾琏便不敢再说，只愤愤然道："即使如此，琏儿只有一句话。事已至此，我与这悍妇断然过不到一块儿。明儿个我便写下休书一封，将她休了，家中大小事宜皆有平儿统管。"

宝玉见凤姐伏在地上，便欲起身搀她，却被平儿抢了先。平儿跪下身子，搀住凤姐，缓声道："二奶奶，随我回去歇息吧。"忽地，凤姐直勾勾盯着前面，冷森森说道："二奶奶？回去？"凤姐似是自言自语，叫平儿吓得闪到一边。凤姐缓缓转向贾琏道："二爷说的是，时至今日，你我是该有个了断。"话音未落,凤姐抓起身边桌上一把剥蟹壳的小刀,握在手里,径直朝贾琏刺去。

"二奶奶又被魇了!"

第三回 留余庆

留余庆,留余庆,忽遇恩人;幸娘亲,幸娘亲,积得阴功。劝人生,济困扶穷,休似俺那爱银钱、忘骨肉的狠舅奸兄!正是乘除加减,上有苍穹。

凤姐跪在那里，忽地抓起桌上小刀，自下朝上向贾琏刺去。贾琏原本处处占着上风，没提防凤姐这一下，待往后一跃，已然是晚了。凤姐这一刀撩到了左边膝盖上，霎时间贾琏跌坐在地，伸手掏了怀里的帕子捂住伤处，眼见殷红鲜血自帕子上透了出来，霎时将外裤浸得通红。贾琏冷汗涔涔，坐在那里颤声道："好你个悍妇，想杀人灭口不成？"

凤姐依旧直勾勾瞪着前面，鬓发蓬松，口中喃喃道："我要杀人！我要杀人！"凤姐如此，自然满座皆惊。下人一半护着贾母等女眷，另有几个仗着胆子制住了凤姐，将她手中小刀抢了下来。凤姐口中喃喃不停，句句都是云里雾里不着边际的自语。

贾母见早已没了体统，只好叫人将凤姐架去屋里，连夜找太医把脉开方。又命人将贾琏抬去卧房，将金疮药敷上包扎。小尼姑与张华皆带去下房歇息，明日再做打算。刘姥姥是个识眼色之人，不劳贾母安排，便已告退，于府上的事并不多问一句。如此种种皆安排妥当，已然天过三更。

贾母叫各房回去歇息，不再多说一句。各人皆漠然散去，一场热热闹闹的中秋夜宴便如此收场。宝玉担心黛玉受了惊吓，本想慰藉几句，却见黛玉已带了紫鹃转身回了潇湘馆，并不与他人理会。再看宝钗，只与诸姐妹一一告别，也随薛姨妈回转梨香院，脸上不见半分异色。宝玉顿觉无趣，忽地记起被自己请来的柳湘莲还在外面，忙奔了出去。

宝玉来到外面，见卫若兰与冯紫英已走，只有柳湘莲站在一旁，手把腰间剑柄，似在想着什么。宝玉走到跟前，拱手道："今儿个叫湘莲兄见了笑话。"柳湘莲并未答话，过了许久才回过神，喃喃道："先前我曾说过，你们东府里，除了那两个石头狮子干净，只怕连猫儿、狗儿都不干净。难道说，西府这边，也是如此？"此语一出，换作旁人必定与之争辩，偏宝玉竟哑口无言，只痴痴道："府中银钱俗物，我一概不知，只知道凤姐姐这些年尽心尽力，一心维护我和姐姐妹妹们周全。旁的不说，便是我们几个起个诗社，也全仗着凤姐姐张罗。"柳湘莲听宝玉这样说，便不再回话，只是点了点头，便告辞离去。宝玉怅然站在那里，盯着柳湘莲背影，不知他为何发此一问。

宝玉呆呆回去怡红院，并不与袭人、麝月多说什么，心里只是惦记凤姐。一宿里在床上反反复复，没有一刻睡得安生。第二日天未大亮，便一个人去了凤姐那里。宝玉并不敢贸贸然进屋，只等平儿出来，便迎上去问个不停。平儿叹道："昨儿连夜找太医看了，服了安神镇定的方子。后来夜里惊醒了几回，嘴里叨叨念念全是在说大姐如何，休书如何，不曾有愧于府上如何……"说到这里，平儿忍不住低头拭泪，又道："昨儿琏二爷一时气恼说了那些浑话，二奶奶若真是醒了,可叫我与她如何相处?"宝玉忙劝道:"平姐姐休要苦恼,凤姐姐最是拎得清楚,平日里也最倚重姐姐,定不会与姐姐计较这些……"宝玉一番话并未叫平儿释怀,只换来长长一叹。

宝玉还要说话,忽听屋里凤姐唤道:"大姐……大姐可好?"平儿与宝玉急忙进去。平儿快步到床边侍奉,宝玉垂手站在外室。凤姐眼中已然多了几分神采,面色却依旧蜡黄,不见半分血色。她强挣扎着直起半截身子,平儿急忙在一旁搀住,口里回道:"奶奶放心,大姐昨儿睡得早,一夜里都不曾起来。"凤姐缓缓点了点头,心中似有所思,缓声开口道:"二爷那边……"平儿马上接道:"昨儿上了金疮药,包裹好了便睡下了,想来之前又气又惊,一下子上了神,且得缓上一缓。"凤姐听平儿这么说,默然无语,忽地叫道:"宝兄弟可在外头?"

宝玉听凤姐叫自己,急忙进去,口里道:"请凤姐姐大安。"凤姐叹道:"事已至此,哪儿还有什么大安。只怕是……只怕是打今儿个起,便是兄弟嫂子,竟也做不成了。"凤姐红了眼圈,已然说不下去。宝玉跟平儿一时不知如何是好,想要劝慰几句却不知从何说起。

正在此时,一个小丫鬟慌慌张张跑了进来,一下子跪倒在外室门口,口中念道:"不好了,二奶奶!不好了,二奶奶!"平儿忽地直起身子,迎出去啐道:"你是哪房里的,这般没规没矩,大清早儿的喊什么丧!"小丫鬟才觉察出不妙,磕头如捣蒜般哀求道："二奶奶、平姑娘恕罪，真是出了大事，奴婢一时没了体统。"凤姐并不理会其他，只低声问道："该死的东西，有什么事还不报来？"小丫鬟抬起头，直愣愣回道："回二奶奶，舅老爷昨儿晚上……叫人刺死在房里！"

王仁仰面直挺挺躺在寝室床上，胸前渗出一大片殷红色，显是熟睡之时被人用匕首一类刺在胸口，霎时间便没了性命。此刻，东西二府要紧之人俱已到齐，见此情景无不惊心。王仁虽与贾府有亲，但平素并无太多往来，因此众人倒也不怎地伤心，只有王夫人跟薛姨妈掉了几滴眼泪。

宝玉从未见过如此情景，一时间没了主意，便找人再叫柳湘莲过来陪伴。柳湘莲毕竟是习武之人，又多阅历，虽心中也惊愕不已，倒是能叫宝玉安心些。

平儿搀了凤姐赶来这里，凤姐一见王仁丧了命，顿时跌坐在地，抽抽噎噎哭了起来，口中不住说道："可怜我这哥哥，本不必来这里。我无非是害怕冷清，辛苦请他过来与我撑场面，却不想被我推进了森罗殿。最可叹，我这哥哥临死前，还被当作贼人指认，便是死也没得安生！"凤姐还要往下说，忽被一声怒喝打断："与我住口！"

众人循声瞧去，见四个小厮抬着贾琏走了过来。贾琏面色苍白，显是因为腿上的外伤失了不少血。他只穿着一身中衣，头上束着一根发带，赤着双脚，只叫小厮将自己放在一旁太师椅上。

贾母道："你怎地不好生歇着，又跑来这里做什么？"贾琏露出轻蔑之色，回道："家里出了这等事，我如何还能歇着。若再歇着，只怕今夜死在床上的便是我了！"贾母正色道："又胡说什么！"贾琏道："老太太明鉴，并非琏儿胡说。昨晚大伙都看得清楚，可说是人赃俱获，只差那死了的自己说个清楚。本来今儿个便可真相大白，怎地一夜过去，人便死在了屋里？敢是谁心里有鬼，怕他说出些什么不成……"贾琏话未说完，凤姐猛地挣脱平儿，上前两步道："二爷且把话说在明处，是谁怕他开口？难不成是我夜里拿刀子杀了自家哥哥？"贾琏冷哼道："既是能拿刀子刺了自家夫君，自家哥哥性命又算得了什么！"

平儿忙上前搀住凤姐，哀声道："二爷可别胡乱猜疑奶奶。奶奶昨儿个一晚都在房里，我寸步不离左右，一块儿的还有好几个下人，断不会一起串通了欺瞒主子。"贾琏扭过脸不再作声，众人皆以为平儿所言在理。一时间，竟无人开口说话。

柳湘莲冷眼旁观，忽地在宝玉耳边低声说了几句。宝玉一下子惊觉，走到贾母跟前道："老太太，依我说，琏二哥说得不无道理。出了这档子事，总要挨个理清心里才踏实。方才平姐姐已然证实了凤姐姐整晚待在房里，其他各房，不论主子下人，也都该在这里说个明白才好。都说明白，便是府里进了贼人，也好尽快叫官家捕盗捉贼。"贾母点点头道：

"我们都惊掉了魂，还是宝玉想得清楚。如此甚好，我便先来。昨晚上散了，我便回房，吃了一碗紫米冰糖粥就睡下了，里里外外五六个下人都看得清楚。"宝玉道："既是老太太都说了，我们哪有不说清的道理？我昨晚送走了柳大哥，径直回了怡红院，整晚虽没怎么睡下，却也没出去。袭人跟麝月在外屋伺候着，余下的几个也都在院子里。"

众人心里明白，府里死了这等有关节在身的人，谁也脱不了干系。只因都是有头有脸的主子，不好明着盘问，因此宝玉才叫贾母先开口说了，余下的自然谁也不能例外。贾琏拍手称好，紧跟着宝玉说道："我这里与此事牵扯最多，须说个清楚。昨儿我被几个下人抬进东院偏房，叫他们赶紧去拿金疮药。后来是赖大找来药粉，跟两个小厮剪了裤子，与我上药包扎。之后，我便迷迷糊糊睡下，再没出去过。"说罢，贾琏转头对身边小厮道："我可说了假话？"小厮连忙跪倒道："二爷所说句句属实，小人整夜都在旁边，二爷确不曾出去。"

贾琏不禁露出得意之色，不料柳湘莲忽地自宝玉后面走上前来，朝贾琏抱拳道："琏二爷一向可好？"贾琏因尤家三姐之事认得柳湘莲，见他出来搭话，不觉有些奇怪道："可不是柳兄？"柳湘莲道："正是在下。今儿本没有我说话的份儿，只不过既然是宝兄弟提起，琏二爷又如此坦荡，那就且让我再多问一句。"众人皆诧异地瞧着柳湘莲，贾琏只得道："柳兄尽管问来。"柳湘莲问道："在下冒昧问来，管家大人取金疮药时，可有下人陪伴二爷左右？"贾琏答道："如此一说，倒还真是。赖大去了约有半刻，其间我一个人待在房里，并无人陪伴。"柳湘莲又道："自二爷的房间来到王仁房间，需用多久？"听柳湘莲这样问，贾琏不怒反笑道："原来柳兄还是疑我杀了此人。也罢，便告诉柳兄无妨。两处相距不远，若是跑起来，往返也用不了半刻。况且……"

不等贾琏往下说，柳湘莲便开口道："况且，二爷先是没有害死王仁的道理，因为全府上下，数二爷最盼着他今儿醒过酒来跟众人对质；最要紧的，二爷的腿伤成这个样子，断断不是假的。休说半刻之内跑个来回，便是一个时辰，也是回不来。"众人听了，都暗暗点头。柳湘莲又道："我发此一问，只是想跟二爷确认无误，还请二爷不要怪罪。"柳湘莲讲得不卑不亢，入情入理，贾琏也不好再说什么。

探春忽道："昨儿来府上的宾客都已经回了，唯有刘姥姥因天晚路远留在这里。敢不是……"贾母微微摇头道："你们都不知道，昨晚出了那事，她便向我辞行，说不便多留，连夜就领着板儿去了。事已至此，我也没再留她。"一旁候着的周瑞家的忙道："是的。老太太叫我送他们出去。我跟着她到偏房，见她进屋叫醒了板儿，两个人穿了斗篷出来。那孩子困得厉害，趴在姥姥肩上睡着。我一步不离送他们自后角门出去，见走得远了才回来。"探春道："如此一说，也断不会是刘姥姥。"贾母摇头道："再不要胡乱猜疑，若是她，那可真是遇着鬼了。还是照宝玉说的，先查查自家要紧。"

自贾母之下，贾赦一房，贾政一房，东府贾珍一房，无论公子小姐抑或下人，皆一一讲了昨晚自己动向。除贾赦独居无有作证，其余诸人都不见疑。贾赦只说自己在房中读书后睡下，并无破绽可指。忽地，凤姐抬起头问尤氏道："出了这么大事，怎地独不见了蓉哥儿？"众人方想起，确不见贾蓉露面。贾珍喃喃道："昨儿从这里回去，好像就没再见他……"

众人听贾珍这么说，霎时议论纷纷。凤姐脸色愈加苍白。平儿只觉得凤姐全身战栗，不觉瞪大眼睛望向凤姐。贾琏沉吟片刻，忽抬起头冲凤姐道："你还有何话讲？"凤姐并未答话，贾琏又道："谁不知道，平日里但凡自公家支出钱财，你沾都不叫我沾下，只叫蓉儿他们拿钱办事。这一回你拿了老太太五千两银子，想来除去那个死了的，蓉儿也是知道的。现下事情败露，银子叫老太太收了回去，你们必不能收场。转瞬间，一个死了，一人走了，剩下你一个只要抵死不认，谁又能将你如何？"

凤姐听贾琏这样说，一下便跪倒在贾母跟前，双手抓住贾母双膝哭道："求老太太与我做主！如今他只一心想叫我死，出了什么事，只一味算在我头上。若老太太也多嫌我，我今儿便一头碰死在这里，也好叫大伙清净。"贾母道："事情都还没有头绪，何苦这般要死要活的？"

贾母话虽如此说，只是在场诸人心知肚明。平素里凤姐确是待贾蓉与众不同,今日出了事贾蓉又不见了踪影,谁又能说其中并无不妥。换作平日,贾母定然站在凤姐一边呵斥贾琏,今日也只是说事情尚未查清。贾母既如此说,王夫人等自然不敢替凤姐出头。

贾母对贾珍与尤氏道:"既然珍哥儿跟珍哥儿媳妇都在,不论什么都好说。咱们去东府蓉哥儿房里看看,兴许他只是夜里出去找些乐子,没什么可大惊小怪的。"贾母这样一说,贾珍跟尤氏自然不敢违背。贾母一面叫人好生看管这里不可移动,一面派人去给官家送信。贾珍则一面痛骂贾蓉不知去了哪里挺尸,一面领着众人前往东府。

东府贾蓉房间一片狼藉,显是主人走得慌促。三五个小厮一通翻找,只在金丝线枕头里找出一张字据。字据上写得分明:王仁居中作保,贾蓉拿纹银五千两交与兵马司仇都尉之子,三个月后收回本银,额外加收利钱一千两。事成后贾蓉须拿一百两与王仁。

贾琏见了字据,顿时发作道:"可都瞧见了?可是我没来由得了失心疯?分明是这悍妇串通了蓉儿跟王仁,拿着府中的钱出来放印子。不想银子还没送出去便败露了。蓉儿走投无路,只得杀了王仁灭口;又怕仇都尉儿子拿着那一头字据讨钱,便只有一走了之。悍妇,你自己说,我说得是也不是?"凤姐脱口道:"真是满嘴疯话。漫说并非如此,即便真是这般,银子叫老太太拿回去了,蓉儿只消跟那边说不放便可，如何用得着杀人？"贾琏仰面大笑道："你莫把旁人当了傻子。放予别家或可如此，那仇都尉是何人你也不知？那是忠顺亲王手下，眼睛没一时一刻不盯着咱们东西二府。三个月便要出一千两利钱，天下可有这等好事？分明是那边设局，只等咱们把脖子伸进去。你跟蓉儿、王仁一时间叫猪油蒙住了心，如今叫人家拿了把柄，岂肯善罢甘休？高利钱放印子本就是国法不容之事，忠顺亲王必然发难，到时候岂是你这悍妇与蓉儿、王仁担当得起的？蓉儿难道看不出这些？是故才灭了王仁之口，一走了之。"

贾琏这一番话，叫凤姐哑口无语。贾母虽强作镇定，却也全身颤抖，指着凤姐道："凤丫头！我向来信你万事拎得最清楚，怎地偏偏做出这等蠢事来？"

凤姐如失了土基的房舍，一下子倒在平儿怀里。忽地一个小丫鬟从外面跑来，气喘吁吁道："二奶奶，大姐她不见了！"

凤姐听了这话，再也忍不住，大叫一声便昏了过去。

第四回 喜冤家

中山狼，无情兽，全不念当日根由。一味的，骄奢淫荡贪欢媾。觑着那，侯门艳质同蒲柳；作践的，公府千金似下流。叹芳魂艳魄，一载荡悠悠。

此刻，贾府上下皆去了三魂七魄，个个呆立在外厅没了主意。凤姐靠在平儿怀中如筛糠般发抖，全然没了往日风采。贾琏也没了先前的咄咄逼人，此刻沉着一张惨白色的面孔一语不发。

唯有柳湘莲叫宝玉讨得贾母应许，二人一道来至大姐房中。宝玉盯着床上大姐使的枕头被褥，不觉出神。柳湘莲不住四下打量，却也没翻动屋里任一件东西。看了一会子，柳湘莲忽地问道："昨儿夜里是谁守着大姐？"外头一个小丫鬟忙进来垂手道："回柳大爷，昨儿大姐戌时便睡下了。二奶奶叮嘱前头人多，不叫大姐出去。"柳湘莲道："那你最后一次瞧见大姐，是什么时辰？"小丫鬟回道："是丑时。我走到门口往里瞧了一眼，见大姐睡得正深，就退了出来，在外屋睡下了。谁知今儿早上一睁眼，大姐就……"

柳湘莲自里屋走到外屋，瞧了瞧房门跟小丫鬟睡下的床铺，又瞧了瞧里屋到房门的路径，忽地沉默无语。一家子皆不便开口，宝玉忙从里屋出来问道："柳大哥，可是瞧出了什么？"柳湘莲道："说来便奇了。歹人做下这等事，必定是丑时到天明之间。只是这一段里，始终有人睡在外头。外头的人没被惊醒，旁人更没听到打斗喊叫之声，那歹人是怎地进来将大姐掳走？便是外头的人睡迷了没觉察，大姐被翻弄起来，总该哭喊才是。"

柳湘莲一番话入情入理，叫众人沉思不语。柳湘莲又道："况且，还有更奇的。"宝玉惊道："哪里更奇？"柳湘莲指着床脚下道："大姐床前，竟然没了鞋子。歹人作恶，必定仓促，恨不能一把掳了人，生了翅膀远走高飞，怎会有空闲让大姐穿上鞋子？"柳湘莲如此一说，众人更是讶异。柳湘莲缓缓道："除非……"说到这里，却闭口不言。宝玉追问道："除非什么？"柳湘莲道："除非掳走大姐的，是她平素熟识之人！"

柳湘莲此语一出，贾府上上下下皆把眼睛落在凤姐身上。贾琏惨然道："莫不是你叫蓉儿掳走了大姐？是了！他乃是大姐的兄长，大姐见了蓉儿定然不会哭闹！"凤姐哭道："我便是有一万个不是，也断不能害了自己女儿。"此语一出，凤姐自己顿觉露了破绽，急忙掩口不语。贾琏如何肯放过，指着众人道："你这么说便好。今儿当着东西二府的面儿，且说说你那一万个不是都是些什么勾当。"

凤姐眼睛扫过众人，除宝玉、黛玉面露忧虑之色，其余人皆未见丝毫动容，全都垂下眼皮。凤姐一下子跪在贾母跟前，抽噎道："老太太明鉴。府里上上下下几百口人，日子越发艰难。我迫不得已，想尽了法子，只为撑住场面。老太太那五千两银子是我叫娘家哥哥跟蓉儿拿出去放了印子，说得明白只三个月，断断耽误不了正事。不想这两个不成器的东西叫脂油蒙了心，竟把银子放给了仇都尉家。如今事情闹到这步田地，定是蓉儿灭了他舅爷的口，连夜逃出门避祸去了。只是万没想到，这个畜生竟将自己妹妹掳了去，也不知打了什么主意……"

贾琏怒道："事到如今，你还说不知！大姐忽地不见，必也是你安排的。"凤姐道："我知道府里日子一日难过一日，不得不为女儿寻思一条退路。这一回叫娘家哥哥到这里，一则是拿银票，二则也想叫他将大姐带去金陵王家，以免……"凤姐话未说完，贾琏已然按捺不住，若非腿上不便，定然扯着凤姐撕打起来。贾琏点着凤姐骂道："没了廉耻的丧门货！终日里算计这个算计那个，到头来却算计了自家女儿！"

凤姐最是心思细腻，此刻一股脑讲了事情始末，可见得是心境大乱，再拿不出正经法子。贾母道："蓉儿这畜生弄出这等事，必不敢留在府里，但贸贸然出府，一无栖身之所，二无银钱傍身，想来必是慌乱中偏赶上凤丫头叫大姐凑了上去，便寻思将大姐引出去，既是牵制贾家王家的筹码，再不济偷偷把大姐卖了，还能得点银子。"

众人都不敢搭话，贾母又缓缓道："事已至此，多说亦是无用。叫人告与官家，缉了蓉儿回来，便可寻回大姐。想来……毕竟是自家兄妹……"见凤姐只是跪着不起，贾母又道："凤丫头快些回去养着，不可再想旁的。府里的事便如昨晚说的，都交给珠儿媳妇打理。"

说罢，贾母起身，叫鸳鸯搀着缓缓而去，不再理会凤姐。众人见此，都默默散了，贾琏也愤愤地叫人扶着去了。黛玉略一迟疑，抬眼瞧见宝玉正瞧着自己，急忙转身离去。远处宝钗将二人看在眼中，却似没事一般，只陪着薛姨妈回了梨香院。众人走得干净，只剩下平儿还在身边，宝玉与柳湘莲立在一旁。平儿低声道："二奶奶，咱们回吧。"凤姐已如死灰槁木一般，任凭平儿架着自宝玉身旁过去。凤姐眼里早已没了一切，只喃喃道："大姐……大姐……"平儿与宝玉递了个眼色，便与凤姐去了。

偌大庭院转瞬只剩下宝玉跟柳湘莲二人。宝玉道："凤姐姐终究算不过世道。平素里我等净受她的好处，大事临头，却连话也递不上一句。"柳湘莲并未理会宝玉，只是立在院中，低头不语。

忽地一个小丫鬟从外面跑进来，见宝玉在此，忙屈身行礼。宝玉见是凤姐身边的丫鬟丰儿，便问道："怎地又转回来，可是二奶奶又不好了？"丰儿与平儿一样，跟着凤姐最久，说话分寸自然跟别的丫鬟不同。此刻见左右无人，便跟宝玉道："二爷不知，二奶奶倒还好，是我们屋里那个后来的奶奶。"

丰儿如此一说，宝玉便知道说的乃是贾琏屋里的秋桐。秋桐原是贾赦的丫鬟，后赐予贾琏为妾。秋桐性情泼辣，行起事来不管不顾，又依仗是贾赦的人，平素漫说平儿、丰儿，便是凤姐也不放在眼里。那年尤二姐便是被秋桐出头，挤对而死，从此她越发骄横，一心只想代了凤姐。

宝玉问丰儿道："府里出了这么大的事，她还不肯安生些？"丰儿道："哪里肯！今儿起来忽说自己少了好几样东西，把身旁伺候的人骂了个遍，又叫我四处去寻。"宝玉道："她少了什么？"丰儿道："说是少了一瓶殷红的胭脂膏子，一方素色手帕，还有一只琏二爷给她的鎏金凤镯。她口口声声说前几日都还在梳妆台的小匣子里，今儿忽地就没了。"宝玉叹道："她屋里从不叫旁人进去，定是自己放在哪里不记得了。"丰儿道："可不是！自己迷了，却叫我在府里忙活。现下出了这么大事，若是被哪位主子怪罪，还有我活的路！"丰儿见宝玉跟柳湘莲在此，不便久留，又行了礼，转身去别处找寻。

宝玉叹道："真是多事之秋！"柳湘莲忽地点了点头，抬头说道："打昨儿个到今儿，事情倒是多了些。"

柳湘莲告辞，宝玉一人回转怡红院。一路上，宝玉都在思量王仁之死跟贾蓉、大姐去了的事。回到屋子，袭人伺候宝玉更衣，说麝月家里有事也告假了。宝玉见秋纹未归，又去了麝月，再想到没了的晴雯，禁不住又是一阵叹息。

袭人道："二爷近些天何故老是长吁短叹？"宝玉道："如何不该一叹？先前园子里是何等光景，你不是没瞧见过。我跟林妹妹、宝姐姐、二姐姐、三妹妹、四妹妹不说，云丫头、凤姐姐也常过来，大伙儿一起起了诗社，好不热闹。之后宝琴妹妹、邢家妹妹、李家姐妹、香菱也都进来，一时间竟觉得人世间再没比这里更好的去处了。谁知才过了几日，竟成了这般光景！林妹妹身子不好，宝姐姐跟着姨妈住到了园子外，云丫头不来了，宝琴妹妹、邢家妹妹跟李家姐妹都回了各自家，香菱更是……"说到这里，宝玉忍不住眼眶发红。

袭人急忙将话岔开道："二爷不必伤心。别人不说，那宝琴姑娘是跟着家里人去了海外做生意，必定又长了不少见识。"宝玉并不回话，只是痴痴坐在那里。忽地外头有小丫鬟进来，急匆匆道："二爷，袭人姐姐，有人来登门求亲了！"

宝玉和袭人俱是一惊。宝玉起身道："何人求亲？求得哪门子亲？"小丫鬟道："求的是咱们府里二小姐。"

迎春出嫁，在众人心中倒也不算个稀奇事儿。贾赦与邢夫人向来于迎春少恩，迎春自己又是个"木头"的性儿，嫁出去是早晚的事。只因贾母心疼众姐妹，迎春才在府中留到了十七岁。如今府内府外都不太平，迎春出嫁乃是在情理之中。

宝玉问过来求亲的是哪一家，小丫鬟苦着脸道："奇就奇在这里，这一回提亲的，一股脑儿竟来了三家！"宝玉仔细一问，方才明白。贾赦夫妇只是一味贪财，全然不在意迎春死活，这一回竟明码标价，言明哪一家彩礼钱最多，便将迎春嫁与哪家。迎春虽是庶出，好歹也是小姐，京内京外巴结荣国府的自然不在少数。这些家族大都是武官或商家出身，颇有资财，指望和贾府联姻混个功名。说穿了，便是以"富"买"贵"。

这一回来提亲的三家，皆是京外豪族。第一家是大同指挥使孙家公子孙绍祖。孙家世代为武人，其父在大同经营数十年，指望儿子孙绍祖与贾府联姻，便可经贾府推荐到京城兵部补缺。第二家是鄂州盐商钱家公子钱吾宗。钱家世代为盐商，大江上十船官盐倒有七船与钱家有关，可谓富可敌国。第三家是江南木材商人赵家公子赵君瑞。赵家经营此业已有三代，便是皇家园子，用的也大多是赵家取来的木材。江南遍地皆是赵家木场，当地人都说赵家是将金丝楠木劈作柴来用。三家闻听贾府嫁女，皆志在必得，可谓一掷千金。贾赦跟邢夫人早教银子蒙了心，只是坐地起价，最后三家竟同时来京中提亲。

宝玉听到这里，不由得猛地站了起来，手捶桌案道："世间竟还有这样父母，只把女儿作货物来卖！"袭人忙道："二爷低声！叫大老爷那边的人听见又是麻烦！"宝玉道："听见又如何？难不成看着二姐姐跳进虎狼窝里？"袭人道："瞧二爷说的，怎么就成了虎狼窝了？"宝玉道："谁人不知那三家都是在用人血挣银子、换顶子！哪一家手里没个十几条人命？二姐姐若真去了哪家，哪里还有命在！"袭人道："二爷真是急昏了头。有老太太坐镇护着，还能委屈二小姐不成？"宝玉听见"老太太"三个字，觉得宽心了些，转怒为喜道:"可说呢,真是我迷住了!事关重大,我这就去老太太那里问个准话。"

宝玉跑来贾母屋里,却被眼前所见吓得一惊。贾母居中而坐,正品着一杯鸳鸯刚端上来的老君眉。左手边坐着的竟是迎春,木木地只是低着头。右手边贾赦跟邢夫人却垂手而立,眼睛既不看着贾母,也不看着迎春。宝玉急忙给贾母、贾赦、邢夫人跟迎春见礼。迎春只是略略起身,并未开口。

宝玉本有许多话要对贾母说,看到这样场面竟不知该从何说起。贾母一面叫宝玉坐下吃点心,一面说道:"宝玉来得正好,我正跟你大伯、伯母说起你二姐姐的事。你平素跟姐妹处得最好,也来听听。"贾母如此一说,倒叫宝玉满脸尴尬。贾母对着贾赦跟邢夫人道:"今儿在这里的都是你们儿女子侄,照理说不该在晚辈跟前说你们的不是。只是,二丫头婚姻大事,你们当爹娘的如何这般草率。"贾赦夫妇都垂下头去。贾母又道:"引得三家人拿着银票登门求亲,传出去叫咱们家脸面往哪里放?岂不是叫天下人都知道国公爷的亲孙女这般不值钱!"

宝玉听贾母这样说,心下甚喜,觉得今儿用不着自己开口,贾母便把亲事回了。只听贾母又道:"不过,话还须两头儿说。二丫头确是到了该出阁的年纪,是该操办这些事了。"贾母话锋一转,叫宝玉大吃一惊,就连一旁的迎春身子也微微一震,却还是没抬起头来。邢夫人忙道:"老太太说的是，我们也是这样打算的。叫他们到府上，并不是只看拿了多少银子，只是从这彩礼银子上，倒也看得出对面的诚意。"贾母点头道："你们是做父母的，我也不便多说什么。只是这二丫头打小儿没了娘，又是个不言不语的性儿，你们可不能叫她受一丝委屈。"贾赦道："哪里有什么委屈。三户都是体面人家，这回子过来只等老太太验看。"

宝玉见贾赦如此说，急忙道："老太太，婚姻大事，还是要二姐姐自己发话才好。"贾母不慌不忙扭过头问迎春道："二丫头，宝玉说得在理。今儿当着你爹娘，须你自己说个明白。"迎春一惊，慢慢地抬起头，怯生生地瞧了贾母一眼，又看了看旁边的宝玉，旋即转过脸，目光与邢夫人碰在一起，立刻又把头垂下去，似全未觉察宝玉眼色与神情，只木木地道："全凭老太太……跟老爷、太太做主便是了。"

宝玉急得恨不能捏碎了手里的茶杯，贾母却道："事已至此，总不能叫人家说咱们贾家没了脸面。既是孙家、钱家、赵家三位公子都已经领人上门，还须以礼相待，从中选出个最好的，与二丫头匹配。"贾母一番话说罢，邢夫人喜上眉梢，迎春在一旁将头压得更低，一滴泪水无声无息落在膝头。宝玉起身道："老太太……"贾母道："宝玉，婚姻大事，自有爹娘做主，自古都是这个理儿。"宝玉愣愣地坐了回去，似已不识得眼前的祖母。

贾母对贾赦与邢夫人道："叫人安排三位公子到宝蕴楼住下。就说今儿天色已晚，明儿一早我便亲自与三人相见。

叫我看中的，便是荣国府的孙女婿。"邢夫人赔笑道："老太太想得周全。只是，那宝蕴楼本是那年为娘娘省亲修建的，如今招待他们住进去，怕是小题大做了。"贾母摇头道："话不是这般说的。自古至今，哪一家不是生得一双富贵眼睛？我们越是隆重，二丫头不论嫁去哪一家，才越不会受委屈。便是娘娘知道，也定然会如此做！"贾母说得斩钉截铁，邢夫人不再回话。贾母又道："二丫头，你便回去好生歇着，这些日子不要抛头露面。"

迎春起身，先朝贾母施礼，又朝贾赦与邢夫人施礼，却避开宝玉眼睛，转身走了出去。宝玉痴痴望着迎春背影，顿时觉得自己是天地间最无用之人。

宝蕴楼是那年为元春省亲而建，却不在荣国府内，与贾府比邻而立。当时是为让随娘娘出行的宫娥、宦官有地落脚歇息才建了此楼，这些年一直闲置无人使用。宝蕴楼总共三层，每一层均有四间寝室。小楼虽算不上富丽堂皇，却也精巧别致，不失大家风范。

因是接待宫中诸人，故楼上楼下十二间房无论大小、格局或屋内摆设，俱是一样。屋内家具、桌案、座椅、床榻、被褥，乃至花瓶、果盘、茶具、面盆、痰盂皆是统一置办，绝无半分差别。每层四室门上皆有号牌，自楼梯一边数过来依次为"甲、乙、丙、丁"，也算是各房唯一差异。

这一回贾母特意叫人将宝蕴楼里里外外打扫干净，请孙家公子孙绍祖住了一层甲号，请钱家公子钱吾宗住了二层甲号，请赵家公子赵君瑞住了三层甲号。三位公子所带随从仆人皆另有安置，不叫他们与三位候选之人混在一起。贾母言明，招婿一事定要公平得体，在明早有定论之前，三位公子不得与他人接触，以免贾府落人口实。众人皆明白，此时外面不知有多少双眼睛盯着宁荣二府，王仁与贾蓉之事未平，万不能再出差池。迎春的夫婿只有一人，千万不可叫两个落选之人抓住把柄，不然借题发挥又是一场轩然大波。

宝玉去到宝蕴楼前，亲眼瞧见三家公子住了进去。不觉天色已黑，宝玉独自转回怡红院，不禁摇头叹息。忽见对面宝钗带了莺儿走过来，远远瞧见宝玉，两边都露出尴尬之色。宝玉看得明白，宝钗定是刚从贾母那里离开。莺儿急忙上前跟宝玉施礼，只说有件事忘了跟贾母那里的鸳鸯交代，便转身离去。

见莺儿走远，宝钗方说道："宝兄弟这是从哪里回来？"宝玉道："二姐姐那边有人来提亲，刚在宝蕴楼见了那三个人。"宝钗道："既是三家公子亲自上门，日后无论谁有福分娶了二姐姐，必不会亏待。"宝玉听了这话，心中不喜，侧过身盯着一旁花已凋谢的海棠树道："哪里有什么福分，哪里又有什么亏待，无非是贪恋府里权势，为了自家日后飞黄腾达罢了。"宝钗道："宝兄弟说的哪里话。日后二姐姐过门，两家便是一家，好上加好，岂非愈是好事？"宝玉愤愤道："我已见过来求亲的三人，无非都是……都是虎狼之辈，不似那些禄蠹书贼，还懂得附庸风雅。可叹二姐姐就要落到这些浊物手中，我却无能为力。"宝钗道："宝兄弟，你倒也不必将婚嫁之事看得如此不堪……"宝钗话未说完，宝玉越发急道："姐姐常在闺中，自然不知道外头的事。那三家的手段，早已从地方传到京中了！若他们还算不上'不堪'，那世上真没了这'不堪'二字了。还是姐姐觉得，婚嫁之事，只要有权有势即可，别的都不论了？"宝钗并不接话，只是微微一笑道："天色晚了，宝兄弟快些回去歇着吧。"见宝钗如此气度，宝玉反觉方才失态，喃喃道："姐姐，我……"宝玉话没说完，只听府墙外面传来一声撕心裂肺般的号叫："赵君瑞被钱吾宗杀了！"叫声划破夜空，叫整个荣国府的人都不寒而栗。

宝玉赶到宝蕴楼前，见柳湘莲已经站在楼前。柳湘莲本就住在附近，想来也是听到骚乱声赶了过来。柳湘莲知道楼里住的都是跟荣国府相关之人，便问宝玉道："喊叫的是何人？"宝玉道："里面住了孙绍祖、钱吾宗、赵君瑞三人。既喊的是钱吾宗杀了赵君瑞，喊话的必定是孙绍祖。"

柳湘莲和宝玉上前，随手抓住楼前看守门户的一名仆人，迎面急问道："孙绍祖可有出来？"仆人战战兢兢回答："不曾见孙公子出来，那之后并无声息，我等也不敢擅入，已派了人去报知府里。"宝玉又问："三人进去之后，可有别人再进出这里?"仆人摇首道:"三位公子入住之后,天色已晚,老太太又反复叮嘱,因此再没有人从这里进出。"柳湘莲又问:"除了这里,别处可还有路径?"仆人又摇首道:"并无其他进出路径。即便有人自楼内窗子跳出来,也绝逃不过小人们这些眼睛。"柳湘莲道:"如此一说,楼中便只有求亲的三位公子。"

柳湘莲与宝玉走进宝蕴楼里,里面寂静无声,没有半点生气。宝玉顿感头皮发麻,幸而柳湘莲乃武人出身,并不为意。柳湘莲问道:"那三位公子住在哪里?"宝玉道:"孙绍祖住了一层甲号,钱吾宗住了二层甲号,赵君瑞住了三层甲号。"柳湘莲道:"且随我一一看过三人。"宝玉道:"孙绍祖喊赵君瑞被杀了,我们先去三层看个究竟。"柳湘莲却摇首道:"如果如孙绍祖所言,那此刻赵君瑞已然死了,因此最岌岌可危之人,反而是孙绍祖自己。咱们该先去一层甲号看他的安危。"

孙绍祖这里的房门并未闩上。柳湘莲伸手一推,房门应声而开。二人一眼看到的,便是孙绍祖俯身趴在地上,后心处直直插着一把短刃。因为短刃还在身上,因此并未流出太多血,只一小片淡淡地洇了出来。

宝玉跟追进来的仆人早已吓得魂飞魄散,唯有柳湘莲缓缓蹲下,凝视孙绍祖背上的短刃。瞧了许久,柳湘莲忽道:"这柄短刃可是宝蕴楼中的?"仆人一愣,壮着胆子又瞧了一眼，急忙道："是这里的不假！"仆人站起身来，走到一边紫檀木桌案前，指着上面果盘道："这是给三位公子削果皮用的刀子。三个房间里都有一把。"

柳湘莲起身快步走到桌边，一把抄起盘中短刃，拿在手里反复打量。短刃乃寻常之物，短小轻薄，并不适合用来杀人害命。柳湘莲看看手中短刃，又看看孙绍祖身上的那把，不觉沉思出神。

宝玉凑上前，不禁脱口而出："两把竟一模一样！"柳湘莲点头道："不错，定是贵府一并买来的。"宝玉忽道："既然孙绍祖房中短刃还在果盘中，那将他刺死这把……"柳湘莲点头道："必是来自那两人房中。"

柳湘莲三人自一层上到三层，推开赵君瑞的房门。

与孙绍祖一样，赵君瑞也倒在房内，没了气息。他是仰面倒下，头颅一边不知被什么东西打得一片血肉模糊。赵君瑞涌出的血要比孙绍祖多了许多，整张脸皆被染得通红。

宝玉朝桌上果盘一看，顿时惊道："这里的短刃果然没了。"柳湘莲过去看了一眼，并未接过宝玉话头，而是四下打量起来。柳湘莲指着地上一把黑漆油伞道："打死赵君瑞的，应该就是此物。"仆人瞧了一眼，惊慌道："这伞……也是宝蕴楼里的！就在一层进门那里。这些日秋雨甚多，老太太叮嘱要备几把伞在这里。我便买了五把插在那里的伞架上，万没想到成了杀人害命的凶物！"

宝玉恨恨道："柳大哥，事已明了。方才孙绍祖呼喊钱吾宗杀人，此刻他和赵君瑞都已死于非命。杀人的显是钱吾宗，他将赵君瑞害了，不想被孙绍祖撞破，才有了那一声惨叫。钱吾宗在这里行凶，便随手拿起这里的短刃，一路追到孙绍祖屋里，一刀将他杀了。"仆人立即道："二爷说的是，定是如此。"柳湘莲却摇头道："看来似是如此，却有极不合情理之处。旁的不说，那钱吾宗为何要杀了孙赵二人？"宝玉道："自然是为了二姐姐的婚事。那二人死去，荣国府孙女婿之位自然成了他囊中之物。"柳湘莲道："宝蕴楼里只有三人，倘若死了两个，剩下那个便成了金龟婿？我看只怕会沦为阶下囚。这钱吾宗再蠢笨，也不会用这等手段。"

柳湘莲如此一说，宝玉顿觉在理，一时间不知该如何是好，只好问道："依柳大哥看，是谁杀了赵君瑞？"柳湘莲道："这个我并不知晓。不过，用黑伞的人，似乎有个与众不同之处。"宝玉忙问："如何与众不同？"柳湘莲道："宝兄弟来看，行凶之人乃是站在赵君瑞对面，挥伞将他打死。"宝玉点头道："便是我这样无用的人，也看出来了。赵君瑞脸上的伤自耳边至面颊，伤痕越来越浅，显是面对面击打出来。"柳湘莲点头道："正是如此。既然如此，便可窥出一二。我再问你，赵君瑞之伤，在哪一边？"宝玉低头看了一眼，回道："在他右边脸上。"柳湘莲又道："相对而立，打在右边脸上，因此……"宝玉立即接道："是了！行凶之人必定用的是左手！"

宝玉转头问仆人道："孙绍祖与钱吾宗，哪一个惯用左手？"仆人想了片刻，抬头答道："小人伺候三位公子用了晚饭，只有……钱公子是左手拿着筷子！"

宝玉大惊道："绕了一圈，怎地又回到这人身上？"柳湘莲扶了一把腰里的鸳鸯剑，决然道："我们不必苦恼，去二层见过钱吾宗，便可知分晓。"

钱吾宗和孙赵二人一样倒在自己房里，成了一具死尸。他俯身倒在地上，头朝着屋内，双脚对着门口。和孙绍祖、赵君瑞不同，钱吾宗身上没有半点血迹，只是颈上多了一道暗紫色勒痕，勒痕几乎绕颈一周，看上去十分可怖。

柳湘莲低身查看了许久，方起身说道："凶手应是藏在房门后面，待钱吾宗进来，自身后一下勒住其脖颈，将其送上了黄泉路。"

见楼中三人转瞬间皆死于非命，宝玉不禁脊背发冷。他直直盯着钱吾宗尸体，忽地问道："柳大哥，凡被勒毙之人，可都会攥紧了拳头？"宝玉一问，柳湘莲也注意到钱吾宗右手确是紧紧握住。柳湘莲用力掰开，见一缕绸布被他握在掌心。宝玉问道："这是何物？"柳湘莲道："这该是从行凶之人身上扯下来的。钱吾宗被人勒住，必定拼命挣扎，两手朝后面乱攥。这个东西定是他抓到的。不过，这缕绸布究竟是谁的？"一旁仆人呆呆道："回柳公子，小人记得清楚，三人进来的时候，孙绍祖公子穿的便是与这布条一样质地的袍子。"

一夜之间,荣国府三个候选孙女婿皆死于非命。宝蕴楼大厅里,一家主事之人自然愁容满面,个个屏声静气,生怕贾母的目光落在自己头上。贾母居中而坐,脸上并无半分表情。邢夫人在一边絮絮叨叨:"这可如何是好?三人死在府内,只怕孙钱赵三家不会善罢甘休。凤丫头,你看……"邢夫人想找凤姐问个主意,却忽地想起她已不再主事。

凤姐只站在一旁,低声道:"太太说的是。只怕……最麻烦的还不是这三家。孙钱赵三家虽不是显赫望族,却都是地方豪族。据说忠顺亲王那头一直盼着将三家招入旗下,只是一直不得机会。这一回出了这样的事,那三家本碍于咱们家的威严,原也不敢怎样;怕的是忠顺亲王那边过来撑腰,便不好收拾了。"凤姐一番话字字打在关节上,说得众人的心不住往下沉。放在往日,凤姐定然会说出一个办法,今日却不再往下说。贾母点头道:"凤丫头说的是。这件事压是压不住的,总要想个万全的法子,不叫府里上下招祸才是。"贾母看着宝玉,又说道:"宝玉,你是第一个赶来这里的,可看到了什么?"

宝玉偷眼看了一下身旁的柳湘莲,见他朝自己点了点头,便深吸了一口气,走到前头。事前柳湘莲已然跟宝玉讲好,老太太必然会详加盘问,自己是外头人不便开口,因此早将其中关键告知宝玉。宝玉开口道:"老太太容禀,此事中间，怕是有些蹊跷。"贾母道："如何蹊跷，你慢慢说出来。"

宝玉道："此事看来并不难解。孙绍祖死了，背上插了赵君瑞房里的短刃。如此一来，便该是赵君瑞拿刃杀了孙绍祖。赵君瑞也死了，在自己房里叫人迎面打烂了右边半张脸。如此看，行凶之人该是惯用左手。在楼里只有三人，唯有钱吾宗是以左手执筷，由此看来他定是杀死赵君瑞之人。再来看钱吾宗。他叫人从背后勒了脖颈，在挣扎间拿右手扯了行凶之人的衣服。我与柳大哥查验了另外两人，看到有一个衣服右边袖子少了一块，竟与钱吾宗手里抓的严丝合缝。这个人便是孙绍祖！"

贾母听了，悠悠道："如此，便是孙绍祖杀了钱吾宗……"邢夫人听了，竟面露喜色道："若真是如此，便是府上渡了一劫。这三人是争风而死，赵君瑞杀了孙绍祖，孙绍祖杀了钱吾宗，钱吾宗又杀了赵君瑞。三人之死都跟荣国府没有关系，真是老天庇护……"厅内只有邢夫人念念叨叨，自贾母到凤姐，再到宝玉跟柳湘莲，并无半点侥幸之色。

宝玉皱眉道："大太太说的是，只是里面似还有可思量之处。"邢夫人愣在那里，贾母道："宝玉接着说来。"宝玉道："宝蕴楼里只有死了的三家公子。倘若是互杀互灭，至多也只是两个丧命，如何能三个皆死？即便真是孙绍祖杀了钱吾宗，赵君瑞杀了孙绍祖，那已然死了的钱吾宗又如何杀得了赵君瑞?"宝玉如此一问,众人皆默然无语。一旁的探春喃喃自语道:"若是钱吾宗先杀了赵君瑞,孙绍祖又杀了钱吾宗,那死了的赵君瑞又如何杀得了孙绍祖?若是赵君瑞先杀了孙绍祖,钱吾宗又杀了赵君瑞,那死了的孙绍祖又如何杀得了钱吾宗?"

到此时,众人才发觉,宝蕴楼里竟然出了一桩看似绝不可能的凶案。贾母正低头不语,忽地外头仆人急匆匆跑进来,慌忙禀告:"老太太,外头孙家、钱家、赵家皆差人前来,要与府上管事人理论。"王夫人道:"三家皆不在京内,昨晚才出了事,怎地今儿一早人就来了?"仆人回道:"太太容禀。管家赖大爷在外头问了,三家老爷说自己送公子进京求亲,顺道去忠顺亲王府拜会,因此得了消息便赶了过来。"王夫人道:"信口开河!既是求亲,怎地只让儿子来这里,老子倒去了那边!分明是居心不良,左右骑墙!"仆人又道:"跟着三家老爷来的,竟是兵马司的仇都尉!说是忠顺亲王怕三家老爷人生地不熟,才叫仇都尉一道跟了过来。"

听到"仇都尉"三字,府中上下众人俱是一震。拿了王仁跟贾蓉放印子凭据的,正是这位仇都尉的公子。此人是忠顺亲王最信得过之人,手握兵权。此时带了三家老爷登门,是福是祸不言而喻。

贾母见贾赦、贾政俱不作声,长叹一声站了起来,缓缓道:"常言道,是福不是祸,是祸避不过。既然登门,我等还须以礼相待。鸳鸯,且扶我出去迎客。"忽地,一人出来拜在贾母跟前，决然道："老太太回去歇着，还是由我出去应付。"众人一看，出来的竟是凤姐。凤姐抬头又道："里里外外都知道府里向来是我管事。我是个没深浅的后辈子，纵然有什么失礼的地方，不管是三家老爷还是仇都尉，自然不会与我一般见识。老太太是万金之躯，断不可随意出去，只在后面托着一家老小便可。"贾母直愣愣瞧着凤姐，良久才道："凤丫头，到底还是让你操心。"宝玉在一旁道："老太太，我跟着凤姐姐一道出去。"贾母瞧了一眼宝玉，又看了看旁边的柳湘莲，缓缓点了点头，转身道："凤丫头跟宝玉回府中荣禧堂迎客，其余众人且待在这里。"

宝玉与柳湘莲随着凤姐往外走。宝玉回头看了一眼黛玉，见黛玉满眼含露盯着自己，此时却急忙把头低下。宝钗站在旁边，却没有看着宝玉，只侧着头与身边莺儿说道："想来真是吓人。那钱吾宗竟拿了右边的伞，将赵君瑞打死……"

宝玉不曾留意，柳湘莲听了，不禁把眼睛瞧向了大厅一角的伞架上。伞架是以黄花梨木雕成，一排可插五把伞。现在有四把放在上面，唯最右边空着。钱吾宗便是拿了这里的伞，上楼打死了赵君瑞。

柳湘莲盯了许久，又转头看了看宝钗，见宝钗并没瞧着这里。柳湘莲猛地一惊，一下子拉住了宝玉胳膊。宝玉一惊，却见柳湘莲面露喜色，对自己说道："宝玉，我等这就跟着琏二奶奶，去会会那四个登门索命的。"

第五回 分骨肉

一帆风雨路三千,把骨肉家园齐来抛闪。恐哭损残年,告爹娘,休把儿悬念。自古穷通皆有定,离合岂无缘?从今分两地,各自保平安。奴去也,莫牵连。

贾府中轴上的荣禧堂象征着整个儿家族的荣耀,延绵至今已逾百年。此刻,百年的荣耀已然摇摇欲坠,堂内坐着的四个人似全没把这些放在眼里。仇都尉本是陪客,却坐在主客位上,孙家、钱家、赵家三位主事人反而坐在下首。见凤姐、宝玉跟柳湘莲进来,三家老爷旋即起身。仇都尉却不慌不忙,等凤姐上前施礼,才缓缓站立起来。

仇都尉只拿眼白打量一番,开口便道:"荣国府如今怎地这般不懂礼,出了这么大的事,却只叫几个晚辈出来。"凤姐开口笑道:"仇大人万勿怪罪。府里每日大大小小少说也有百十来件事,老太太跟各位老爷太太个个忙得双脚不曾落地,我跟宝兄弟只好硬着头皮做些力所能及的,还望大人海涵。"

凤姐这话说得滴水不漏,乍一听给足了仇都尉面子,暗中却满带嘲讽,分明在说仇都尉微不足道,根本用不着贾母等人出来。宝玉不觉,柳湘莲却听得分明——这边因为放印子的事已然和仇都尉的儿子撕破了脸,若只是一味软弱,定会处处受制。凤姐乃女中豪杰,此刻不卑不亢,倒叫仇都尉不好发作。

仇都尉道:"谁来跟我说话并不打紧,我今儿只是给三位老爷领路。你们与他们三个说便好。"说罢,仇都尉又坐了下去，满是坐山观虎斗的神情。凤姐见状，忙收了笑意，上前恭恭敬敬给三家老爷行礼。紧接着，凤姐将昨夜宝蕴楼内发生的事一一说给三人，边说边抽噎起来。待到讲完，凤姐已然泣不成声，事情里面的关节却一个字也没落下。孙钱赵三家老爷听了，个个惊得瞠目结舌，一时间竟忘了悲伤，只是叹道："如何出了这等事情！"

一旁仇都尉又站起来，向三家老爷道："此事太过蹊跷。若是楼里只有三位公子，如何一夜之间都没了？只怕其中还有不可告人之事。"宝玉上前道："依大人意思，难不成我们跟几位老世伯还有所隐瞒？"仇都尉冷着脸道："京中谁人不知，贾府向来孤高自诩，目无凡尘，几位小姐更是养得娇贵得很，看不惯凡夫俗子。保不定这一回二小姐被逼急了，府里出了什么疏漏，叫歹人有机可乘。"宝玉愤愤道："什么疏漏？什么有机可乘？大人可是说是贾家有意叫人害了三家公子？"仇都尉鼻子里哼了一声道："在下不敢妄下断言，还须三位大人自行评判。忠顺亲王向来看重三家忠君护国，原想着这一回无论哪家与荣国府结亲，都是好的，却不想出了这等事。三位大人来到京中，人生地不熟，亲王已经传下话，叫我跟着过来，只等荣国府给个稳妥的说法。"

凤姐看得明白，孙钱赵三家虽骤然丧子，但也不想因此跟荣国府翻了脸。可仇都尉却要借题发挥，此刻又搬出忠顺亲王，是无论如何也不肯轻易放过的。一旁赵家老爷颤巍巍说道："我等位卑言轻，又失了爱子，已是心绪大乱，现在全仗各位大人做主。"他这样一说,孙钱二位老爷也不住拂泪点头。

宝玉看了凤姐一眼,二人知道话说到这个田地,无论如何也是不能大事化小、小事化无的。可想到楼内惨死的三个人,二人无论如何也想不出一个万全说法。荣禧堂内瞬间鸦雀无声,只听见又坐下的仇都尉轻磕茶盅盖碗之声。

忽地,柳湘莲上前两步,朝仇都尉跟三位老爷深施一礼道:"诸位大人,若不嫌弃小人粗鄙,倒是有个万全说法请各位评判。"众人皆是一惊,还是凤姐第一个回过神来道:"柳兄弟是宁荣二府世交,如何这般客气。"柳湘莲知道凤姐这样说是不叫诸人以权势欺压自己,便顺水推舟道:"既然诸位大人如此抬爱,小人就唐突了。

"前面琏二奶奶已然说得明白,看似是赵公子杀了孙公子,孙公子杀了钱公子,钱公子又杀了赵公子。可无论如何,楼里只有三人,万不能都死了,是故没了万全说法。小人思之再三,发现其中还有几个小关节,这里说给诸位品评。

"孙公子死在了短刃之下,而短刃是从赵公子屋里来的,大伙才认定是赵公子杀了孙公子。可是,若真是如此,赵公子何必拿了自己屋里的短刃去行凶?这不是明白告诉人家自己是下手的人?旁的不说,便是孙公子自己屋里也有一模一样的短刃,拿来杀人岂不是更妥当?

"又一个,赵公子死在了雨伞之下,还是被惯用左手之人打死的。三人中只有钱公子惯用左手，因此认定他是行凶之人。雨伞是从宝蕴楼大厅角落里取来的，那里一排放着五柄伞，全是一样的。行凶之人顺手拿起了最右边一柄，看似与命案无关，实则大有关联。"

宝玉问道："如何大有关联？"柳湘莲续道："宝兄弟是惯用右手之人，但若是用左手，面对着一排五柄雨伞，可会伸手去取最右边一柄？"宝玉伸出左手，在眼前一抓，随即摇头道："断然不会。用左手去取对面最右边的伞，实在不合情理。"柳湘莲道："若伸右手去取，却又如何？"宝玉又伸了右手再抓，大声道："是了，方便得很！这一回就顺过来了！"柳湘莲点头道："因此，这个行凶之人的行径就十分奇怪了。他以左手杀人，却是以右手取了杀人凶器。"柳湘莲这样一说，众人皆沉默不语。

柳湘莲又道："最后来说钱公子。钱公子被人自背后勒死，死前右手拼死扯下了行凶之人衣裳。三人之中只有孙公子右边衣袖缺了这一块，因此被当作杀了钱公子之人。乍一看严丝合缝，仔细想来却是个大破绽。"宝玉追问："寻到取伞的破绽已然不易，衣袖这里又有何破绽？"柳湘莲道："还要请宝兄弟再试一试。一个人自身后勒住另一人，被勒之人右手往后抓，抓住的该是哪里？"宝玉道："行凶之人两只衣袖必定在被勒之人脖颈左右，右边衣袖被右手抓住是情理之中的事，并无不妥。"柳湘莲笑道："宝兄弟并未在江湖走动，想不通这一节也是难免，需注意钱公子颈上勒痕……"

凤姐忽地说道："是了！依钱公子颈上勒痕看来，行凶之人勒住他时，左右两只手定然交叠换位，左手在右边，右手在左边！"宝玉也恍然道："是了！我真是蠢笨至极。可不是如凤姐姐所说。"

柳湘莲点头道："正是如此。是故，若真是扯下了行凶之人的衣袖，也该是左手一边的才是，断断不会是右边的！"说罢，柳湘莲目光扫过三位老爷，三人皆惊愕无比；再去看仇都尉，脸上已然没有了方才的咄咄逼人之色。

柳湘莲道："如此一看，三桩命案中皆露出破绽。行凶的短刃、最右边的雨伞、右手边的衣袖，皆不合情理。如何会出现许多不合情理的东西？只怕不是巧合，而是有意为之。"一旁孙老爷问道："如何是有意？"

柳湘莲道："只怕是有意嫁祸于人。孙公子之死，是有人想要嫁祸赵公子。当时楼里除孙赵二人外，只剩下钱公子一人，是故嫁祸之人只能是他；赵公子之死，是有人想要嫁祸钱公子，这个人只能是孙公子；钱公子之死，是有人想要嫁祸孙公子，这个人又只能是赵公子。三人求亲，若是一人死了，另一人被当作了行凶之人，剩下的一个自然不战而胜。可惜，三人一个用刀时没想清楚，一个取伞时太过大意，一个将孙公子衣袖放在钱公子手里时，忘了双手颠倒之事。"

听了柳湘莲一番惊人之论，在场众人皆目瞪口呆。仇都尉又站起身，指着凤姐道："无稽之谈！贵府以为找个不相干之人在这里一番疯言疯语，便可推脱弥天大罪？我来问你，不论是否嫁祸，楼中的三人，如何会都死在里面？说不通这一节，便是贵府找了第四个人灭了三位公子之口。"凤姐笑道："仇都尉莫要发急放狠，不然回去也不好跟老亲王交代。"此语一出，仇都尉又没了回应。

柳湘莲继续道："大人容禀，小人自然能够自圆其说。第一个妄动杀念的，该是钱公子。他事先偷拿了赵公子房中的短刃，潜入孙公子那里，一刀插进了他的后心，故意将凶器留在那里，为的是事发之后诬陷赵公子。

"钱公子回到自己屋里，因内心惊恐，全没留神早有人藏在门后。这个人便是赵公子，他并不知道孙公子已然被刺，便勒死了钱公子，把之前弄来的孙公子的右边衣袖布塞进钱公子右手，匆匆离开。

"按理说，此时孙公子与钱公子皆死，只剩了赵公子一个。怎奈人算不如天算，先前被刺了后心的孙公子并未死透。小人久在江湖，这类事见得多了。为了嫁祸于人，钱公子只得选用削果皮的短刃，又不能将其拔出。但凡利刃留在身上，又未刺中要害而流血不多的，大多不会立马死透。

"这孙公子竟然转醒，却因重伤迷失了心性，这也不是什么不同寻常之事。他全然忘了背上的刀伤跟钱公子行径，此时想的，乃是自己受伤前所想的事。那又是何事？自然是杀了赵公子，嫁祸于钱公子的事。他知道钱公子是惯用左手的，便想拿了伞用左手将他打死。可惜，要么是他从未想到过，要么是因重伤失了心智，在取走伞时，竟忘了作假，用右手拿走了最右边一柄。

"孙公子叫开门，左手挥伞打死了赵公子。孙公子此刻认定大功告成，必然一阵狂喜，转回自己房间。紧接着，他做了一件早已想好的事，那便是放声高呼钱吾宗杀了赵君瑞。哪知道刚喊了一句，背上刀伤发作起来，一下倒了下去，便一命呜呼了。"

柳湘莲停在这里，环视诸人。荣禧堂内只有仇都尉越发粗沉的喘息声。沉吟片刻，仇都尉嘶声道："真真是一派胡言！扯七扯八，无非是想置身事外！出了三条人命，怎能只听一家之言！"话音未落，只听外头有人应道："大人所言甚是，确不能只听一家之言。"

众人抬目瞧过去，只见鸳鸯与琥珀一左一右，拥着贾母走了进来。贾母乃国公正妻，堂堂一品诰命，漫说孙钱赵三家，便是仇都尉也不敢造次。众人急忙施礼，凤姐快步上去将贾母搀来让在正席。贾母对仇都尉笑道："族中俗事太多，老身才来迎接大人，还望海涵。方才大人说得极是，这件事定要有个公道，才好与三位老大人交代。"三家老爷听了急忙躬身作揖。

贾母又道："现在看来，无非是两个说法。一是如柳公子所言，三家公子为求二丫头一时考量得不周全，自杀自灭起来；二是我府上照看不周，宝蕴楼里进了歹人，杀了三位公子，卷了求亲珍宝逃了去。不知几位老大人跟仇大人觉得哪一个更为稳妥?"贾母这一问,倒叫三家老爷没了主意,颤巍巍只是拿眼角扫向仇都尉。仇都尉脸上一阵青一阵红,只是不作声。

贾母见此,便说道:"照我这没见识的妇道人家说,与其都报了出去闹得天下皆知,不若私底下先弄出个子丑寅卯。我与三位公子有一面之缘,都爱得不得了。三位都是青年才俊,最是知书达理,断不会叫脂油蒙了心。依我说,柳公子所讲未必是真,还是有素不相识的歹人自外头进来作下了孽。咱们应及早报与官家,叫官家缉拿歹人,与三家公子报仇。我贾家自是难逃失职之过,与三家拉扯不开。今后自当尽贾家之能,时时报偿三位老大人。"

贾母一番话叫三家老爷退无可退。赵家的打头说道:"老夫人所言甚是,定是如此!可怜我那孩儿无福,死于歹人之手!"赵家老爷一哭,其余两位也都跟着落泪,纷纷道:"还请老夫人跟仇大人为我等主持公道,及早缉拿歹人。"仇都尉听到这里,已知道再无孔隙可钻,闹下去于各方都是不好,便朝三家老爷拱手道:"在下只是引路,公道自有老夫人主持。既是有了结论,我便告辞。"说罢头也不回走了出去。贾母旋即起身,对凤姐道:"凤丫头,与我一起恭送仇大人,回来再与三位老大人商议后续事宜。"

宝玉跟柳湘莲站在荣禧堂门口,远远看着贾母与凤姐送走仇都尉,宝玉转头低声道:"此一回,柳大哥可是救了我们一家。"柳湘莲看着贾母背影,悠悠道:"只是其中还有我未想清的关节。"宝玉问道:"还有关节?"柳湘莲道:"这嫁祸之计着实精妙,可见三家公子都是心思缜密之人;可如此缜密之人,又怎会留下这些破绽?况且,三家公子素不相识,如何都想到了嫁祸的主意?这些委实叫我捉摸不透……"

因王仁与贾蓉的缘故,凤姐怕出头露面被仇都尉抓了把柄,便在后面将一切安排妥帖,只叫李纨出面打理。李纨虽无治事之才,倒也将一切渐渐平息下去。三家得了不少好处,各自回归原籍,嘴里直嚷着叫官家尽早将行凶之人缉拿归案。

宝蕴楼之事后,又有两件事接连而来,叫宝玉不知是喜是悲。头一件是迎春被悄无声息嫁去了外省。那件事后,京中望族自然不再与贾府提亲,贾赦便与邢夫人做主,将女儿嫁给西边一家世交公子。贾母虽不喜,却也并未阻拦。宝玉只听到那户人家世代本分,那公子也是读书明理之人,与死了的三个大相径庭。虽心中有百个千个不忍,却也知道这是眼下二姐姐最好的归处,留在京中也只能如茉莉花般随宗族而衰。贾赦草草送迎春出京,那家人也只派了七八个仆人,用一辆马车将人接走。宝玉与众姐妹送至京郊,也只换来迎春深深一礼。

第二件算是喜事。史湘云虽久不来府中,却自史家传来书信,说湘云已然定了亲,下月便要嫁入京中。宝玉听闻湘云要嫁人,原本生了说不出的惆怅,不料那边迎娶史湘云的,竟是神威将军公子卫若兰。如此一来,宝玉顿觉漫天阴云雾时消散,一则卫若兰定不会慢待埋没湘云,二则如此一来湘云便可长留京中。再想到之前京西射圃时,自己随手将金麒麟赠予卫若兰,没想到竟成就这桩姻缘,真真是"因麒麟伏白首双星"。想到这里,宝玉更觉得自己做了一件该做之事。

宝玉苦盼湘云进京,不料过了半月,竟然音信全无。这日宝玉心烦,便与薛蟠到柳湘莲那里饮酒。薛蟠遣人去请冯紫英与卫若兰,宝玉拍手叫好,正好想问卫若兰婚事操持到了哪里。酒未过三巡,忽见冯紫英走了进来。宝玉、薛蟠、柳湘莲本来喝得甚是欢喜,见冯紫英模样,不觉都是心中一紧。

眼前的冯紫英全无了往昔神采,面色阴郁,神色萎靡,显是遭了惊吓。几人连忙请他坐下,却都不敢开口询问。冯紫英自己倒了一杯,一口倒了进去,抬起眼皮环视诸人,瞧了几圈,才沉沉地道:"诸位弟兄怎地还没知晓,西边出了塌天大事。"众人皆大惊,薛蟠第一个问道:"西边有何大事?莫不是王母娘娘的昆仑山崩了,还要去补天?"冯紫英道:"薛大哥怎地忘了,先前南安郡王领着人去征贼寇了。"宝玉自然记得,脱口问道:"可是有了结果?"冯紫英叹道:"大败而归!南安郡王叫贼寇擒了去,我爹爹百死突围回了京，那卫老伯……于乱军中被踏为齑粉！"

冯紫英此语一出，宝玉把手里的酒全都洒在了身上。他扯住冯紫英道："那卫大哥……"冯紫英道："卫大哥得了消息，一个人骑马出关去了西边，说好歹要寻回卫老伯尸骨。"说罢，冯紫英已是泣不成声，其余三人皆低头无语。

柳湘莲问道："南安郡王兵多将广，十倍于贼寇，如何败得这样惨？"冯紫英低声道："兄弟不知，前面兵将虽多，后面粮草马匹却全在忠顺亲王一派手里。他们一面叫皇上逼郡王出兵，一面又扣住辎重不发。郡王孤军深入，中了圈套，才有这样下场。"

宝玉这些日稍稍平复之心，此刻又坠了下去。神威将军战死，卫若兰远去，却叫湘云如何是好？难不成人没过去就成了"望门寡"？又想到南安郡王这一败，便是自家这一派万劫不复。宝蕴楼里死了三位公子，忠顺亲王尚不放过，这一回又如何能全身而退？

只听冯紫英又说道："听说那南安太妃为了救回儿子，已给万岁上了奏本，说是……"宝玉心里满是湘云，已然听不见他们又说了些什么。

三日后，一道圣旨降到荣国府。皇帝安排荣国府三小姐贾探春过继南安郡王府，为南安太妃义女，南安郡王义妹，加封安平郡主，一月后出嫁和亲，换南安郡王回朝，从此朝廷与藩国世代交好，再不兴刀兵之乱。

"这算什么！堂堂朝廷，满是文臣武将，制不住个番邦属国，却拿个女子出去换太平，岂不是天下最可笑之事？"

任凭宝玉如何呼喊，也改不了探春命运。众人皆知，这是圣上定下的法子；南安太妃救子心切，又要保全郡王府世代功业，自然遵从。如此一来，两边都不曾吃亏，只是探春一人被舍了出去。

这一晚，宝玉想叫了黛玉一同到秋爽斋去看探春。不料紫鹃说黛玉身子不适，晚饭没吃便睡下了。宝玉知黛玉有意避而不见，也不再说什么，便一个人朝秋爽斋去了。走到门口，只见宝钗一个人站在门前。不多时，探春的丫鬟侍书打开大门，朝宝钗施了一礼，将她引了进去。宝玉站在那里呆了许久，还是叹了一声，转身回了怡红院。

第二日宝玉刚起来，便有外头的小丫鬟跑来道："二爷快去看看，三姑娘那边叫人送了好些个木头板子进园子。"宝玉心里正记挂着探春，忽地听见什么"木头板子"更是一头雾水，赶紧奔向了秋爽斋。

宝玉赶到秋爽斋门口，见探春站在一旁，丫鬟侍书正叫着几个小厮往屋里搬运东西。宝钗、惜春、李纨也在这里，唯独不见黛玉。探春性情自然与嫁出去的迎春大不相同，脸上瞧不见半点怨恨哀伤之色。见宝玉来了，探春笑盈盈疾步上前道："二哥哥来得正好。你平素就是个无事忙，快些过来帮我把这些宝贝放进去。"宝玉问道："三妹妹叫人找的是些什么？"听宝玉一问，探春朝小厮叫道："先下去歇会子，东西放在地上不要磕碰。"几个小厮将手里东西轻轻放下，施礼转身离去。

　　探春走到近前，伸手招呼众人道："你们都来瞧瞧。"宝玉等近前一看，都觉意外。探春叫人搬的，竟是一幅幅刻在木头板子上的字帖，显是工匠用来拓印字帖用的。宝钗自然识得，开口赞道："探春妹妹真是慧眼独具，哪里寻来这些宝贝。钟繇的《宣示表》、王羲之的《快雪时晴帖》、欧阳询的《九成宫醴泉铭》、颜真卿的《多宝塔碑》、柳公权的《玄秘塔碑》、褚遂良的《孟法师碑》、张旭的《古诗四帖》、怀素的《自叙帖》、苏轼的《黄州寒食诗帖》、米芾的《蜀素帖》、杨凝式的《韭花帖》、赵孟頫的《寿春堂记》……真真是应有尽有。来了秋爽斋，便不用走遍天下访古寻碑了。"探春笑道："到底是宝姐姐见识多，换了旁人定说我得了失心疯，没来由搬了些破木板子在屋里。"

　　宝玉道："三妹妹寻得这些木刻字帖做什么？"探春道："想来你们都听说了，下个月我便要去西边和亲，再想回园子里与你们起诗社，是万万不能了。既是如此，便寻来这些，每个临摹一张赠予园子里诸位。将来大伙时不时取出来瞧瞧，便是我跟大伙又在一块儿了。"这一番话探春说得平淡，众人听来却是惊心动魄，唏嘘不已，宝玉更是眼中落下泪来。众人皆低头不语，唯探春自始至终从容不迫，没露出半分悲伤神情。宝玉道："三妹妹，你便……便认命了不成？"探春忽地收了脸上的笑，正色道："认与不认，各人的命都在那里，谁又能移动它半分半厘。咱们在这园子里的那些时日固然是好，但常言道：'千里搭凉棚，没有不散的宴席。'当日越是喜欢，越该知道会有不喜欢的日子在后头。想通了这一节，又何须自怨自艾？"探春这样一说，倒叫宝玉没了应对，只低了头将木头一块块搬进了探春的秋爽斋。

探春跟着进来道："二哥哥休要放下，都与我搬进二楼小屋里去。"秋爽斋与园子里各处最大不同，便是多了一个二楼。只有一道楼梯通向二楼，楼梯尽头是一方平台，只站得下三两个人，右手边有一扇木门，里面是个并不很大的房间。从下面第一阶楼梯，一直到上面木门前，铺着一条大红毡毯。这里本是娘娘省亲时用来堆放随时要用的杂物之处，探春住进来后将杂物清空，把木门紧闭，一直不曾有人进出。

宝玉诸人将东西搬进屋内，却发现探春早已叫人把这里打扫干净，桌椅书架笔墨纸砚一样不少。宝玉问道："三妹妹莫不是要在这里临帖？"探春道："二哥哥说得没错。今番写字不比往昔，万不可胡乱几笔了事。写字最忌心浮气躁，眼里看得多了，耳内听得多了，便写不出上乘之作。是故我叫侍书她们把这里收拾干净，这些天就要在这里潜心写字。"探春一番话，说得宝玉心里甚是难过，正要劝她不必如此，却听探春又说道："我正要跟二哥哥说，这些天便不要叫我聚在一起，更不要到这里找我，叫我用心留下几幅佳作赠予你们才好。"探春这样一说，宝玉便不好再说什么，只是心中更加难过，暗骂自己无用。

探春低头看着各个字帖，似在喃喃自语，又似在对众人说道："想来这些名帖，必是钟王张怀、欧柳颜赵、苏黄米蔡于低落之时，于内心一番挣扎后挥毫而作。往日这园子里花团锦簇，我哪有这等心境？如今遇着这避不开的事，叫我有了这样机会，自然不能错过。"探春口中说着这等悲怆之语，脸上却依旧满是淡然。

自那天起，园子里再不见了探春。宝玉心头惦记，不时走到秋爽斋跟前，却想着探春的话没敢进去。他找侍书问了几次，都说探春终日在二楼小间里临帖，早入晚出，除三餐就寝外全不下楼。侍书说自己在小间门口听了几回，除去几次听见探春自言自语说字帖，再没有其他什么。宝玉见如此，也只好长叹一声，转身离去。

再见到探春，已是五日之后。这一日，宫里派了夏太监到府里。原来为了探春和亲，圣上降旨，叫元妃娘娘监制礼服一套，出嫁之日穿在探春身上。今日礼服制作完备，娘娘叫夏太监送来赐予探春。

宝玉闻讯赶了过去，却见探春已经将礼服穿在身上。礼服雍容华贵至极，配上探春容貌气质简直惊为天人。在夏太监跟前，众人皆是满口称赞，李纨更是说道："咱们家已有了娘娘，这一回又要再出个王妃。"探春听了只是浅笑，宝玉在一旁却是满脸不悦，正要发作，抬头却看见宝钗正盯着自己，一时间便忍了下去。

夏太监缓缓道："礼服已然交割完毕。圣上特意关照，安平郡主大婚在即，万万不可横生枝节。今日起，叫宫里头张嬷嬷住在秋爽斋，日夜照料郡主起居。另有两名殿前侍卫守在省亲别墅外头，以免歹人侵扰。"

贾府之人听了，心头俱是一沉。明白这表面是拨了三个人照料，实则是到这里监视探春及贾府上下，不要坏了和亲大事。自这一日起，一个嬷嬷与两个侍卫便将园子内外看管起来。宝玉心中恼怒，却无可奈何。

和亲出嫁之日临近，园子里却一切如常。这一晚，宝玉用了晚饭，闷闷不乐，翻了几眼《会真记》，又想起了黛玉，便把书扔在了一边。忽地袭人快步进来，对宝玉道："二爷快出去看看，三姑娘那边的侍书来了。"宝玉听了，急忙出去，见侍书双目通红，如热锅上的蚂蚁一般。见宝玉出来，侍书跪下哭道："二爷快去看看，我家姑娘不知怎地，突然胡言乱语起来。"话未说完，宝玉撇下侍书、袭人，外衣也不披便朝秋爽斋跑去。

宝玉来到这里，疾步上楼，见张嬷嬷站在门前小平台上，不住拍打小间木门，口里疾呼："郡主娘娘，郡主娘娘快些开门！"宝玉凑到门前，只听里面探春缓声道："自我来黄州，已过三寒食。年年欲惜春，春去不容惜。今年又苦雨，两月秋萧瑟。卧闻海棠花，泥污燕支雪。暗中偷负去，夜半真有力。何殊病少年，病起头已白……"

张嬷嬷自然不知，宝玉却听出探春念的是苏轼的《黄州寒食诗帖》。他顾不得礼数，将张嬷嬷挤在一旁，拍门急道："三妹妹可安好？是我来看你！"里面探春听是宝玉，随即说道："二哥哥毋挂念，这一幅是我写了赠予珠大嫂子的。你的那一幅我已选好，是褚遂良的《孟法师碑》：'观夫太阳始旦，指崦嵫其若驰；巨川分流，赴渤澥而不息。是以至人无己，先天地而御六气，列仙神化，陯宇宙而遗万物。与齐鲁缙绅，束名教于俄景；汉魏豪杰，殉荣利于穷途。何异乎蜉生于崇朝，争长于龟鹤；秋毫出于未兆，计大于昆阆者哉。若乃岱山龙驾，传神丹之秘诀；秦都凤祠，流洞箫之妙响。用能延颓年于昧谷，振朽骨于玄庐。白玉之简，祈西王而可值；青云之衣，师东陵而易袭。岂非度世之宝术，登遐之妙道焉？'"

探春在里面又念起了《孟法师碑》的碑文，文字一个不错，语速语调亦如常，却叫宝玉听得不寒而栗。宝玉用力朝外拉动木门，木门却纹丝不动，显是探春从里面将门闩上了。宝玉心急，扭过头朝张嬷嬷喊道："如何还站在那里！快和我一起将门拉开！"张嬷嬷回过神，过来跟宝玉一起用力，木门依旧岿然不动。探春全不在意门外之事，还在幽幽念诵碑文。

就在此刻，楼梯上又响起了脚步声，却是宝钗闻讯赶了过来。宝玉对宝钗道："三妹妹将自己闩在里头，只是一味胡言乱语,却不肯开门。"宝钗道:"如何会这样?"探春听得宝钗声音,在里面道:"宝姐姐休要听二哥哥的话,胡言乱语的是他!我在里头念诵写给大伙儿的字帖。宝姐姐来得正好,我便将给你的王羲之的《快雪时晴帖》念与你听:'羲之顿首。快雪时晴,佳想安善。未果为结,力不次。王羲之顿首。山阴张侯。'"

宝钗听了,扭头与宝玉低声道:"宝玉,我等快些将门打开,三妹妹怕是中了心魔!"宝钗向来不言怪力乱神,此刻听她也这样说,宝玉更是焦急起来。三人站在门前一起向外拉,木门却还是被闩得死死的。探春在里头道:"宝姐姐,二哥哥,你等不必为我挂牵。自古穷通皆有定,离合岂无缘?给大伙儿的字帖都已写好,今夜我便要去那边成亲了。从今分两地,各自保平安!"话音未落,只听小间传出座椅翻倒声音,接着便听不到任何动静。

宝玉越发急了,拼力拍打呼喊:"三妹妹!三妹妹!"宝钗道:"事已至此,须快些叫人帮忙。这位嬷嬷,烦您快去园子门口,喊那两个侍卫过来将门撞开;宝玉,你快些去柳大哥住处将他喊来。柳大哥久在江湖,又精通武艺,保不定能帮上忙。你们都快些,我在这里守着!"宝玉跟张嬷嬷早已六神无主,此刻听了宝钗安排,都转身朝楼下奔去。

待宝玉带了柳湘莲过来,张嬷嬷已将两个侍卫喊到了门前。小平台上已站不下人,宝玉与柳湘莲只得在楼梯上抬着头看。张嬷嬷道:"郡主若是出了事,咱们就是有一百个脑袋也不够砍的。如今还愣着做什么,快些把门撞开!"两个侍卫也不敢怠慢,相互瞧了一眼,沉下肩一起朝木门撞过去。木门应声而开。一根木头门闩从中间折开掉在地上,门旁一摞木字帖也被撞得七零八落,散了满地。

众人一拥而入,却不见了探春踪影。小间并无什么摆设,一张座椅翻倒在地,桌案上却整整齐齐摆着一沓上等宣纸,上面写满了字迹。最瞩目的是一旁屏风上的东西——皇帝御赐的礼服一丝不乱挂在那里,在夜色下显得无比诡异。

宝玉不禁急得大叫:"三妹妹去了哪里?去了哪里?"宝钗在一边一语不发,只是快步走到桌案旁,缓缓翻看那沓宣纸——

黄州寒食诗帖,赠稻香老农;

自叙帖,赠潇湘妃子;

快雪时晴帖,赠蘅芜君;

蜀素帖,赠枕霞旧友;

寿春堂记,赠藕榭;

孟法师碑,赠怡红公子。

宣纸上行草隶楷各体俱备,每一张落款均是"蕉下客题",显是探春所写。宝玉疾步走了过来,抢过一看,顿时落泪道:"三妹妹莫不是写好了这些,便羽化离了尘世,不再和咱们一道了？"跟上来的袭人知他又惊又悲，又犯起痴狂来，急忙上前搀住。宝钗也劝道："哪里有什么羽化？定是三妹妹出了什么变故。"宝玉急道："你与我瞧得清楚，三妹妹就在屋里念书，房门拉不开，可见是一直在里头闩着，并不曾打开。如何人就不在里头？却不是羽化又是什么？"饶是宝钗聪明练达，此刻也不知该如何解释眼前这一幕。

屋里诸人自然慌了手脚，唯柳湘莲一语不发，默默瞧着小间里林林总总。忽地，他俯下身子，伸手翻过一块木板。所有人看了过来，不由得汗毛倒竖——只见木板另一面字帖上，满是殷红颜色！

第六回 晚韶华

镜里恩情,更那堪梦里功名!那美韶华去之何迅!再休提绣帐鸳衾。只这戴珠冠,披凤袄,也抵不了无常性命。虽说是,人生莫受老来贫,也须要阴骘积儿孙。气昂昂头戴簪缨,气昂昂头戴簪缨;光灿灿胸悬金印;威赫赫爵禄高登,威赫赫爵禄高登;昏惨惨黄泉路近。问古来将相可还存?也只是,虚名儿与后人钦敬。

若说方才还是猜疑,现下木板上殷红之物一翻出来,众人全都没了声响。跟着宝玉便哭喊出来:"定是有歹人进来,掳了三妹妹出去!这上头的血,定然是三妹妹的!"宝钗、袭人急忙拉着他解劝,柳湘莲用两根手指微微沾了沾血迹,用拇指轻轻捻了一捻,又放在鼻前嗅了一嗅。

一旁张嬷嬷惊慌问道:"如何?"柳湘莲道:"确是血迹不假。有些已然干了,有些还在上面淌着。"听柳湘莲这样一说,宝玉更是如癫如狂,叫周围的人不知该如何是好。柳湘莲却似没看见一般,又翻弄起散在一旁的那些木板,口中不住叨念:"真是奇了!"

宝钗听了,撇开宝玉转身问道:"哪里奇了?"柳湘莲盯着地上木板,缓缓直起身子道:"乍一看,便想到两个奇怪之处。头一个,这里木板散落一地,少说也有十几块。奇的是单单只有眼前这一块上头沾了血迹,其他的并不见半个血点。"宝钗听了,垂目看了又看,确是如此。柳湘莲又道:"不论眼前的血迹是三小姐的,抑或是其他什么人的,当是喷在各处才是,如何会这样?"宝钗点头道:"那第二个又是什么?"柳湘莲道:"第二个就更奇了。血只在这一块上不说,更是只洒在这一处,其余大半也是一点儿不见,可谓泾渭分明。"

听柳湘莲这样一说，连宝玉都静了下来，众人围拢过来，都瞧着柳湘莲手指的地方。果然如他所说，木板上的血迹就像被什么东西挡住一样，全都在木板一侧四分之一处，另四分之三不见半分半毫。宝玉喃喃道："这真是奇了！"

柳湘莲朝张嬷嬷道："烦劳老人家速去宫内报信，就说安平郡主于房中不见，像是被歹人掠走，还请万岁及早定夺。"张嬷嬷如梦方醒，急忙叫了一个侍卫去往宫中。柳湘莲又道："屋里已然瞧过了，我等且都出去，里头的东西不可移动半分，待宫中及府中来人看过再说。我等都去门外瞧瞧。"众人都没了主意，便跟着柳湘莲走到了外头平台。

柳湘莲见这里地方狭窄，便叫宝玉、宝钗带众人先下到楼梯下面，自己还要再仔细瞧瞧。柳湘莲先前解了宝蕴楼危局，众人自然言听计从，都去了下面。柳湘莲在小平台上搜寻了半晌，却并未发现什么特别之处，便缓缓走下楼梯。

宝玉在下面满心期许，盼着柳湘莲能像上一回那样扭转乾坤，既能确保探春无虞，又能让全府避过灾祸。看柳湘莲垂着头走了下来，宝玉心里变冷了大半。柳湘莲抬头看着宝玉，叹息道："宝兄弟，咱们还是快些把眼前之事告知宫中府中，快些寻三小姐回来是正经。"宝玉听了，顿足道："怎地老天这样无情，偏偏只跟我家里的姐姐妹妹过不去！"宝玉这一下用力狠了，把脚顿得生疼。袭人急忙伸手扶着他，宝钗更是露出关切神色。

柳湘莲却全然没在意宝玉，只是呆呆地瞧着宝玉的脚，竟问了一句比宝玉还痴的话:"宝玉,可疼吗?"这一句万不像自柳湘莲嘴里说出来的,叫宝玉不知如何答话。没等宝玉回过神来,柳湘莲疾步又跑了上去,不过片刻又急匆匆下来,盯着宝玉方才踏过的地方出神。宝玉小心翼翼问道:"柳大哥,可是想到了什么?"

柳湘莲猛地抬起头来,直勾勾地盯着宝玉,又将目光一一扫过众人。众人见柳湘莲看过来,无不把头低了下去。最后,柳湘莲把刀砍斧劈般的目光落在了宝钗身上。忽地,他缓缓开口对宝玉说道:"并未想到什么,还是及早去见宫中来人为好。"宝玉听了,如坠深渊,只是喃喃道:"三妹妹毕竟没有二姐姐那般好命。"

先前迎春招亲还可说是荣国府自家的事,这一回平白丢了圣上亲封的郡主,断不是能够私底下了结的。朝廷已答允与番邦和亲,若是出尔反尔,只怕会天下大乱,这件事是荣国府万万承受不起的。

是故贾母与众人在中堂里一语不发,个个愁眉不展,不知该如何应对。过了许久,贾母方抬起头问柳湘莲道:"湘莲哥儿,这一回也没了主见?"柳湘莲略沉了一沉,抬眼答道:"湘莲万死,这一回……真真是看不出些什么。"贾母却把目光移开,自言自语道:"贾府百年基业,今朝怕是留不住了。"话音未落,外面管家赖大慌忙跑来报道:"老太太快些瞧瞧去,宫里夏总管带人来了!"众人听闻,皆低下头,无人应对。

唯凤姐上前两步,刚要开口,却被贾母抬手止住。贾母起身四下环顾,缓缓道:"你们都不要露面。夏总管毕竟在宫中当差,不是前廷官吏,还是老身出去应对。凤丫头……你此刻多有不便,就不要再落人口实了。"凤姐欲言又止,只好退到后面。贾母又道:"珠儿媳妇,家里诸事都归你来打理,如今小姑不见了,须跟我一道去见夏总管,有个交代才好。"

听贾母唤到自己,一旁的李纨身子一震,过了良久才缓缓走到前头,低声道:"不敢违了老太太意思,只是我向来笨嘴拙舌,这一回宫里的人来者不善,只怕我……"贾母决然道:"有我同你一道,怕些什么!"听贾母这样一说,李纨不敢再说什么,低头站了出来。宝玉素知李纨是个菩萨性子,正想出头,忽被一旁柳湘莲死死拽了一把,眼瞧着贾母与李纨走出中堂,去迎夏总管。

夏太监今年五十出头,入宫已有四十余年,前前后后侍奉过三朝圣上,每一朝都极尽宠幸。如今在内廷总管位上已然做了十年,可谓一呼百应,不论前朝官吏,或是三宫六院,皆将其视作半个主子。夏总管是个菩萨面孔、蛇蝎心肠之人,因此谁也不敢怠慢分毫。前些年一则元妃娘娘独享皇恩,二则凤姐机巧练达没少往里面扔银子,夏总管倒是对荣国府一门甚是恭敬。这两年忠顺亲王起势,眼见与夏总管越走越近,一内一外只手遮天,叫荣国府不寒而栗。如今出了探春这件事,夏总管亲自登门,只怕来者不善。

贾母与李纨立于荣禧堂前,眼见夏总管宽厚身体自外面进来,脸上依旧是一团祥和之色。不等贾母开口,夏总管屈身深施一礼,满脸赔笑道:"奴才给老祖宗请安。"贾母急忙扶他起来,笑着说道:"大人折杀老身了,不过是个耳聋眼花不问事的老废物罢了,哪里敢叫大人亲来。"说罢,贾母将夏总管让至主客之位,吩咐李纨道:"珠儿媳妇,快些将府里藏的老君眉奉与大人品评。"李纨急忙转身下去。

夏总管悠悠道:"平素差遣孩儿们来贵府传话办事,总是凤丫头出来招呼。孩儿们回去没有一个不夸她的,说她一口一个'夏爷爷',叫得真真比亲孙女还叫人怜惜。今儿怎么不见凤丫头在左右,却换作珠儿媳妇?"

中秋之日王仁身死,贾蓉挟了大姐不见踪影,这些早已是尽人皆知的事。夏总管耳目遍布京中,自然不会不知。贾母不动声色,只叹道:"按理说,府上杂务原本就该由珠儿媳妇打理,前些年她关照兰哥儿分不得身,便交给凤丫头管着。如今兰哥儿大了,越发懂事,也该叫珠儿媳妇做她本分之事。"夏总管听贾母说话滴水不漏,全然不提中秋之事,不由得对面前这年过古稀的老妇另眼相看。他遂收起满面笑容,神色忽地郑重起来,沉声道:"老太君明鉴,咱家这回乃是奉旨前来,特来过问安平郡主一事。和亲在即,郡主却在贵府里不见了踪迹,圣上听闻龙颜大怒。"贾母站起垂手回道："烦请大人回禀圣上，和亲事关国体，府中世受皇恩，自然不敢怠慢半分。出了这样的事，确叫老身束手无策。大人放心，我等定然四处寻找，将三……将郡主尽快找回，断不能误了国家大事。"

贾母回话似乎早在意料之中，未等她说完，夏总管便站起身来，全然没了刚进门的模样，冷脸冷声道："老太君不要与咱家东拉西扯，给圣上个十全十美的交代才是正理儿，不然便是犯了欺君之罪。"贾母微微一震，低声道："大人何出此言？"夏总管道："老太君又何必明知故问？京中谁人不知，贵府是出了名的心疼自家女儿，不论嫡出庶出、东府西府，更不论姑丈家的还是姨丈家的，一概养在身边。别家女儿皆拗不过父母之命、媒妁之言，唯贵府一味由着女儿自己性子，眼睛里没有凡夫俗子。这一回圣上降旨和亲，想来安平郡主当然瞧不上什么番邦王爷，保不定便出了什么差池。"贾母道："大人这些话，我们万万担当不起。"夏总管冷笑道："贵府不论在京中还是金陵，皆枝叶茂盛，且故友门生遍及天下。随便将郡主送去哪里，便是派出十万军马，也是寻不着的。"

话说到这里，夏总管显是未给荣国府留下半分情面，摆明这一回是要把脸撕破。探春不见踪迹，内廷总管自然脱不了干系，是故这一回定要将过失全都推在荣国府身上才好交差。偏赶上荣国府在圣上跟前失势，忠顺亲王那头又急着拉拢，夏总管自然顺势而为，全然不念这些年打凤姐手上得了多少好处。贾母看得真切,知道今儿若没个结果,定然是过不去的。

想到这里,贾母说道:"大人刚到这里,还不知道方才出了什么蹊跷事。在这里的张嬷嬷跟两个侍卫看得分明,安平郡主确是在房里没了踪影。那时房门紧紧锁着,万万不会是我等用了手段。"

贾母说的这些,夏总管心知肚明。秋爽斋里的事,那个进宫报信的侍卫跟他说得一清二楚。他心中虽疑是贾家使了手脚,却说不出个所以然。是故这一回想要先声夺人,在贾母身上诈出破绽。不想贾母应对得从容,此刻倒叫夏总管没了主见,只好说道:"府上是谁照看郡主起居?"贾母道:"除去身边丫鬟,便是方才大人问到的珠儿媳妇。园中数她最是持重,又是大嫂,诸人生活都归她照看。"夏总管道:"既然府上跟园中都是由她执掌,还请老太君叫她出来回话。"

话正说到这里,只见鸳鸯捧了一个檀木托盘上来,上面摆了一只天蓝色四足笔洗。夏总管在宫内自然见多识广,见了托盘上的东西,先是一惊,两只眼睛不错眼珠地盯在上面。贾母看在眼里,心中便定下了七八分,并不问东西,只问鸳鸯道:"珠大奶奶怎地还不上茶?大人有话要问她。"鸳鸯将托盘放在贾母手边,回道:"大人跟老太太少安毋躁,我这就到后面去请大奶奶。"说罢,鸳鸯转身走了出去。

鸳鸯刚走,夏总管便指着那四足笔洗问道:"老太君,这是……"贾母似才想起来，瞧着夏总管笑道："大人不提我倒忘了。这是府上几辈子传下来的物件，到了我这里，老眼昏花，已是写不得字了，白白糟蹋了这个东西。听闻大人整日拓碑临帖，不如将它送与大人。"夏总管早已经看清楚，托盘中的乃是宋代汝窑之物，莫说这样一个没见半点磕碰的物件，单单只是一片碎了的残片，便也价值连城，抵得上十个成窑越窑。见对面一时没有说话，贾母又道："大人莫要见笑，贾家以军功发迹，上上下下都是粗人，自然没有什么精致的玩意儿。这件东西自是值不得什么，还请大人不要见笑。"

夏总管微一点头，脸上又显出了笑意，缓缓道："老太君是最明理之人，今儿安平郡主的事，还须有个万全交代才好。"贾母道："全凭大人做主。"夏总管低声道："这和亲的事，万岁本不甚在意，忠顺亲王那里更是不愿如此，极力促成的只是南安郡王一家。说来也是人之常情，王爷叫番邦贼寇押了起来，太妃怎能不急，这才有了万岁册封安平郡主一事。老太君明鉴，贾府世代忠勇，如何要为南安郡王献出自家儿女？"贾母点头道："大人所言极是，我等亦不想如此。"夏总管道："那便最好！咱们倘若能将这件事推到一个全不相干之人身上，万岁定然不会深究，无非是叫上金銮殿斥责几句办事不周全罢了。到那时，便没了和亲这一回事，贵府也好慢慢寻探春小姐出来。至于西边那里，就叫南安郡王留在那里多住些时日，也算是与属国多亲近亲近了。"贾母道:"忠顺亲王有何示下?"夏总管笑道:"老亲王恨不能南安郡王这辈子都留在那里才好!"

贾母听到这里已然心知肚明,这一回夏总管必是受了忠顺亲王指派跑到这里。如今贾府已是骑虎难下:要么听从夏总管安排,叫朝廷和不成亲,舍去南安郡王保全自己;如若不然,这丢失郡主破坏和亲之罪便要由自家承担。南安郡王府与贾府世代交好,但如今已是山雨欲来风满楼的局面,各家自保已然不易,又如何管得了其他。南安太妃并未跟自己打过招呼,便力主圣上遣探春和亲,贾母想到这一层,心中已然有了主见。

贾母道:"蒙忠顺亲王提点,荣国府自应遵从。只是……今日三丫头的事太过离奇,一时间老身想不通她是怎样没了踪迹,更不知她去了哪里。这等荒诞无稽之事,若是奏报圣上,只怕难以过关。"夏总管显是早有打算,轻声笑道:"老太君又何必太痴?圣上在意的,无非是个结果,知道安平郡主无法西去和亲也就是了。至于其中细节,又何必让万岁忧虑!便说是有人明火执仗闯进贵府强掳了郡主,有忠顺亲王从中周全,还有人敢说'不真'不成?须知回话越是简练,越叫人无法看出破绽。"贾母皱眉道:"大人之见高明至极!只是,京城之中,谁又有这等胆量与本事,能从荣国府掳走和亲的郡主?纵是万岁不问,西边那里怕也是不好交代。"

听贾母这样说,夏总管起身抚掌大笑道:"老太君不必忧虑。咱家受忠顺亲王叮嘱，又跟荣国府交好这些年，若不替两边考量周全，如何敢在中间鼓噪？老太君怎地忘了，有这样本事的就在眼前，说出来万岁与西边必定信服。"贾母惊道："有这样的人？"夏总管道："便是北边！"贾母反问道："北边？"夏总管道："是了！是了！朝廷与西北两边属国纷争多年，三家相互制衡，谁也吞不下谁。当初朝廷向西边用兵，北边便已蠢蠢欲动。后来南安郡王在那边跌了跤，两边才有了和亲之意。若和亲成了，朝廷与西边成了一体，北边属国岂非大祸临头？是故，他们才遣人混入京中，潜入荣国府，里应外合掳走了郡主，为的就是叫两边和不成亲！咱家见识粗陋，也不知说得对或不对！"

贾母听了，欣喜之情溢于言表，忙说道："阿弥陀佛！荣国府一门能挨过这一劫，全仗大人安排。"夏总管摇头笑道："咱家哪里来的这等见识！还不是忠顺亲王念着贵府世代忠义，总不忍看着跟南安郡王府一道毁去。当初亲王千岁本就不主张向西用兵，偏是南安郡王逞强，如今也只是自作自受！"贾母轻轻叹了口气，旋即说道："大人放心，日后定唯亲王马首是瞻。"夏总管笑道："听老太君这样说，咱家这一趟便没白来。"

话说到这里，李纨手捧托盘进来献茶，低着头将托盘放在正面桌案上。她正要将托盘里的两杯茶献与贾母跟夏总管，还未动手，贾母便道："珠儿媳妇，怎地这般没有体面，管事的主子倒不如鸳鸯了。"李纨急忙停下手，转过身子道：

"只是怕扰了老太太跟夏总管说事。"夏总管满脸堆笑打量李纨，贾母正色道："叫你去备茶，怎地去了这许久？"李纨慌忙答道："一时间忘了极品老君眉收在哪里，翻找半天也寻不到，只好去后面问了凤丫头。偏凤丫头身子不好歇在房里，又问了平儿……"李纨叨叨地还要说，却被贾母抬手止住。贾母不动声色道："你先下去，我这里还有事与夏大人讲。"李纨施了一礼，匆匆走了下去。

见李纨去得远了，贾母不禁摇头叹息，自言自语道："真真是人无百般好，花无百日红。"夏总管道："老太君何出此言？"贾母道："先前都是凤丫头管事。大人想必知道，那丫头也算精明强干，十个百个也不及她一个。偏是如此，却难免苛待旁人。不出事还好，出了事，便是我也保不住她。如今是珠儿媳妇管事，是个大菩萨性子，问一百句也答不出一句，还要我这一条腿迈进棺材的出来……"夏总管赔笑道："凤丫头倒真是个懂事儿的。"贾母道："这珠儿媳妇才管了几日，先是迎春丫头招亲出了事，现在更是凭空没了个郡主，叫我死了也难安心闭上眼。"

夏总管并未去接贾母的话，只是低下头思量着什么。贾母问道："大人可还有见教？"夏总管猛地回过神，低声道："老太君，咱家在思量，按方才说的呈报圣上自是万无一失，那些嬷嬷跟侍卫谁也不敢有二话。只是，圣上若是信了，还须贵府出一人担下看守不力的罪名，咱们诸人才好脱身。"

贾母沉吟，半晌才道："大人这样说，自然是万全考量。

只是，府里上下俱是我的儿女孙辈，要我如何舍得……"夏总管低声道："老太君生于侯门，嫁到这里算来也有近六十载了，自然知道这百年大户若要延绵不绝，须有取有舍才是。"贾母叹道："大人如此以诚相待，老身若再不决，便是昏聩无用的浑人了。只可惜，珠儿媳妇虽无大才，嫁到这里却也尽心尽力……"话未说完，贾母已然落下眼泪。

夏总管趋到贾母近前，拱手施礼道："老太君深明大义，受咱家一拜。这样一来，不论贵府或是咱家掌管的内廷，便都长吁了这一口气。忠顺亲王自然高兴，便是万岁也不会再三为难。无非是申斥几句，再罚个半年一年俸银，断不会伤筋动骨，更不会伤及老太君的孙媳。"说到这里，夏总管走到一旁，端起一杯老君眉奉与贾母，自己端起另一杯，郑重说道："咱家是客，论理万不该以客代主。只是老太君肯这样，委实叫咱家心绪难平。咱家这里借主人香茶，敬奉老太君。"

说罢，夏总管将手上的老君眉一饮而尽，好似喝下的不是清茶，而是烈酒。贾母端着茶杯，颤巍巍道："今后全仗大人庇护。"贾母心境自然与夏总管天差地别，只饮了一小口，便将茶杯放在一旁，脸上看不出半分清爽之色。

夏总管也放下茶杯，重又坐回客位，低声道："事情还要办得仔细。老太君还须寻出一个人，最好是众人皆知、当下却已不在府中之人。然后咱们便说此人是北面属国细作，便是他乘乱掳走了安平郡主。"贾母道："这样的人不大好找，稍有不慎，里里外外连同大人那里，便都折在他的手里。老身想……"

说到这里，贾母忽地拿右手捂住肚子，面露苦痛之色，转眼间豆大的汗珠自额头淌下，一张银盆似的脸成了黑黄色。夏总管吓得魂飞魄散，急急问道："老太君，这是怎地？"贾母已然痛得说不出半个字，只用左手指着一旁的茶杯，忽地手往下一落，茶杯被碰在地上，剩下的茶水溅在鞋上。

外头李纨、鸳鸯跟夏总管手下听见打了茶杯，都跑进了荣禧堂正厅。眼见贾母身子已经软了下去，李纨吓得不知所措。鸳鸯急忙跑来架住贾母，急急道："老天爷睁开眼，这可怎地是好？"

夏总管正要说话，只觉一阵剧痛也自自己腹中蹿上来，顷刻间手脚舌头已然疼得木了。手下急忙围了过来，夏总管不能言语，只是拼了命伸手指着自己旁边的茶杯。

鸳鸯第一个猛醒过来，大声道："定是茶里混了什么不干净的东西！"这一句话叫李纨全然没了分寸，只是一味哭道："茶是我亲手泡来的，如何进了不干净的东西？"鸳鸯道："大奶奶莫要如此，定是哪里出了纰漏。快些叫人去宝二爷那里，叫他去拿那个西洋物件来。"

李纨这才想到，先叫贾母跟夏总管将肚子里的东西吐出来才是最要紧的。先前宝琴爹娘叫人从海外捎来一些西洋药，既有专治打摆子的金鸡纳霜，也有消肿化瘀的外敷药。

其中有一种，服下之后便会呕吐不止，漫说胃里的饭食，便是酸水也能涌个干净。宝玉当时还笑话这能害人的东西如何能叫作"药"，如今却是能叫贾母与夏总管起死回生之物。

想到这里，李纨亲自带着丫鬟们直奔怡红院。

东西两府得到消息，全都到了荣禧堂，就连柳湘莲也赶了过来。宝玉早已没了分寸，只是如热锅上的蚂蚁在一旁落泪。李纨拿了两小瓶西洋药，捧在手里不住战栗。凤姐出来一把拿了过来，一瓶交给夏总管手下，一瓶拿到贾母跟前。此刻贾母与夏总管已疼得没了呻吟力气，都是有出来的气儿没进去的气儿。凤姐顾不得许多，叫鸳鸯将贾母扶在怀里，自己将西洋药尽数灌进贾母嘴中。那边夏总管手下也依样画葫芦，将另一瓶给夏总管灌了下去。

凤姐握着空瓶缓缓站了起来，沉声道："余下的，便全交给老天爷裁夺了。"听凤姐这样一说，上至王夫人，下到李纨、宝玉、惜春、袭人、鸳鸯等，无不痛哭失声，唯有凤姐与宝钗两个直直盯着贾母。

片刻之后，贾母与夏总管张口大呕，吐个不停。两边伺候的人不住轻拍二人后背，到后来将腹中酸水绿液也一并吐了出来。又片刻后，两人均长长出了一口气，缓缓张开了眼皮，仿佛自阴世转了一圈回来。

众人皆放下了一颗悬着的心，急忙拭去脸上泪水，围在贾母身边。贾母开口便道："快些去看看夏大人那里。"众人扭过头,见夏总管叫人扶着缓缓起身。他到底年轻了二十余岁,身子恢复起来自然比贾母快了不少。

贾母幽幽道:"大人在府里遇到这种事,老身便是死上一万次也不足以谢罪。"夏总管惊魂初定,边喘息边道:"咱家只想知道,是谁在茶中下毒,要谋害你我?若叫咱家找出此人,定将他碎尸……"

夏总管话未说完,一口鲜血自嘴里喷洒出来!

第七回 好事终

画梁春尽落香尘。擅风情，秉月貌，便是败家的根本。箕裘颓堕皆从敬，家事消亡首罪宁。宿孽总因情。

不论宝玉或是凤姐，还是此刻坐在二人对面的仇都尉，都完全没有想到，短短数日之内，竟然又出了命案，竟然又在荣禧堂见了面。夏总管的尸首已经叫人送了出去，只留了身边几个手下在一旁。贾母先是中了茶里的毒药，后又瞧着夏总管吐血而亡，此刻已然不能主事，躺到后面去了。仇都尉奉命登门查问，荣国府只好叫凤姐带了李纨与宝玉出面应对。

仇都尉面沉似水，瓮声瓮气对一旁手下人问道："照你等说的，是夏大人自己喝下的老君眉？"一个人跪下颤声道："小人一直站在外头，虽听不见夏大人说了什么，却瞧得仔细。两个杯子都放在那边桌案上，夏总管先端了一杯递给了老太君，后自己又拿起了第二杯。老太君只喝了一口便放了下来，夏大人像是喝下了一整杯。"仇都尉拿眼角瞥了一下凤姐，瞪着面前的人厉声道："你可看得真切？若有半点差错，可摸摸你们几个腔子上长了几颗脑袋！"几个下人跪倒一片，个个磕头如捣蒜一般，口里念着："千真万确，一字不敢乱说。"仇都尉好似大失所望，鼻子里冷哼了一声，挥袍袖道："还在这里挺尸做什么！滚下去领罪！"几个下人争先恐后奔了出去。

见仇都尉气哼哼坐了下去，凤姐忙过来道："大人不要急躁。依我看，还是及早呈报圣上，缉拿毒杀老太太跟夏爷爷的真凶是最要紧的。这歹人在两杯茶水里下了东西，必是被老太太跟夏爷爷瞧出了破绽，才想要灭口。老太太喝得少些，用那西洋药全都催吐了出来；只可惜夏爷爷喝下了一整杯，虽也吐了许多，却还是没了。爷爷平素待我最好，如今可就这样去了……"话未说完，凤姐已是泣不成声。

仇都尉明知凤姐未必出于真情，却看不出半分破绽。贾母那只杯子碰在地上打得粉碎，夏总管那只却完好无损。刑部差人验看过了杯中茶底，里面确是放了剧毒之物。仇都尉本打算一口咬定荣国府，只说是这里私底下隐匿了探春，叫夏总管看破了手段，便下毒灭口。可方才下人们说得明白，是夏总管自己分了两杯老君眉，如此一来荣国府便全没了下手的可能。

两杯茶水若是一杯有毒一杯无毒，贾母怎敢保证夏总管递给自己的一杯便是无毒的？若是两杯里都放了剧毒，便是贾母将一切押宝在那西洋呕吐药上，押自己服了药转危为安，只死夏总管一个——这个做法太过凶险，断然不可行。除去这两个法子，荣国府便再没有其他法子毒死夏总管，仇都尉之前的算计便全然落空。

想到这里，仇都尉不再理会凤姐，转头问李纨道："是你亲手泡了两杯茶？"李纨急忙跪下回道："是……是我。"仇都尉道："我已有所耳闻，知道府上现在是你掌管一切。先前宝蕴楼里的不问，单是今儿个，郡主丢失在前，命官中毒于后，你可知罪吗？"李纨早就没了分寸，只一味道："大人明鉴，小人俱不知情，俱不知情。"仇都尉问道："我问你，泡茶时候，两杯茶水可有旁人碰过？可曾离开你的眼睛？"

李纨低头想了许久，才颤巍巍道："中间只出去净手，将泡好的茶放在厨房。回来路上只见一个婆子匆匆从厨房那边走来，就再没有旁人了。"听李纨这样一说，仇都尉、凤姐、宝玉皆睁圆了眼睛，凤姐问道："哪个婆子？"李纨吞吞吐吐道："便是王善保家的！"

凤姐大吃一惊，喃喃自语道："又是这个天杀的老货！先前抄检园子便是她兴风作浪，惹出一些事端。今儿个偏偏又是她，定然有鬼！"仇都尉问道："谁是王善保家的？"凤姐道："大人明鉴，便是没有今儿的这些事，府里也饶不了她。这老货总想在府中揽权，整日里撺掇挑唆主子，前些日子竟然挑拣起了园子，最后叫探春丫头……叫安平郡主扇了一个耳光，才消停下来。"仇都尉惊道："叫郡主扇了耳光？竟有这等事？"凤姐道："东西府两边无人不知，大人只管去问。后又查出来，她家外孙女儿叫司棋的，竟在园子里勾搭男人私通，被赶了出去，后来死在家里。是了！定是这黑了心肝的老货怀恨在心，不知用什么法子掳去了郡主。如此一来便是一箭双雕，这一头报复了郡主，那一头又叫府里万劫不复……"宝玉在一旁听了，深觉凤姐所说甚是有理。

凤姐又道："这老货那些下三烂伎俩，必是瞒不过夏爷爷的火眼金睛，便再生毒计，在茶水里下了东西，一心想害死老太太跟夏爷爷……"说到这里，凤姐眼圈又红了起来。仇都尉急忙问道："这个王善保家的现在何处？"话音未落，只见鸳鸯跑了进来，对李纨跟凤姐道："大奶奶、二奶奶快些去瞧瞧，那个王善保家的不知去了哪里！"

所有人将东西二府翻了个底儿朝天，仇都尉更是一处一处细细查验，却没见着王善保家的一根汗毛。先前司棋没了，她女儿女婿便扶灵回了原籍，京中只剩下王善保家的一人。如今众人来到她的住所，却见这里人去屋空，一切金银细软皆被打点而去。

仇都尉铁青着脸，嘴唇微微颤抖起来。不等他发作，凤姐便道："这天杀的老货，必是灭口不成就逃了出去。"她转身跪在仇都尉跟前，俯身磕头道："大人，老太太不能出来理事，夏爷爷也去了，府中不幸，先是蓉儿那小王八羔子杀了家兄、挟了大姐去了，如今这老货又杀了夏爷爷、挟去了安平郡主，可真真是要了我等的性命。如今全仗大人主持公道，及早呈报万岁，各处缉拿凶手，迎郡主回来。"

凤姐所言，仇都尉半个字也不愿相信。可这些日子思来想去，却找不出丝毫破绽，因此不好借题发挥跟荣国府撕破面皮。况且这一回过来，也是受了忠顺亲王叮嘱为夏总管善后。探春踪迹不见，夏总管掌管的内廷难辞其咎，闹大了谁的脸上也没有光彩。想到这一层，仇都尉只好冷冷道："不须府上多说，仇某自会将眼中所见呈报圣上，请圣上明断。请转告老太君静心休养，保重贵体才是。"说了这些，仇都尉忽地话锋一转道："只是……出了这样大事，贵府若是没个交代，只怕是万万过不去的。"

仇都尉这样说，早在凤姐意料之中；只是如凤姐这般杀伐决断之人，一时也没了主张。宝玉见凤姐不语，便要出来说话，却被凤姐狠狠盯了一眼，不敢再动。凤姐道："大人所言极是。虽说前些日子琏二爷已然将我休了……"凤姐话未说完，只见王夫人从外头进来。李纨、凤姐、宝玉急忙见礼，却被王夫人止住。王夫人走到仇都尉跟前，深施一礼，不急不缓道："大人见罪，我到这里，只传老太太几句话。"仇都尉不知王夫人葫芦里卖的是什么药，只好拱手还礼。

王夫人转过身子，对李纨说道："珠儿媳妇听了，老太太有话。"这一句叫当场的人俱是一愣，李纨慌忙走到前头，俯身跪了下去。王夫人见她跪下，反将眼皮抬了起来，只是直直盯着前面，冷冷说道："老太太说，自你打理家务以来，府中乱象丛生，支取无度，下人僭越，全然没了体统。你非但不以重手制之，反而一味纵容包庇，致使今日郡主丢失，夏大人横遭不测。本该将你捆与仇大人治罪，但念这些年你老实本分，抚养兰哥儿略有苦劳，是故从轻发落。自今日起，允你带兰哥儿出府，今后与荣国府再无瓜葛，也不能以荣国府人自居，相关月例贴补一概免除。"

王夫人这一番话，可谓字字冰刀雪剑，叫人冷透心肝。

漫说贾府众人，便是仇都尉听了也暗暗惊愕。李纨早已哭得六神无主，只是伏在那里道："太太明察，我有话要跟老太太回。"王夫人依旧面无表情道："事已至此，你竟还是这样糊涂！老太太还未大安，如何能听你回话？还是早些按老太太意思办了要紧。"

宝玉愤愤然要出来说话，这一回被一旁凤姐死死扯住袖子。只听王夫人对仇都尉笑道："今日家丑外扬，倒叫大人见笑了。大人放心，荣国府万不会因私废公，更不会袒护包庇。"仇都尉见贾母对原配孙媳与嫡亲曾孙都如此狠决，反而不好再横生枝节，只赔笑道："既是府上家事，在下不便多说，既如此……下官这便告辞，后续诸事，还须府上通力协作才好。"王夫人道："全凭大人做主。"说罢，不再理会一旁李纨，只将仇都尉一路送出正门。

凤姐与宝玉相视而立，却不知该如何开口，屋中只剩下李纨不住抽噎之声。

第二日，李纨便带了兰哥儿搬出了荣国府，回娘家安顿下来。李家虽非大富大贵之家，却也衣食无忧。如今明眼人都瞧得出荣国府一日难过一日，贾珠又早已故去，因此李家反倒乐得看女儿与外孙过来，并未多生枝节。

李纨临行前，宝玉跑去稻香村帮忙，将众姐妹委托自己转送的小物件交与李纨。李纨一一收下谢过，却在出门前将这些又留在屋中。宝玉见了只是长吁短叹，知道这一回彻彻底底冷了这位寡嫂的心。宝玉知道贾母此举实属无奈，但为保全自家舍了李纨，毕竟于情于理皆有大亏。再想到自己也是府里之人，更是深陷自责无法自拔，一连几日不肯走出怡红院半步。

朝廷下令缉拿王善保家的，宝玉却只在意探春去了哪里。又过了几日，忽有消息传到府里，说是有人见到王善保家的在平安州现身。贾母依旧不能理事，贾琏腿伤未愈，府中只是贾赦、贾政跟王夫人出面，背后自然还是凤姐上下照应。听闻王善保家的去了平安州，贾赦、贾政等人俱是一惊。

宝玉看在眼里，却碍于贾政在此不敢多问。私底下找了凤姐，开口道："凤姐姐，既是那老货有了下落，合该快些叫人去拿她回来，三妹妹说不准也能寻回来。如何老爷太太们非但不喜，反而一惊？"凤姐见左右无人，低声道："宝兄弟自然不知其中关节。那老货若是现身别处，早将她拿回来碎尸万段了；可如今她偏偏去了平安州，事情就大大不妙了。"宝玉问道："如何不妙？"凤姐道："宝兄弟不知，府里不论大老爷、老爷或是东府珍大哥，平日里都与那平安州节度交情不浅。"

话说到这里，纵是宝玉不问俗事，心中也已然明白了大半。京中豪族与地方官吏不得结交，乃是朝廷铁律。自太祖爷起，历朝皆有因此被屠灭九族者。漫说内外勾结营私舞弊，便是日常人情往来，也是不被允许。平安州是南边重镇，节度手握重兵，依稀是个独立小朝廷。太上皇在时，平安州节度与贾府皆被厚待，两家过从甚密，朝廷倒不以为意。如今太上皇驾崩已有数载，当今皇帝推行新政，自然不允臣下僭越。节度与贾府皆在危局之中，为求自保只好私下抱团，却万万不能叫朝廷知道。这些年贾赦、贾政、贾珍等不便出面，都是叫贾琏、贾蓉往返京中与平安州。贾赦贪财好色，与节度过往最密，贾琏与古董商冷子兴皆是中间人。邢夫人一味顺从贾赦，王善保家的又是邢夫人心腹，一些事她自然知道。如今王善保家的现身平安州，若是兴风作浪，后果不堪设想；况且朝廷正在缉拿此人，若是由她身上摸出宁荣二府与平安州瓜葛，更是全族灭顶之灾。

宝玉道："如此说来，万不能叫朝廷先拿住那老货？"凤姐道："当下最放不下心的，却不是这个……"话未说完，平儿快步走了进来，看到宝玉在这里，一副欲言又止的模样。凤姐道："不碍的，尽管讲出来。"平儿道："回二奶奶跟宝二爷，南边那里的人又传话过来……"宝玉急道："可是又见着那老货了？"平儿摇头道："那老货好像约了什么人在那里碰面。盯梢的人说，到头来没见王善保家的露面，却瞧见了那个与她碰面的人。"凤姐道："这人是谁？"平儿道："便是东边府里的蓉哥儿！"平儿此话一出，凤姐神色大变，一把抓了平儿问道："可见着了大姐？"平儿摇头道："只有蓉哥儿一个。"凤姐默默垂下了手来，一下子跌坐在椅子上。

接下来一连三日，贾政都在府上与一访客长谈至深夜，此人便是先前受贾府推荐，才得以通达的贾雨村。贾雨村深得贾政器重，亦是常年奔走于京师与平安州。此刻贾府已是不便动弹，势必委托贾雨村与平安州节度传话，叫他千万小心，倍加留意贾蓉跟王善保家的，更不能被朝廷发现蛛丝马迹。贾雨村一口答应，匆匆去了。

贾政略略心宽，凤姐一颗心却始终悬在半空。这一日宝玉过来，见凤姐又在屋中垂泪叹息。宝玉知她惦记着大姐，便好言相劝，说贾蓉不论如何总不会亏待堂妹。凤姐听了苦笑道："有劳宝兄弟操心，世事若都如兄弟想的这般，那便是天下太平了。"宝玉道："我说得可有错？"凤姐道："错倒没错，只是有些事……兄弟却不知道。"宝玉问是何事，凤姐道："我最担心的，并不是老爷们结交节度的事，而是在那边置下的田地房产……"宝玉道："咱们只在金陵跟京中有产业，如何在那里也……"

凤姐叹了一声，缓缓道："漫说是你，便是老太太跟你琏二哥，也不知道，只有蓉哥儿那个天雷劈的知晓。说来话长，起头还得从蓉哥儿媳妇没了那年说起……"宝玉道："蓉哥儿媳妇？"凤姐点头道："正是。她去了的那晚，曾托梦于我，叫我早日为全族谋划个退路。她跟我说，东西二府看似烈火烹油、鲜花着锦，但月满则亏、水满则溢，登高必跌重，将来终有树倒猢狲散的一日。若不早做打算，到了那一日，族中子孙便没了退路。"听凤姐这样说，宝玉不禁想到当日在秦可卿闺房里梦到情景，痴痴地道："想不到，她梦里说的，如今竟字字应验了。"凤姐道："正是如此。是故自那日起，我便拿府上余钱在平安州多置田地房产。因有节度在那里照应，这些年也积攒下不少，足够全族子弟退身享用。我终究是个妇道人家，能做的也只有这些了。"

宝玉道："凤姐姐做的这些，便是百个千个男子也不及半分。蓉哥儿媳妇托付于你，真真是没错。凤姐姐，这些年外头风言风语，说你拿了……拿了府中的公银饱了私囊。却没想到，原来你都拿出来以钱生钱，置办了这些。"凤姐淡然一笑道："既是风言风语，何必把它放在心里。"宝玉又道："这样的好事，姐姐如何不跟族中说清楚？"凤姐笑道："兄弟还是太痴！族中个个如狼似虎，眼睛里除了酒色财气，如何容得下别的。旁的不说，便是你琏二哥，也未必知道我的一片心。与其如此，莫不如叫我一个担下骂名。"宝玉动容道："姐姐真真是女中豪杰、脂粉英雄。"凤姐道："这件事我只是叫蓉哥儿出去张罗，一是他办事练达，二也是看在没了的蓉哥儿媳妇面上。只是如今蓉哥儿走到了这步田地，倘若他狗急跳墙叫朝廷知道这些，全族便没了一丝生机。我最担忧的，恰是这里。"说罢，凤姐低下头，不再说话。

宝玉瞧着眼前二嫂子，好似之前从没见过这个女人。

"宝兄弟，怎地是你？"见宝玉站在门口，屋里的柳湘莲急忙站起身迎了出去。左右两边跟他一起喝酒的两个汉子，也都站了起来。柳湘莲牵着宝玉的手,将他引到屋里桌案旁边,指着里面两个人说道:"我与你引见。这一个便是倪二哥,最是豪爽仗义,便是他收留我在这里,人称'醉金刚';另一位是我跟倪二哥的兄弟,常往南边贩卖马匹,人称'王短腿儿'。"

宝玉瞧过去,倪二是个高大魁梧之人,一副络腮胡须挡住了小半张微红面皮;王短腿儿是个五短身材,脸色蜡黄,一见便知是心思缜密之人。倪二听是宝玉,拱手豪声道:"可不是日头打西边儿出了,我倪二祖上积德,今儿荣国府二爷竟然来了这里。"说罢不等宝玉客气,一把将他按下在桌案无人一边,转身便去拿盘盏杯筷。王短腿儿朝宝玉深施一礼,见倪二拿了杯子,便将桌上的酒与宝玉斟满。

宝玉先前只跟姐妹们在园子里饮过酒,便是出门与薛蟠、柳湘莲、冯紫英、卫若兰等小聚,也是点到即止,谁都不曾让宝玉多喝。这一回来到一伙子江湖人当中,宝玉不愿叫他们瞧着自己是个外来的,又见眼前酒杯也不很大,便端起来一饮而尽。不想杯中酒与之前喝过的俱不相同,觉不出半点甘醇之味,只觉一股辛辣上面蹿进了双眼,下面落进了肚肠,不禁一阵咳嗽呛在那里。一旁的柳湘莲急忙一把拉过宝玉,朝他后背一通轻拍。倪二纵声大笑道:"二爷是万金之体,怕是喝不惯咱们这里的马尿黄汤。"宝玉边咳边道:"倪二哥说哪里话。先前不论芸儿或是柳大哥,没有一个不说倪二哥好的,我早就想来拜会。"倪二端起酒杯,一饮而尽，大声道："好！单就冲宝二爷这一通咳嗽，我倪二高攀定了你这个朋友。"王短腿儿夹起一片肉放在宝玉面前碟子里，缓缓道："二爷吃口肉压一压就舒服了。"

换作往常，这等油腻腻的东西，宝玉是打死也不会吃的，但今日顾不得许多，就一口吞下大半。这肉与烈酒混在一起，反倒越嚼越有回味，别有一番意趣。宝玉问道："这是什么美味？我从没吃过，该拿些到园子与大伙儿尝尝。"倪二笑道："二爷是拿谷子壳当珍珠了。这乃是最寻常的酱猪头肉，拿进园子倒不妨事，只怕二爷府里那些个金枝玉叶吃上一口，便倒在牙床上了。"

宝玉满脸绯红，急忙放下筷子，将带来的一个红木鎏金食盒捧到桌上，打开盒盖，里面八个格子各放了一道精致小菜。宝玉道："来得仓促，叫厨房随意弄了八个素菜，权当玩意儿给诸位下酒。"倪二伸了脖子盯着小菜，口中道："二爷真是想得周到，我们这些粗人如何能有这等口福。"

宝玉拿起筷子，夹了一样小菜到三人碟子里道："别的倒也寻常，这道茄鲞倒是有些味道，正好下酒。"柳湘莲跟王短腿儿各夹了一块放在嘴里，不住点头称赞。倪二一连吃了几口，不等嘴里东西咽下去便说："二爷休要哄我们，这哪里会是茄子，分明是天上的凤凰肉！"

柳湘莲道："宝兄弟今日到这里，可是有事？"宝玉道："几位都是见多了世面的，我不敢相瞒，确是有事相求。"倪二道："二爷怎地客气起来！不论芸哥儿还是柳哥儿，提起二爷没有不挑大指的。二爷看得起我等,有事只管说!"

宝玉道:"几位可是经常往南边去跑?"倪二道:"这个王短腿儿一年少说去个七八回,至于我,管他东南西北,便是天上地下也去得!"宝玉一听,直直站起身来,拱手深施一礼道:"既然如此,只求几位大哥带我往南边去一趟!"

宝玉这样一说,倒叫眼前三人面面相觑。

宝玉回到怡红院时,已然过了戌时。在外面待了一天,此刻宝玉却没有半分困倦。几个人商定,两日之后柳湘莲便带宝玉前往南边平安州。湘莲怕宝玉出意外,本不愿如此,却拗不过宝玉心意已决。宝玉告诉湘莲,自己便是一路爬也要爬去平安州,到了那里,先要寻得探春与大姐,还要找到贾蓉跟王善保家的,万不能叫这两个落在朝廷手里。

柳湘莲再三解劝不需宝玉出面,宝玉却犯起了痴狂,不能再叫凤姐一干女子挡在自己前头,这一回定要如此。柳湘莲只好答应,只是跟宝玉说清讲明,一路万事都要听自己安排。宝玉一口应下,跑回来准备两日之后启程。另一边,柳湘莲安排倪二跟王短腿儿先到平安州打探接应。

宝玉想得清楚,这一趟出门,定不能叫府里上下知道,尤其是身边的袭人,否则必定寸步难行。如此一来,便万不能在夜里走,不然必定会惊动外屋的袭人;只好先将随身之物收拾稳妥,两天后寻个借口白天出门,直奔平安州。

宝玉回来,背着袭人一样样收拣东西,拣来拣去什么都想带在身上，到了也没个头绪。第二个晚上，袭人去外间睡下了，宝玉在里间又收拾起来。平素袭人收拾是越收越清爽，今儿个自己收拾起来却是越收越多。看着屋子里没了个下脚空隙，宝玉越发觉得自己没用，一声长叹坐在床榻上。忽地有人打外头进来，低声笑道："宝兄弟，黑更半夜不睡觉，在房里摆摊卖家当不成？"宝玉大惊，见宝钗径自进来。宝玉急忙挡在前头，才觉察出这样如何挡得住满屋子东西。

宝玉急忙道："怎地袭人睡得这样沉，姐姐来了也不见起来？"宝钗道："自己不觉察，还说袭人睡得沉。若不是她把门打开，我又如何能进来？宝兄弟，我来问你，可是要出远门不成？"宝玉听得分明，宝钗这样一问，便已是知道了七七八八。想来这两天虽百般隐瞒，却怎能逃过袭人的眼睛，必是她偷偷说与了宝钗，叫她过来劝自己打消此念。

想到这里，宝玉不禁将心中所想挂到了脸上，只气鼓鼓说道："姐姐心意我都明白，只是府里接连出了这些大事，我断不能再作壁上观。旁的我不管，那大姐是凤姐姐至亲骨肉，探春妹妹更是跟咱们同心同体。我若不去那边弄个明白，便是猪狗不如之人。"宝玉本想用这一番话堵了宝钗的口，却不想宝钗只是平心静气说道："宝兄弟，先前我跟你说过读书考取功名的好处，想必今儿个你以为我越了礼法跑来这里，依旧是老调重弹？"宝钗这一问，反叫宝玉哑口无言，只好说道："姐姐平素里最是三思而行，如今这事儿来得荒唐，才不敢叫姐姐知道。"

宝钗正色道:"兄弟是个真性情之人,偏我就是个麻木无情的?兄弟待三丫头跟大姐如至亲一般,偏我就是个薄情寡义的?兄弟不忍看着大厦倾倒,偏我就是个乐见其败的?"自宝钗进府以来,这些年宝玉从未听她如此说话。此刻盯着昏黄灯下的宝钗,不觉竟痴了。宝钗道:"今儿到这里来,就没想着劝你一句,因知劝是劝不住的。只是你从未离开京城一步,这样就去了,叫我……叫我们如何放心得下。"

宝玉见宝钗不觉间动了真情,大悔方才说了那些浑话,只好说道:"姐姐放心,有柳大哥相助,定能将一切办得妥妥当当。"宝钗忙收敛起来,无奈笑道:"宝兄弟只管照看好自己便是阿弥陀佛了,还说什么妥妥当当。"说罢,转身叫道:"袭人姐姐请进来。"

袭人拿了一只小包裹自外头进来,只瞧了宝玉一眼,便放下包裹出去了。宝钗道:"这是我叫袭人收拾好的。这一去路途遥远,不可多带东西。一则行动不便,二则太过招摇会叫歹人盯上。包裹里有五百两银票,还有十几两碎银子,平时只把散碎银子带在身上,不可露出银票。随身衣物我只叫袭人收拾出了三套素色的,你也只好将就。随身佩挂的物件还须留下,以免徒增不便。这一路万事莫要出头,只听柳大哥安排,万不可耍性子。"

换在平时,这一番话早已把宝玉说烦了,但此刻听来却是字字珠玑,心中想着:"不论宝姐姐还是袭人,心里无时不在挂记自己!自己若有个闪失,只怕她们要伤心一辈子。

偏自己是个不懂事的，这些年一直辜负了一番情意……"

宝钗见他又痴痴呆在那里，便说道："纵然嘱咐到天明，也是挂一漏万，一切还须宝兄弟自己珍重。"说罢，便与宝玉告辞。宝玉只觉心中有万语千言，却说不出一句，最后吞吞吐吐说道："姐姐说的，都记下了。"宝钗听他这样一说，露出淡然一笑，转身缓步离去。外头的袭人急忙抹去脸上泪痕，送宝钗出去。

宝玉也送到怡红院门口。宝钗叫宝玉停步，只和袭人一道往梨香院而去。宝玉瞧着两人渐渐远去的背影，不禁长叹一声。忽地往旁边一看，只见一朵白海棠被人放在那里。这一年颇为反常，已然过了中秋，偏园子里海棠花开了起来。前些日子探春还说要再起诗社，却不想花尚在，人却不知去了何方……

宝玉仔细瞧了过去，见海棠花上端端正正摆着一只精巧无比的荷包。宝玉急忙俯身将荷包跟海棠一并拾起，站在门口左右张望，边看边喊道："可是林妹妹来过？林妹妹可是来过？"

残月之下只有微风拂过，却哪里有黛玉的影子？虽如此，宝玉却知手里的荷包必是出自黛玉之手。元妃省亲那年，黛玉因和宝玉怄气，拿剪刀剪了自己亲手绣给他的香囊。后二人重归于好，宝玉再三哀求黛玉再为自己绣上一个，黛玉却只说"那也只瞧我高兴罢了"。想来宝钗若是知道自己要去南边，黛玉也必能从袭人这里知晓。这个荷包必是她连夜绣出，又偷偷送来这里。

宝玉恨不能此刻奔到黛玉那里，脚下却迈不动一步，只把荷包紧紧贴在胸口，默默念道："妹妹，你放心。"

向南边去的官道上尘土飞扬，将一辆二轮小马车裹得严严实实。车厢内坐的，正是去往平安州的宝玉和柳湘莲。宝玉头一回出远门，不论看哪里都是稀奇；柳湘莲久闯江湖，此时只把鸳鸯双剑抱在身前，垂着头一语不发。

路上非止一日，二人从马车换了船只，沿运河而下。下了船再换回马车，终于到了平安州地界。宝玉心中越发不安，却见柳湘莲依旧不动声色。这一日在车里，宝玉不禁问道："柳大哥，咱们到了平安州，该如何是好？"柳湘莲笑道："宝兄弟且放宽心，倪二哥跟王短腿儿已到了几日，早已替咱们打点好了一切。"宝玉惊道："此话怎讲？怎叫打点好了一切？"柳湘莲道："且不要多问，先到平安州落脚，然后自然会跟宝兄弟讲个明明白白。"

宝玉不再多说，只问道："到了那里，咱们在哪家客栈安歇？"柳湘莲道："并不能在客栈安顿，咱们只住在寺庙之中。"

天色刚刚擦黑，宝玉与柳湘莲已下了马车，站在一座古庙门外。宝玉举目四眺，见四周略显荒凉，显然不是在平安州城内。眼前寺庙规模不小，各处却破败不堪，显是多年香火不旺，只是勉力维持罢了。

宝玉抬起头，见寺门匾上写了"智通寺"三个大字。匾额脱皮掉漆，已然看不清是何朝何代何人所题。寺门两旁有一副对联，宝玉不禁低声读来：

"身后有余忘缩手，眼前无路想回头。"

宝玉不觉苦笑一声，叹道："这两句虽浅显得紧，却胜过千句万句。"又扭过头对柳湘莲道："柳大哥，咱们便是住在此处？"柳湘莲道："这里东西厢房专门招待过往旅人，只因庙里香火不旺，十几个出家人也只好充作客栈老板，赚些店钱饭钱糊口。不过，今儿咱们住在这里，却不是为了节省银子，而是这里出了个大关节……"

柳湘莲话未说完，一个小沙弥便迎了出来。此人身量不高，满脸精明神色，一看便是个惯会察言观色之人。小沙弥躬身合十道："二位公子可是……"不等他说出名姓，柳湘莲便道："正是。倪二哥可都交代好了？"小沙弥道："万事俱备，只等二位进来。请随小人先到东厢房住下。"

宝玉心中好生奇怪。这人打扮举止显是庙里出家人，但口中满是"公子""小人"，又全然不似化外之人。宝玉不敢多问，跟着小沙弥走进了智通寺。

小沙弥安顿二人住下，不出一刻便拿来了晚饭，不再打扰。二人匆匆用了晚饭，看天色已全然黑了下来，柳湘莲才低声对宝玉说道:"宝兄弟,明儿个正午之前,一切便将有分晓。"宝玉大吃一惊,到这里不曾做了什么,怎就"见分晓"了?看宝玉神色,柳湘莲微微一笑,又道:"倪二哥与王短腿儿已然打探清楚,明儿个一早,贵府的蓉哥儿便要在这里现身!"

这一句更叫宝玉如堕五里雾中,颤巍巍问道:"蓉儿如何会来这里?"柳湘莲道:"倪二哥朋友已打听清楚,贵府琏二奶奶在这里置有产业,都是托蓉哥儿打理,前些时日蓉哥儿一个人来了这里,三两下便将全部产业折价贱卖,不几天就拿到手几万两银票。"宝玉忙问:"只见了他一个?可见了探春妹妹跟大姐?"柳湘莲摇头道:"尚未见到,但若是拿到蓉哥儿,想也不难问出来。蓉哥儿想是欲拿了银票远走,不想朝廷通缉榜文到了这里,纵然生了翅膀,也难飞出平安州。"

宝玉跺脚道:"如此可坏了事了!若真叫朝廷拿了他,东西二府便有灭顶之灾!"柳湘莲道:"兄弟放心,正因为如此,咱们才到这智通寺里,来一个将计就计。"宝玉道:"什么将计就计?"

柳湘莲忽地起身,走到东厢房窗边,轻推开窗子,朝外面一通张望,扭过头朝宝玉道:"宝兄弟,来这里看。"宝玉急忙站起来,到窗前朝外面瞧去。这一瞧,真真是把宝玉唬了个半死。窗外便是智通寺院落,西边是和这里一模一样的厢房,北边却是供奉了释迦牟尼的正殿。此刻在昏暗灯光之下，正殿内整整齐齐放了七口棺木！一眼看过去，棺木尚新，显是装了死者还未入土。

宝玉惊道："柳大哥，这是何故？"柳湘莲道："平安州城内一户六口染了窝子病，不过三日死了个干净。现在一家棺木都停在这里，只等今晚超度之后，明儿个一早便要抬到乱葬岗子埋了。"宝玉忽道："大哥说这一家人死了六口，可如何这里停了七口棺木？"柳湘莲道："这便是蓉哥儿当下的计策。他买通了相关之人，多备了一口棺木，却是留给他自己的。"宝玉道："自己的？"柳湘莲点头道："正是。明儿个一早，蓉哥儿便会潜入寺里，跳进自己的那口。然后便可瞒天过海，跟着另外六口棺材去了乱葬岗子。到了乱葬岗子，便不是平安州地界了。宝兄弟想一想，官家查得再严，谁又敢去碰得了窝子病而死之人的棺木？查问的人又怎会知道究竟死了六个还是七个？"

说到这里，宝玉方恍然大悟，喃喃道："亏他想出这等计策。"柳湘莲道："宝兄弟自然想不到，官家的人也懒得想，可在我等江湖人眼里，便是三岁小儿的伎俩。我等见了棺材，先要劈上三剑，才好放它过去。倪二哥跟王短腿儿到了这里，只两天便把一切打听得清清楚楚，这才叫咱们住在这里，只等明儿个将蓉哥儿拿在棺木里，也就不怕问不出旁的。"

听到这里，宝玉对柳湘莲已佩服得五体投地，一时竟不知该说些什么。柳湘莲却到了一旁将床铺收拾停当，对宝玉说道:"宝兄弟还需早些睡下,明儿个一早便有大事要做。"

话虽如此,宝玉哪里睡得着,只是躺在床上辗转反侧。一旁的柳湘莲倒是睡得踏实,一呼一吸始终平稳如常。不到五更,两个人都已经起来,只倚在窗边,从缝隙里目不转睛盯着正殿里的七口棺木。

过了好一会儿,一道瘦削影子不知从哪里进了正殿。这人确是贾蓉无疑,宝玉险些惊呼出口,这便要出去拿住他。柳湘莲狠狠拉了宝玉,在他耳边低声道:"此刻出去,保不定叫他逃了;何不等他进了棺木,到乱葬岗子后再动手。宝兄弟安心,倪二哥与王短腿儿早叫了一班过命的朋友伏在那里。"宝玉听柳湘莲这样说,又想起宝钗叮嘱,才忍了下来。

只见贾蓉左顾右盼,缓缓错开左边第四口棺木盖,急忙忙跳了进去,又从里面将棺木盖严。宝玉看到这里,又想起了早已故去的秦可卿,不禁心中叹道:"蓉儿媳妇托梦叮嘱,却被丈夫如此处置,叫她在哪一边如何心安?"

不觉过了五更,智通寺内诸僧俱已起来。一番诵经超度过后,雇来抬棺之人进了正殿,打算将七口棺木抬出去。柳湘莲低声对宝玉说道:"咱们悄悄跟在后头,到乱葬岗子便……"

柳湘莲话未说完,忽地一声巨响,智通寺大门洞开,紧跟着便有二十余名精壮汉子拥了进来。为首一个腰圆背厚、面阔口方、剑眉星目、直鼻权腮,带着无尽官威。这人进来并不理会其他,径直走到左边第四口棺木跟前,大声说道:"朝廷要犯便在这里,将棺木与我抬走!"

第八回 虚花悟

将那三春看破,桃红柳绿待如何?把这韶华打灭,觅那清淡天和。说什么,天上夭桃盛,云中杏蕊多。到头来,谁见把秋捱过?则看那,白杨村里人呜咽,青枫林下鬼吟哦。更兼着,连天衰草遮坟墓,这的是,昨贫今富人劳碌,春荣秋谢花折磨。似这般,生关死劫谁能躲?闻说道,西方宝树唤婆娑,上结着长生果。

眼前这一幕漫说是宝玉，便是柳湘莲也始料未及。只见为首那人下了令后，左右环顾，瓮声瓮气道："数年前便到过这里，不想这些年一点无有长进，只是更加破败罢了！"说罢，向跟随自己进来的一班人道："记着，谁敢打开看上一眼，我立马叫他脑袋搬家。"众人应了一声，便上前去抬棺木。

东边柳湘莲早已忍不住了，拔出鸳鸯宝剑便要出去。这一回，却是宝玉死死按住了他的胳膊。宝玉在他耳边低声道："柳大哥少安毋躁，为首的这一个，我却认得。"柳湘莲惊道："你如何认得？"宝玉道："这人名叫贾雨村，素来跟我家老爷走得近。他本是个遭了弹劾的，后来受林姑丈跟老爷推荐，才走到了今日。这一回，也是老爷叫他来这边照应。他若将蓉儿带走，必是回去交与老爷，倒省了咱们的事儿。"听宝玉这样说，柳湘莲松开了握着剑柄的手，紧锁浓眉盯着窗外。

眼见贾雨村便要将棺木抬走，忽地正殿后一阵嘈杂，只见那个小沙弥带了一班僧人自后面赶来，不容分说挡在棺木之前。小沙弥朝贾雨村施礼道："佛门净地，亡魂尚在，大人因何如此无礼？"贾雨村哪里把他放在眼中，只是昂着头道："官家要取的东西，难不成这里的和尚还敢阻拦？"小沙弥道："敢问大人，是哪里的官家？"贾雨村冷笑道："说出来怕这里承受不住。我们乃是受忠顺亲王之托，到这里缉拿朝廷要犯的！"

贾雨村话一出口，叫东厢房里的宝玉跟柳湘莲惊得目瞪口呆。宝玉急道："他……他如何成了忠顺亲王的人？"说着便要冲出去，却被柳湘莲一把拉住。柳湘莲道："静观其变，倘若一步走错，贵府便满盘皆输。"

外头的小沙弥却并未露出半分讶异神色，只是又浅浅施了一礼道："如此，小人给大人见礼了。"贾雨村见他如此淡然，心中一动，不禁低下头打量一番。他依稀觉得在哪里见过这人，却怎么也想不起。小沙弥见贾雨村沉默不语，反笑道："大人不必疑心。这些年大人飞黄腾达，自然记不得小人。"贾雨村道："你是……"小沙弥道："小人先前是葫芦庙里的僧人，后来是大人跟前的门子，如今却又做回了出家人。"小沙弥这番话，叫贾雨村惊得瞠目结舌。他又把眼前人上上下下打量了几遍，可不是昔日被自己充军了的门子！难怪此人说话没有半点出家人的味道，倒像是个久在江湖走动的。一时间，贾雨村面露尴尬神色，不知该如何应对。

倒是小沙弥似全不在意，从容道："大人步步高升，小人虽遭了充军，却也蒙了大赦，如今又成了出家人。前尘往事，自然不再压在心上。"听他这样一说，贾雨村长出了一口气道："若真是如此，那便最好。"小沙弥道："小人略有听闻，大人久蒙贾府照顾，如今怎地为了忠顺亲王到这平安州办事?"贾雨村不动声色道:"我乃朝廷命官,一茶一饭皆是朝廷恩赐,哪里有什么这府那府的关照!便是我贾雨村亲生父母犯了王法,我也要将其锁拿送官,来不得半分偏私!"小沙弥道:"大人浩然正气,真是丝毫不逊于当年断葫芦案之时。"贾雨村自然听出小沙弥语带讥讽,却依旧不显露出半分怒色,只是道:"这些年我与贾府有些往来,知晓他们包藏祸心,在平安州有了见不得人的勾当。圣上英明神武,那贾家看见恶行败露,便先从里面自杀自败起来。贾蓉跑来这里拿了银子,想要一走了之。幸而叫忠顺亲王千岁看出端倪,才暗暗派我到这里查问。我贾雨村平生只为朝廷效力,自然容不得贾府胡来。"

贾雨村一番话,说得暗中的宝玉浑身发抖,又怒又怕。他虽向来瞧不起贾雨村这等钻营之人,倒也敬他有些才学,却不想是个吃里爬外的忘恩负义之徒。想到父亲这些年一直信他,更将平安州的事交与他来打点,宝玉心里顿时凉了半截。

只听小沙弥道:"大人真真叫小人万分敬佩。只是这贾府的勾当,又跟智通寺有什么瓜葛?"贾雨村不想在小沙弥这里横生枝节,一心只想快些拿了贾蓉回京向忠顺亲王邀功,便说道:"这个贾蓉奸诈无比,藏身在棺木中,想借此逃出平安州。智通寺上下皆是有道高僧,自然识不出这等诡计。我只拿人,回去后自然跟老亲王禀明,贵寺非但与此无干,还为在下缉拿要犯立了大功。如此,老亲王定然重修庙宇，再塑金身，保智通寺香火世代不绝。"小沙弥一听，立时眉开眼笑道："小人合该与大人有缘，早晚因大人发迹。见大人带了人来，庙里一干老和尚不敢出面，全是小人侍奉大人。"贾雨村忙道："你放心便是！事成之后，这里的住持是谁，全凭亲王千岁一句话。"

小沙弥喜得屁滚尿流，急忙道："如此不需大人上手，我等替大人办好一切便是了。"随即扭过头，朝后面众僧喊道："可还愣着做什么！还不替大人将那口棺木抬出去！"贾雨村想到寺中人动手，无论如何也比自己的人合适，便站在一边乐见其成。原本挡在棺木前的一众僧人转回身，抬起左边第四口棺木便往外走。贾雨村满面微笑，双手背在后面，领着人跟在僧人后面。宝玉此刻越发急了，就要冲出去。柳湘莲知道这样出去必定寡不敌众，无异于自寻死路，一时间也没了办法，不知该拉住宝玉，还是该跟他一道出去。

宝玉还未出去，只听寺门那里又是一阵喧哗，又一队人打外面冲了进来。这一队人数比贾雨村一行多了三倍不止，皆穿着朝廷制式衣裤，腰间佩刀。这队人显是训练有素，在院里列为左右两队，个个手抚刀柄肃然而立。一人最后进来，身高七尺，剑眉朗目，一见便是领头的。

一众僧人见这样场面，都定在院子里不敢再动，将棺木放下。贾雨村急忙走到来人跟前，见此人器宇不凡，便不敢慢待道："敢问这位大人在哪家衙门当差？"来人盯着贾雨村缓缓道:"在下便是这里节度。"听是平安州最高官长来了这里,贾雨村大惊,忙道:"原来是节度大人到此。下官贾化,奉忠顺亲王千岁之命,来这里缉拿贾府要犯。"节度冷道:"大胆!我奉圣命驻守平安州,从未接到圣上旨意。忠顺亲王千岁是何等身份,如何能做出这等越礼之事?你开口便说'忠顺亲王',身上可带了老千岁授权于你的文书信件?"

贾雨村之前便与节度相识,只是众目睽睽下不能落人口实,因此才装作头一遭见面。他素知节度手握重兵,又与贾府交厚,是故开口便把忠顺亲王抬了出来。他本以为节度会因此退避三舍,却不想上来便被抓了破绽。按朝廷律例,京中宗室官员擅自遣人至地方干涉政事,乃是不赦之罪,便是忠顺亲王也不能例外。节度上来便将贾雨村挤对到了死角,显是有备而来。

见贾雨村不开口,节度又道:"若讲不出个道理,我便要将你一干人等法办!你等僭越圣制在前,诬陷忠顺亲王在中,构陷贾府在后,哪一款皆是死罪!来人,将一干人尽数锁拿收监!"话音刚落,两边兵士便要一拥而上。

眼见形势急转直下,贾雨村不由得高声叫道:"谁敢动手!"众人愣了一下,贾雨村转头对节度道:"大人休要危言耸听,虽无亲王千岁文书,我等却是奉命行事。节度大人不分青红皂白便要锁人,若是因此走了朝廷要犯,就不怕圣上怪罪吗?还是说……大人有意在此放火自救,成心叫要犯走脱?"贾雨村是久历官场之人,知道这一回一味服软是不成的，唯有豁出去破头撞向金钟，才有出路。

见贾雨村忽地翻了脸，节度不怒反笑，缓缓道："贾大人一口一个'要犯'，敢问谁是要犯？"贾雨村道："便是贾府出来的贾蓉，想来节度大人也见了朝廷缉拿公文。"节度道："自然收了，我早已叫人日夜查问。"贾雨村道："那便不劳大人了，下官已然将贾蓉按在了这口棺木中，正要带走交与朝廷。既然大人来了，自当由大人上报才是。"

节度低头看了棺木一眼，冷笑道："大人是说那个贾蓉现在藏匿于棺中？"贾雨村理直气壮道："正是。"节度道："这便奇了！平安州上上下下活人待的地方都被我翻了过来，却没想到他偏偏藏进了死人的去处。"贾雨村道："若没有非常手段，如何能骗过大人一双眼睛。大人若不信，可问这里僧人。"

听贾雨村这样一说，节度转身瞧了一旁的小沙弥，开口问道："贾大人说的可是实情？朝廷要犯原是被你藏匿起来的？"小沙弥顿时魂不附体，跪下磕头道："大人明鉴！这里面躺着的乃是一户得了窝子病去了的人家，在这里超度之后准备抬到乱葬岗子埋了。今儿不知怎地，这位大人进来，非要将这口棺木抬了去。至于里头装的究竟是活的还是死的……小人委实不知！"

贾雨村瞥了小沙弥一眼，冷声道："是死是活，大人当众开棺验看便可。若是贾蓉，便是大人为朝廷立下大功；若是个死人，便是下官一时不察。不论如何，大人总不会吃亏。"节度道:"如此说来,贾大人是执意要开棺了?"贾雨村未有丝毫迟疑便道:"事已至此,只怕不开也是不行了。"节度叹道:"自然如此,事关朝廷,便是我也不敢自专。不如将棺木抬至节度衙门大堂,我即可召集平安州内大小官员到堂,那时再开启棺木,方是最稳妥的。"贾雨村没想到节度这样说,却也觉得于情于理都挑不出半点毛病,是最稳妥的法子。他知道贾蓉定在里面,便有恃无恐,于是说道:"大人深思熟虑,下官唯命是从。"

节度点了点头,高声道:"听了!速将棺木抬至衙门大堂,叫州内大小官员悉数到堂!智通寺一干僧众也悉数过去,途中敢有擅动棺木者,立斩不贷!"手下人闻风而动,顷刻间院中人走了个干干净净。

待宝玉跟柳湘莲走进正殿之时,偌大个智通寺里只剩下他们两个。宝玉痴痴地望着眼前一排棺木,想到自己这一趟白费力气,不但没能找到探春跟大姐,反而眼睁睁看着贾蓉叫忠顺亲王的人逮了个正着!这一回不单宁荣二府大祸临头,只怕连平安州节度也要被牵连进来。

宝玉急道:"如今俱是水月镜花,便如何是好?"柳湘莲亦是眉头紧锁,并不回宝玉问话,只是四下打量正殿。忽地,柳湘莲大吃一惊,顷刻间冷汗便从头上冒了出来。见柳湘莲如此,宝玉顾不上自怨自艾,拉着他的胳膊晃道:"柳大哥可是又看出了什么?"柳湘莲沉声道:"都摆在这里,是个人都瞧得清楚。"宝玉急忙扭头四顾，却看不出半点异样。柳湘莲抬手指着一排棺木道："蹊跷就出在这里！"

宝玉将眼前棺木从左至右，又从右至左看了几回，仍旧看不出丝毫破绽，口中喃喃道："七口棺木都在这里，可有什么不妥？"柳湘莲道："宝兄弟静心思量，此刻如何还能有七口棺木？"柳湘莲这样一说，宝玉刹那间醒悟过来。再看过去，左边起第三口右边空着，已被节度抬走。可仔细数来，正殿内却还有七口摆在眼前。宝玉顿觉一股凉意涌上来，战战兢兢问道："柳大哥，叫人抬去一口，如何这里还有七口？莫不是鬼魂来这里作祟？"

柳湘莲并不开口，却对着这些棺木打量起来。他围着七口棺木绕了几圈，最后停在了最左边一口前面。这一口旁边便是一条小道，直直通向释迦牟尼塑像背后，显是连着正殿与后殿的通道。方才一通争吵之时，小沙弥跟一众僧人便是从这里走进正殿。

柳湘莲伸手轻抚棺木盖子，跟着又摸了摸旁边那一口，似有所得般道："真是蹊跷！我身旁这一口，不论颜色还是材质，皆比其他六口新了许多。"宝玉急忙瞧过去，见果真如此。无须仔细分辨，便是站在远处也瞧得出最左边一口上面漆色比其他几口深了许多。宝玉不解道："按说病死的是一家人，几口棺木该是一般新旧，如何差了这许多？柳大哥，这又是怎么一回事？"柳湘莲依旧不答，只将两只手搭在最左边棺木的盖子边缘，忽地猛一用力，竟要将盖子抬开。宝玉大惊道:"大哥不可!"

话未说完,盖子已被柳湘莲打开。二人朝里面看过去,却哪里有什么东西,只是一口新打出来的空棺木罢了。宝玉盯着柳湘莲,只听湘莲低声道:"果然在这里。"里面明明空空如也,柳湘莲却说什么"在这里",叫宝玉一头雾水。柳湘莲沉寂片刻,猛地走到第四口旁边,又是一用力,将盖子也抬在一边。宝玉又朝里面看去,里面依旧是空的。一口空的已叫宝玉惊讶不已,第二口还是空的,更是让宝玉不知所措。

宝玉缓步走到又一口棺木面前,伸手便要再把盖子抬开。柳湘莲急忙跑过来,伸手阻道:"兄弟不可!"柳湘莲终究迟了一步,宝玉已将第三口棺木盖子抬在一边。他本以为里面仍是空的,没料到一眼看下去,只见一张得了窝子病、已然变成银灰色的面孔跳进了眼中。宝玉一万个没提防,只吓得没了三魂七魄,大叫一声便跌进了柳湘莲怀中。

宝玉幽幽醒来,见自己依旧靠在柳湘莲肩头,两人已坐在来时马车中,此刻不知正赶往哪里。见宝玉张开眼睛,柳湘莲长出了一口气,缓缓道:"宝兄弟可算是醒过来了。"宝玉直起了身子,想到棺材里那张面孔,不禁又打了个寒战。透过车帘,宝玉模模糊糊觉得外面日已西沉,想来在路上已然行了大半天。宝玉问道:"柳大哥,咱们如今赶去哪里?"柳湘莲道:"赶去运河渡口,今日初更前便可以乘船北上,不几日便可回去京中。"一听这话,宝玉瞬时炸了一般,口中急道:"事情一点都未办成,如何这样就回了?断断不可!快些停车,我要回去寻三妹妹跟大姐。"柳湘莲忙按住宝玉,低声道:"兄弟莫要如此。事情已然大功告成,无须咱们留在这里碍事了。"

这话说得宝玉如堕五里雾中,盯着柳湘莲结结巴巴问道:"这样也好叫大功告成?"柳湘莲道:"就我所想到的,已然是好到了不能再好。"宝玉道:"蓉儿叫贾雨村拿去,必定受不过说出许多事来,哪里还有个好!"柳湘莲笑道:"宝兄弟放心,蓉哥儿并没有落在贾雨村手里。"宝玉道:"咱们亲眼见得棺木被抬走,如何说没有?"柳湘莲道:"这里面的关节看似玄妙,却如同孩童嬉戏般简单。那贾雨村抬走的,并非蓉哥儿躺进去的第四口棺木,而是第三口,那蓉哥儿自然不会落在他们手里。"宝玉奇道:"难不成贾雨村迷了眼睛,连三与四都分辨不清?"柳湘莲笑道:"略施手段,自然可以迷了双眼。那个小沙弥带着一众僧人出来,挡在了贾雨村跟那排棺木前面。趁着小沙弥与他讲话,众僧打后头过道那里又推来一口棺木。这一口是新打出来的,里面自然没有尸首。众人乘乱将这一口棺木排在了最左一边,七口棺木也就变成了八口。"

宝玉愈听愈奇,忙问道:"这里的僧人为何要这样做?"柳湘莲道:"怕是为了要将那位贾大人置于死地。等小沙弥跟他把话讲好,众僧便将左边第四口棺木抬了出来。贾雨村此时哪里会在意多出一口棺木,眼睛只盯着进了蓉哥儿的第四口棺木,却不知此刻众僧抬出来的,却是原本的左边第三口。蓉哥儿并不在里头,却躺在一旁。"宝玉叹道:"却原来是这么个障眼法。"柳湘莲道:"正是如此。随后平安州节度大人带人进来,贾雨村一干人拚了命保住棺木,更不会看出破绽。众人在院中争执了许久,想那蓉哥儿便乘乱出来,顺着那条过道从后面脱身而去。"宝玉道:"这贾雨村也算个精明有见识的,不想这一回却叫脂油蒙住了心。只是……这里的僧众如何拚了命地要助蓉儿脱身?"柳湘莲道:"便是我,也只能是妄加揣测。蓉哥儿若被忠顺亲王的人拿了,不但贵府难辞其咎,只怕平安州节度也坏了事了。节度大人在此地经营多年,自然要调动一切护住蓉哥儿。这智通寺里的僧众,只怕早就叫节度大人安排得妥妥当当。那个带头的小沙弥,倒像是和那个贾雨村有仇似的,格外卖力。"

宝玉心里哪里还装得下小沙弥,只是一味念着探春跟大姐,喃喃道:"这一趟算是辜负了林妹妹跟宝姐姐一片苦心,寻不得三妹妹与大姐,纵然坑了个贾雨村又有何用!"说罢,宝玉不由得将腰上挂着的黛玉绣的荷包捧在手中,一番长吁短叹。柳湘莲柔声安慰道:"宝兄弟不必挂怀。这一趟虽说没能见着二位姑娘,但亲眼见得蓉哥儿脱了身,忠顺亲王的人又跌了跟头,想来一时间那边便不会再横生枝节。如此一来,贵府便转危为安,再慢慢寻找三姑娘与大姐便是了。"

宝玉掀开马车帘子,见外头已全都黑了下来。远处星火点点，几只小船不住起伏，秋风翻动江水之声不绝于耳。马车快要驶到平安州渡口，宝玉回想这一番行程，心中不禁又涌起了无限愁绪。

宝玉跟柳湘莲刚下了船，还未坐上马车，便听到南边平安州的消息已轰动了京师。在平安州节度大堂，当着大小官员的面，节度命人将棺木打开，里面却没有死人，更不见什么贾蓉，却还是叫人大吃一惊。棺木里装了百余封信件，皆是贾雨村写与忠顺亲王的。信件大都是贾雨村私下探得的"百官行述"，专门记了各地官员把柄，叫忠顺亲王以此掌控百官，为己所用。

这些信里含了教唆王仁去找仇都尉之子放印子之事；含了孙绍祖家、钱吾宗家、赵君瑞家在地方为非作歹之事；还有内廷夏总管贪污亏空之事。贾雨村在信中明言，此几家若为亲王收服，日后必是忠犬，只管寻个理由，叫他们撕咬四王八公即可。他还在信中写道，贾府宁荣二公乃八公之首，若能一举攻破，其余诸人必束手就擒。自己与贾府相交多年，愿为忠顺亲王内应促成此事。

"百官行述"一出，朝野震惊。贾雨村不知这些东西如何到了平安州智通寺的棺木里，不容分说便被节度拿下。消息传到京中，忠顺亲王第一个上本弹劾贾雨村，不单将自己与贾雨村之关系撇得一干二净，更说此人乃本朝第一巨奸，包藏祸心，颠覆社稷，图谋叫当朝亲王与四王八公相残，真真是天理不容。

圣上当日便批了忠顺亲王奏本，并不让平安州节度将贾雨村押解进京，更不让贾雨村申辩，立即将其充军极北苦寒之地，永世不得蒙赦。其所记"百官行述"，经查俱是诬陷毁谤的不实之词，即刻于平安州焚毁，敢有外泄一字者按谋反罪论处。平安州节度忠君爱国，处事果断稳妥，升从一品，赏三年俸银。那智通寺里的小沙弥也受了节度奖赏，没二年便成了那里的住持，往来香火钱米不绝。

据传圣旨到平安州当天夜里，便有人见贾雨村身扛重枷，被一干差役解往极北之地。可怜此人一生钻营，心心念念的只是步步高升，到头来却是"因嫌纱帽小，致使锁枷扛"。

宝玉跟柳湘莲听了这些，只是相视苦笑，不再议论。

宝玉回归府里，上上下下自然一片欢喜。老太太身子见好，只是尚不能出来走动太久；倒是黛玉，自宝玉去了，无日不在垂泪，身子两日好三日坏，总不见大安；凤姐接连受到打击，又劳心劳神，自然身上一直不爽利。

老太太说宝玉回来乃是头等喜事，定要摆上几桌家宴庆贺一番，顺带为府里冲冲喜，叫不好的赶紧去了。宝玉跟其余众人虽无此兴致，却不能驳了贾母之意，一个个皆拍手说好。凤姐少不得强撑着上下安排，宝钗怕凤姐伤了身子，便说此时正是吃蟹时节，叫哥哥差人送十几篓团脐肥蟹到园子里，又省事又应景。众人知道贾母喜吃螃蟹，便都夸宝钗想得周到。宝玉知道黛玉身子弱，既不便晚上坐在外头用饭，更吃不得螃蟹，心中不禁怅然。

已是深秋，阵阵风吹，叫人不觉战栗。一众人围坐在园子里，心中却没了往昔的自得。贾母叫宝玉坐在自己身边，另一边却执意叫宝钗坐了。宝玉瞧黛玉果然不曾来，又见贾母这样安排，心里更是一沉。凤姐叫人将蒸好的螃蟹端上来，自己站在一旁伺候。贾母见了螃蟹，不觉笑道："今年的螃蟹比去年又肥了不少，这东西三两一个便是上品，能到四两的可称极品，咱们这会子吃的，我瞧着个个都在五两上下，可说是海里上来的蟹元帅了。"众人皆大笑称是，王夫人更说道："亏了宝丫头费尽心思叫人找来，能得老太太这一句称赞，便是值得。"宝钗只低头微笑，贾母又道："亏得还有宝丫头在身边，也不怕将来没个人支撑着。只是，今年少了二丫头、三丫头、珠儿媳妇跟大姐，云丫头也久没过来了。"见众人听了这话皆低下了头，贾母急忙朗声问道："怎地没见四丫头？"

贾母这样一问，众人才发觉不见了惜春。宝玉顿时站起来道："可不能再少了哪个，我这就去藕香榭那里叫她。"贾母点头道："快些去吧，小心天黑路滑。"宝玉离席绕出了屏风，一眼瞧见柳湘莲在外头一桌正跟薛蟠喝酒。今日是荣国府家宴，柳湘莲本不想来这里，无奈宝玉跟贾母前头说柳湘莲是这一回头等有功之人，一定要请来。贾母发了话，柳湘莲才不得不坐到这里，此刻正和薛蟠说到卫若兰，说他去西边寻父亲的骸骨，至今也没个消息。见宝玉一个人出来，柳湘莲立即迎上去道："宝兄弟往哪里去？"宝玉道："还没见四妹妹到这里，去藕香榭那边叫她。"柳湘莲道："最近乃是多事之秋，兄弟万事须小心，我跟你同去如何？"宝玉道："劳柳大哥费心，自然求之不得。"

二人绕过园子里层层叠叠花草屋舍，一路来到惜春住的藕香榭跟前。里面掌着灯火，却听不到半点动静。柳湘莲停下脚步，对宝玉道："这里竟与别处大相径庭，好似个世外清修之地。"宝玉道："四妹妹性子向来如此，看着不言不语，心中若打定主意，便是十龙十象也拉不回头。她向来不喜热闹，只在藕香榭里作画。先前还有几个丫头陪她，自打那回园子里抄检，四妹妹身边的入画被撵了出去，这里便越发清静了。"说到这里，宝玉想到同是那一回被撵出去的晴雯、芳官跟司棋，不免又是一片感伤。柳湘莲不知所以，便道："宝兄弟进去便是，我在这里等你。"宝玉知柳湘莲虽是江湖中人，却颇识礼数，便一个人走了进去。

宝玉来至藕香榭正屋门前，一边轻叩房门，一边低声道："四妹妹可在里头？老太太叫我过来唤你。"一连问了几声，里面不见动静。侧屋门开了，打里面出来一个粗使小丫鬟，见是宝玉在这里，匆忙施礼道："二爷怎地没在前头？"宝玉道："你家四小姐去了哪里？"丫鬟惊道："姑娘半个时辰前就说到前边赴宴了。我想要跟着，被姑娘训斥了一顿，说今儿个是家宴，不叫我跟着。我见姑娘发了脾气，只好留在自己房里等姑娘回来……"话未说完，宝玉已然急了。当日探春便是这样一人留在房里，却不见了踪迹。想到这里，宝玉顾不上许多，猛地一把朝门推去。

和探春那次不同，这一次房门根本未从里面闩上，应声而开。房间里收拾得一尘不染，日常应用物件一丝不乱摆在各处，桌案上作画的笔墨纸砚更是收得妥当，显是有人刚刚归整过。桌上掌了灯，灯下摆了一张信纸，上面密密麻麻满是蝇头小楷，一望便知出于大家闺秀之手。宝玉站在屋里，低声缓道："四妹妹可安好？四妹妹可在屋里？"屋里寂静无声，并不见人回应。宝玉越发惊讶，疾步走到桌案前，拿起信纸读了起来。

信中道："娣惜春谨拜二兄。家宴未见，必是二兄寻至藕香榭。然娣已拜辞，二兄勿念。自古万缘皆由心生，心至缘起，心灭缘破。今二姐三姐俱去，娣心内已空。且大厦将倾，乃命中注定，非人力所能及也。娣既无力分忧，唯有抽身世外，不再累及父兄姊妹，便是不负此前三春光景。娣一去山高水远，从此青灯古佛常伴。二兄须转告家中，切勿悲伤，更勿找寻，只因心之所安，处处皆是净土。娣本不该携去一物，但心中难舍往昔情谊，只带去亲手所绘大观园图一幅。不论海角天涯，见此画作，便如重逢。望珍之念之。娣惜春再拜。"

宝玉一人站在幽幽灯下，双手一松，一页薄纸飘落在了灯下暗影中。

和来藕香榭时大不相同，宝玉走在回去路上，只觉得每一步皆重若千钧。宝玉此刻似已被抽去了魂魄，并不理会身边的柳湘莲，只痴痴道："去了……都去了……我也该去了……"柳湘莲已知道惜春之事，此刻只是紧锁眉头，默默跟在宝玉身边，口中喃喃道："如何都去了？"

忽地，柳湘莲听背后藕香榭方向有脚步声。柳湘莲猛一回头，只见一个身穿黑衣之人猛扑上来。柳湘莲大惊，自己闪身躲开，伸手将宝玉拉在一边。偏宝玉正在发痴，身子沉得不得了，饶是柳湘莲眼疾手快，还是慢了半分。那人一把擦在宝玉左边胳膊上，宝玉只觉一阵剧痛，忍不住俯身弯了下去。

来人狠狠道："藕香榭里的图画，可是叫你们拿了？"柳湘莲挡在宝玉跟前道："哪里来的毛贼？"那人见柳湘莲一副成竹在胸模样，显是吃了一惊，冷哼一声道："想不到荣国府里还有个侠士。识相的，快些把画交出来！"柳湘莲道："那便看你有没有取画的本事。"说罢，两个人打在一起。

一旁的宝玉已然醒过劲儿来，担心柳湘莲有失，便呼喊起来。来人见柳湘莲身手不凡，又听宝玉喊叫起来，知道此地不宜久留。他连发两招逼退柳湘莲，转身窜进一旁林子里，顷刻间不见了踪影。柳湘莲惦记宝玉，便没追下去，转身查看宝玉情况。柳湘莲不容分说解了宝玉衣裳，见左胳膊上被撞紫了一大片，此时整条手臂已不能动转。宝玉却不管自己身上的伤，只一味关心柳湘莲道："柳大哥可被那人伤了？"柳湘莲微微摇头，心中却想："这荣国府当真摇摇欲坠，便是个小贼，也敢径直闯进来图谋不轨……"

听闻园子里进了歹人，还伤了宝玉，前头已是炸开了锅，一时间反倒没人惦记惜春去了哪里。宝玉叫人送到了怡红院，此刻侧着身子歪在床上。凤姐跟宝钗头一拨进来，拿了上等金疮药，带着袭人与宝玉敷在左臂伤处。宝玉只说自己无碍，叫人赶紧去追惜春回来。凤姐与袭人、麝月将药粉敷上去，又用白布一道道裹着。宝玉惦记惜春，只是一味挣扎，急得袭人大汗淋漓。宝钗在一旁道："宝兄弟安生些，筋骨上头的损伤，若不小心只怕终身落个不方便。"宝玉心中愤懑，随口驳道："二姐姐没了，三妹妹没了，今儿个四妹妹也不见了，留着我这副皮囊又有何用？"他这样发作，叫宝钗满面通红，没了回答。

忽听外头有人传道："林姑娘到了。"宝玉立时静了下来，直勾勾盯着门帘那边。只见黛玉倩影摇曳，微挑珠帘走了进来，一双似泣非泣含露目投了过来，却看见凤姐跟宝钗都在这里。黛玉顿时满面绯红，跟着便是一阵轻咳，立在那里进也不是退也不是。宝玉看在眼中，满脸俱是关切之色，强撑着直起身子道："林妹妹怎地也到这里？还不快回去歇着，我这里都不碍事的。"话未说完，便觉得左臂一阵剧痛。

凤姐扑哧一声笑了出来，忙向袭人使了个眼色。袭人手里加紧，三两下将伤处包了起来。宝玉见黛玉就在跟前，便不好再说什么，只是咬紧牙又说道："妹妹瞧得清楚，凤姐姐跟……袭人上了药，已然不疼了。"黛玉往前移了两步，却只站在宝钗身后，并不搭话。

几个人僵在这里，只见帘子一动，王夫人搀着贾母走了进来。凤姐急忙将贾母让至正位，叮嘱袭人、麝月快潠老君眉来。贾母望着宝玉，摇头叹道："今年府里诸多不顺，也不知道何时才能都顺过来。"凤姐忙道："老太太是何等人物，什么风浪不曾见过，岂不知'好事多磨'的道理？这一年虽是有些麻烦，府里的人却也不曾怎样——二丫头出了阁；三丫头、四丫头定然都能平安回来；大嫂子那边也在娘家安顿下来。今宝兄弟逢凶化吉，日后保准有享不尽的福气等着。"

众人听凤姐独没提大姐，心中皆不胜唏嘘。贾母微微点头，把茶杯盖碗端在手里，轻轻道："事到如今，还是你这个猴儿崽子解我的心宽。宝玉，那贼人可曾伤了你？"宝玉忙道："不曾伤我半分。那人只是进来取钱财的毛贼，并不为伤人。他只是问我可拿了四妹妹屋里的画，便被柳大哥击走了……"贾母忽地一震，抬眼盯着宝玉道："那人问你什么？"宝玉自降世以来，从未见过祖母用这样锐利的眼神瞧着自己，吓得木呆呆说道："问我……可拿了四妹妹那里的画。"

一声脆响，贾母手中茶杯盖碗猛地落在地上，摔了个粉碎。顷刻间，怡红院里寂静无声，众人只偷眼瞧着贾母，见她面色蜡黄呆在那里。

第九回 世难容

气质美如兰,才华复比仙。天生成孤癖人皆罕。你道是,啖肉食腥膻,视绮罗俗厌;却不知,太高人愈妒,过洁世同嫌。可叹这,青灯古殿人将老;辜负了,红粉朱楼春色阑。到头来,依旧是风尘肮脏违心愿。好一似,无瑕白玉遭泥陷;又何须,王孙公子叹无缘。

瓜洲古城。

当地人皆说这里的渡口乃是昔年大唐高僧鉴真大师东渡起点,至于是真是伪,早已无考,却因此寺庵林立。城西的隐灵庵相传建于五代,历经几百年战乱而不倒,只是地处偏僻,又年久失修,是故香火一直不旺。庵内算上住持静虚师太,不过五个女尼,终日守着青灯古佛勉强度日。

到了今日,庵内光景却大不同于往日。前几日忽有一年轻女子到了这里,只说自己看破三春,执意在这里落发出家。师太见女子仪表谈吐皆非俗人,便允她留下,择日剃度出家。

那女子只说自己一人清净惯了,之前又喜作画,求师太让自己在庵里住个单间,好在墙上挂些往昔画作。师太自然应允。那女子在这里住了三天,今日到了合适的时日,因此在庵里正殿施剃度大礼。

正殿香烟缭绕。师太站在正中,对着跪在眼前的女子问道:"尽形寿,不杀生,汝今能持否?"女子垂手道:"能持。"师太问道:"尽形寿,不偷盗,汝今能持否?"女子道:"能持。"师太道:"尽形寿,不淫欲,汝今能持否?"女子道:"能持。"师太道:"尽形寿,不妄语,汝今能持否?"女子道:"能持。"师太道:"尽形寿,不饮酒,汝今能持否?"

女子道:"能持。"

师太拿起一旁剃刀,为女子落发受戒,口中念道:"青丝尽落,了却凡尘;赐汝法名,号为了缘。"女子满头青丝尽数落在佛前,却不低头看上一眼,只恭恭敬敬叩首道:"弟子了缘拜受法名。"女子直起身来,脸上不见半分动容之色,只在心中默念道:"从此,这世上再没有'惜春'了。"

听惜春去了,又见有人深夜闯入寻找画作,贾母略有些起色的身子又遭了一击,一下子卧在床上不得动弹。上至王夫人,下到宝玉、凤姐、宝钗无不昼夜留在床前,纵是心中七上八下,却无人敢多问一句。宝玉心里惴惴不安,寻思着:"往日里,老太太最是疼爱儿孙,怎地这一回没怎么盘问四妹妹的下落,反倒因为那些画作一病不起?难不成那些画里藏了什么玄机?"

想到这里,宝玉不禁忆起了大伙儿一起在园子里的光景。彼时荣国府一派花团锦簇之态,贾母常到园子里跟儿孙们闲坐,那一日起了兴致,便要惜春将整个儿园子画在纸上。贾母特意叮嘱,一屋一舍一草一木皆不要落下,还要再画上活泼泼的人物,才有了神韵。

为贾母一句话,惜春便忙了起来,一幅大观园全景足足画了两年有余。稀奇的是,贾母隔三岔五便来惜春的藕香榭,叫她按自己的心意作画。之前迎春下棋,探春写字,贾母都只是瞧一眼罢了,从未如此上心。听园子里老人讲,便是当年元妃娘娘善抚古琴，贾母也未太过放在心上。贾母向来不通书画之理，这一回如何对惜春作画如此上心？

宝玉之前见过几回。那幅画绘了十余处景致，依次是省亲别墅、曲径通幽、沁芳闸、凸碧山庄、凹晶溪馆、暖香坞、蓼风轩、荇叶渚、栊翠庵、怡红院、潇湘馆、蘅芜院、稻香村、秋爽斋、紫菱洲、藕香榭等，每一处均惟妙惟肖，凑在一起便是整个儿园子。美中不足的是，景致彼此间远近大小似有不妥。比如那省亲别墅乃是园子里最要紧的去处，最是巍峨气派；紫菱洲、藕香榭几处则是小家碧玉，并不以宏大见长。可在画里，省亲别墅却看着与紫菱洲一般大小。再比如那曲径通幽本在园子进门那里，离最里头的省亲别墅最远。到了画里，两处却好像被挪到了一起。

宝玉闲时问过惜春，惜春只说都是贾母叮嘱过的，自己不过是照她的意思作画罢了。宝玉起初并未在意，自当哄着老太太开心，如今见贾母这样在意此画，顿时觉得蹊跷离奇，却又想不通蹊跷离奇在哪里。

这日宝玉等皆在屋里服侍贾母，忽地管家赖大慌张进来，气喘道："那个仇都尉，又领人到了门口。"众人皆大惊，凤姐忙道："低声些！老太太在里屋刚睡下，不可惊扰。"宝玉急道："这姓仇的怎地如附骨之疽般，就是不肯放过这里！这才几日，他竟来了三回！"凤姐冷声道："是福不是祸，是祸避不过。常言道事不过三，这回无论好坏，定要跟他有个了断。赖大，跟头两回一样，领他到荣禧堂说话。"

赖大龇牙苦脸道："回二奶奶,那仇都尉已然带人闯进了园子,直奔栊翠庵去了!"

惜春将三炷檀香奉于古佛前,恭恭敬敬在佛前默念《心经》,而后才抬起头细细打量眼前的古佛。隐灵庵里供奉的佛陀与别家寺院不同,乃是一尊卧佛。尊者安卧,右手托腮,左手搭在腿上,似寐非寐,神情无比安详。

自落发以来,惜春每日都要在佛前坐上两个时辰,无时无刻不在端详古佛,头脑之中更是不住回想当日作画时,贾母在旁边的指点。若依大观园的实景,栊翠庵距省亲别墅甚远,移在纸上相距当在一尺上下,贾母却执意要惜春将栊翠庵画在省亲别墅正南七寸的地方。栊翠庵内供奉的是观音大士,贾母却要惜春改成佛祖像,还特意点名要画成卧姿。惜春并不多问,只按贾母所说一五一十画在纸上,心中却是疑惑不解。

直到今日,惜春见到隐灵庵内的卧佛,才明白贾母的一番深意。瓜洲恰在京城正南七百里处,而隐灵庵内的卧佛亦和画中的一模一样。贾母定是早已知道这里,才叫自己画在了大观园全景中。半月前,贾母忽地叫惜春在家宴那日留书一封,从速带了画作离府,到南边瓜洲隐灵庵安顿下来,自会明白其中深意。贾母还特意叮嘱,须走得斩钉截铁,叫天下人都觉得自己执意出家避祸,不可露出破绽,更不可叫宝玉等知道内情。

惜春知道府里越发风雨飘摇，贾母这样安排定是帮自己退步抽身，便决然而去，没留下丝毫破绽。惜春不解贾母为何执意要自己到瓜洲隐灵庵，更不解那里跟大观园画作有何关系。见贾母只字不提其中缘由，惜春亦不多问。如今，惜春已心知肚明，这隐灵庵的卧佛里，必定藏着贾母事先安排下的隐秘。只是这隐秘究竟是些什么，惜春依旧摸不到头绪，只好日日来到佛前，祈求佛祖点化世间苦难之人。

惜春想得出神，没察觉身后静虚师太走了过来。师太低声道："了缘，想不到你落发不满一月，却有如此诚心，终日礼佛不问世事。"惜春一惊，急忙回身施礼道："师父谬赞，弟子惭愧。"师太笑道："你因何惭愧，莫不是为师所言不确？你并非不问世事，立于佛前只因对尊者另有期求？"

仇都尉背着双手，满脸愠色，直勾勾盯着栊翠庵内供奉的观音大士。凤姐领着宝玉走了进来，满脸赔笑道："仇大人与咱们府里真是缘分不浅，这些日子来来回回，已然是第三回见面了。"仇都尉全没了头两回的客套，只用鼻子冷哼一声。凤姐全不在意，又说道："前两回大人都是到荣禧堂品茶，今儿个怎么径直进了这栊翠庵？敢不是大人公事繁忙累着了心，想到这里清修几日？"仇都尉道："纵是我有清修之心，这里也不是清修之地！"凤姐道："大人这话是怎么说的？"仇都尉道："我已接到密报，江南甄家于被抄没前，将府里贵重之物悉数转到贵府这里。贵府不但未曾上报朝廷，反而私自藏匿逆产，实乃不赦之罪！"

宝玉虽不理事，却知道这些年甄家确是一直向京中转运财物。今日听仇都尉如此说，不由得大惊失色。凤姐急忙上前一步，挡在宝玉身前，对仇都尉说道："大人这么说，便没法儿叫荣国府一门老小活了。不知是哪个天杀的在大人跟前嚼舌头根子，编出这样没有祖宗王法的谎话？"仇都尉道："这个自不能对你说。今儿我没有十成把握，也不敢闯来这里。那甄家的逆产，便藏在这栊翠庵的古佛当中！"

听仇都尉这样说，宝玉顿时露出迷茫神色，凤姐则大笑起来。仇都尉怒道："死到临头，还笑些什么？"凤姐道："我笑大人立功心切，竟连最浅显之处都没瞧出来。漫说这栊翠庵，便是整个儿园子，都是几年前娘娘省亲时修建的，京中谁人不知？这才建了两三年的地方，哪里有什么古佛？况且自打有了这栊翠庵起，里头供奉的便是观音娘娘，可没见别的神佛在这里打尖歇脚。"

凤姐这番话，说得仇都尉脸上青一阵红一阵。密报中确是说明甄家的东西就在栊翠庵古佛内，自己才领了人过来。方才站在这里，仇都尉已是找了半天，却只见观音大士，哪里有什么古佛。此刻心事叫凤姐点破，仇都尉自然气恼不堪。

仇都尉强作镇定道："你以为就凭这几句，便能叫荣国府脱了干系？"见仇都尉眼角带出戾气，凤姐不由得朝后移了半步。仇都尉高声道："听好了，不论古佛还是观音，一概与我翻个底儿朝天！便是将这栊翠庵夷为平地，也要将藏匿的逆产找出来！"

话音未落，却见有个人打后面缓步走了出来，朝仇都尉施礼道："善哉！大人便是将栊翠庵化为齑粉，只怕也找不出想要的东西。"

静虚师太见惜春并未回话，便笑道："你说不出，便是有求于佛祖；既是'有求'，便不是'了缘'。"听师太一语双关，惜春大吃一惊，抬头盯着师太，却不知该如何答之。师太又道："你并非'了缘'，该是京中贾府四小姐惜春姑娘。"惜春顿觉通身冰冷，颤声道："师父如何知道这些？"师太道："万事皆有缘法，缘起了，自然会知道。"

说罢，静虚师太自怀里拿出一封书信，缓缓道："几年前，府上史老太君便对隐灵庵多有关照。这些年这里之所以破而不败、贫而不倒，全是仗了她老人家庇护。一月前，老太君差人送了信来，言明倘若这些天里有位姑娘来这里出家，请我千万收留，还叫我允她独自居住，只因这人便是自己孙女惜春。"

惜春这才醒悟，贾母早就安排下一切。师太又道："来人还捎来一封手书，却用金漆封得严严实实。那人再三叮嘱，说老太君叫我将此书交与四小姐，切不可与旁人观看。"惜春接了手书，师太接着说道："老太君说了，这里面藏下了无价之宝，四小姐不可等闲视之。"惜春喃喃道："无价之宝？是金银珍玩，还是名家字画？"说着，惜春便要拆开金漆。

静虚师太抬手止道："四小姐且慢！待老尼携众人离去后，再拆开不迟。"惜春惊道："师父要走？"师太笑道："既有缘起，自会有缘灭，四小姐不必在意。况老太君已将一切安排妥当，老尼走得无牵无挂。"惜春听师太这样说，便不再追问，只说道："师父，弟子究竟该做入世之人，还是该做出家之尼？"师太笑道："行好分内之事，便是修行之人，又何必执着于入世或是出家。"

惜春沉思半晌，朝师太深施一礼道："弟子多谢师父指点。"静虚师太点了点头，转身离去。惜春独自站在古佛前，缓缓拆开手书上的金漆，展开细细读了起来。

仇都尉循着声音瞧过去，只见一个无比清秀的带发女尼走到面前。宝玉忍不住道："妙玉，你……"女子身穿一件百衲衣，高绾发髻，下面一袭黑发披肩而落，看上去虽僧不僧道不道，却难掩非凡气质。她并不理会宝玉，只朝仇都尉深施一礼道："栊翠庵妙玉见过大人。"

仇都尉细细打量妙玉，不禁微微点头，沉声道："久闻贾府栊翠庵中有个带发出家之人，乃是稀世罕见的奇女子。今日一见，果真不凡。怎么，你此刻出来，是来为贾府开脱的？"妙玉道："出家无家，我与贾府无瓜无葛，既不必为这里掩饰，更不必为这里开脱。"妙玉这样一说，凤姐跟宝玉俱是一惊。仇都尉道:"那你出来见我为的是什么?"妙玉道:"只为告知大人,琏二奶奶方才说的并无虚假。自栊翠庵建成之日,我便在这里。庵内确没有什么古佛,更没人拿什么逆产藏在这里。大人如若不信,只管来翻便是。"

妙玉一番话不卑不亢,听来却比凤姐说的可信十倍百倍,一时间倒叫仇都尉呆在那里没了主意。宝玉不禁暗暗舒了一口气,深深瞧了妙玉一眼。妙玉面无表情地道:"我既非大人亲信,也不是这府里的人,无非有一说一而已。除去方才禀告大人的,我这里还有些话,不知大人肯听否?"仇都尉立即道:"快些讲出来!有一说一的最好!"妙玉道:"我在这里住了几年,却从未过问府中的事,亦不与府里的人常来常往。只是府中四小姐惜春,因要绘出整个儿园子,常来这里找我,要我将栊翠庵的一草一木讲与她听。"

听妙玉这样说,宝玉一头雾水,仇都尉却露出大喜之色,急忙道:"是了是了!正是要从那幅画说起!便是有人密告画里的栊翠庵最是蹊跷,我才领人进来查寻。"妙玉道:"告密之人讲得没错,却是只知其一不知其二。画里的栊翠庵确是蹊跷,但蹊跷却不在栊翠庵内。"

忽地,凤姐厉声道:"妙玉住口!这些年贾家不曾亏待于你,你为何信口开河诬陷贾家?"妙玉淡淡一笑道:"这话说得好没道理。原先是你家为迎自己女儿省亲将我请来,有何亏不亏待可言?无非是我的衣食换你家的体面罢了。如今你们出了事,自家人嫁的嫁、丢的丢、撵的撵、休的休,我一个非亲非故的何苦陪你们跌进那十八层地狱？"

妙玉一番话冷若冰霜，叫凤姐都没了回话。仇都尉道："妙玉师父放心，下官力保你跟贾府无半分瓜葛，还保你后半生衣食无忧。"妙玉依旧淡淡地道："大人不必如此。若是贾府有一日大厦倾倒，只求叫我返回原籍，便是大人恩德。"仇都尉大笑道："这还用说？快些接着刚才的讲下去。"妙玉道："大人定是知道贾府老太太三番五次关照四小姐，叫她画上栊翠庵，因此觉得这里藏了不可告人之事。可大人却不知道，那画作上的栊翠庵，不论方位还是供奉的古佛，皆与这里不符。况且若蹊跷真在这里，贾府隐匿尚且不及，又怎会叫人画在纸上。"仇都尉点了点头，喃喃道："我怎地没想到这一层。"

妙玉道："原先我也不曾理会，只是惜春为了作画找我，我才留了心，寻思老太太为何执意叫她把栊翠庵画成这样。那时我便疑心，老太太心里藏了什么不可告人之事，画在画中以便必要之时指示儿孙。"仇都尉急道："指示的是哪里？"妙玉道："起初我也没有头绪。前些天，四小姐忽地不辞而别，只带走了那幅大观园全景，还留书说自己从此常伴青灯古佛前。后来又有人说，见过四小姐一路去了正南。我想起那幅画上，栊翠庵正在省亲别墅正南七寸地方；又想起，京城正南的瓜洲，离此恰好七百里，瓜洲城里有一座隐灵庵，里面供奉的卧佛与画中古佛一般无二……"

仇都尉惊道："此话当真？你如何对瓜洲那边了如指

掌？"妙玉道："一切都是缘法。这里的人并不知道，我祖籍便是瓜洲，自小在那里长大。来这里前，那里的隐灵庵就是我出家所在。"妙玉此话一出，仇都尉不禁仰天狂笑。凤姐面若死灰，身子一个趔趄，险些摔倒。宝玉搀住凤姐，才发觉她的身子抖如筛糠。

仇都尉道："这样一说，便都顺过来了。我这就领人过去，连贾家四小姐带了隐匿的逆产，一并拿来。到那时，我少不了还要第四回拜访这里。"说罢，仇都尉狠狠盯了凤姐跟宝玉一眼。妙玉忽道："大人不可小看了惜春四小姐。"仇都尉道："这话怎么说？"妙玉道："贾府里的姑娘，个个皆非凡人，便是百个千个男子，都不及其万一。这位四小姐平素里不言不语，心肝却是铜打铁铸的，想定了的便是刀山火海也不退缩半分。这一回拿了画作赶去瓜洲，定是打算拿了隐匿的东西，远走高飞为贾家延续香火。大人贸然过去，若是触了这位四小姐，保不定会落个玉石俱焚。"

听妙玉这样说，仇都尉深深皱眉道："依你说，便没了主意？"妙玉道："大人若不嫌弃，妙玉愿去瓜洲。四小姐此前一心向佛，也算与我谈得到一处。我若出面说是这里老太太派来接应的，她定然不疑，必将其中关节都说与我听。我同她一起寻到逆产，那时大人便可领人一拥而入，得一个人赃并获。"仇都尉喜得无以复加，连声称赞妙玉是女中诸葛，事成后许她一道回京受赏。妙玉淡然道："大人休提封赏。事后，妙玉只求留在瓜洲原籍，寄身幼时待过的隐灵庵内，便是此生归宿,亦是大人恩情。"

仇都尉自然应允,这便要带妙玉南下瓜洲。妙玉环顾栊翠庵内陈设,缓步走到宝玉跟前道:"宝玉休要怪罪,缘起缘灭皆非人力所及。昔时饮茶访梅若说是缘起,此刻便是缘灭时分。妙玉就此拜别。"

说罢,妙玉头也不回走了出去,只剩下宝玉扶着凤姐,痴在栊翠庵里。

妙玉引着仇都尉南去瓜洲,那里的惜春危在旦夕。宝玉明白了七七八八,便想着与柳湘莲再去救惜春于水火。不想仇都尉离开不及一刻,宁荣二府已被五百兵丁包围起来。驻守兵丁并不入府,却不许一人进出,显是忠顺亲王一党早有准备,不叫贾府之人有所应对。宝玉在里面上天无路,入地无门,心里想着仇都尉一日日接近四妹妹,自己却无计可施。

另一头,仇都尉带着妙玉与手下一路乘舟南下,直奔瓜洲渡口。这一回为保万无一失,仇都尉只带了七八个最亲近之人,其中一个便是自己的独子仇衙内,亦即诱骗王仁写下放印子凭据之人。仇都尉五十出头,平生纳妾无数,却只得了这一个儿子,爱如珍宝一般,一心只想用尽自己手段将其送上高位。怎奈仇衙内委实不是可塑之才,终日流连勾栏瓦舍之间,只学了吃喝嫖赌,如今过了而立之年,也只挂了个由父亲花钱捐来的六品候补闲职。

如今忠顺亲王掌权，仇都尉成了眼前红人，一心只想叫儿子在亲王那里建功，好由此登天。头一回找王仁放印子，被平安州那档子事搅了。若非忠顺亲王拿贾雨村做了替罪羊，仇衙内怕还脱不了干系。这一回南下捉惜春寻逆产，是个建功补过的良机，是故仇都尉带了儿子同行。

却说这仇衙内见到妙玉，立时如色痨鬼见了天女一般，一路上百般借口想占便宜，气得仇都尉破口大骂，只说若因小失大，便将他扔进河里喂鱼。衙内生来畏惧父亲，路上才略有收敛。妙玉却是一副不冷不热的样子，好似仇衙内挑逗的并非自己。

这一日众人在瓜洲渡口下了船，眼见就要到隐灵庵。妙玉跟仇都尉道："大人切勿打草惊蛇，先领人埋伏在庵对面土丘上，只叫我一人进去。等我骗住了四小姐，叫她带我看见了隐匿之物，便会借口说此地不宜久留，须用我来这里的马车速速将东西运走。那时我只让她在里面看着东西，自己便出来。大人远远地看我出来，便带人一拥而入，即可人赃并获。"仇都尉听了大喜，不住称赞妙玉想得周到。

一行人到了隐灵庵外，果见正门对面百步之外有座小土丘。仇都尉叫人将马车停在一边，自己领了人匿在土丘上面，看着妙玉一人走进庵内。仇衙内伏在父亲身边，低声道："孩儿恭喜父亲大人。这一回有妙玉相助，定然大功告成。孩儿别无他求，只求父亲那时将妙玉赐给孩儿做……"话未说完，仇都尉沉声喝道："还不闭上狗嘴！莫不是得了色痨，整日里只想着这些！你便信那妙玉只一心站在我们这边？"听父亲这样说，仇衙内不禁一愣，呆呆地回道："父亲大人这是何意？"仇都尉眼睛未有一刻离开隐灵庵正门，缓缓道："记着，成大事者，终身不可相信任何一人，便是亲生的老子娘也不行。这一路我虽没看出什么破绽，却不能掉以轻心。听着，眼前便是你建功立业的时机。听好了，你现在过去庵内，不可惊动里面的人，只是盯紧妙玉跟惜春。若无偏差，便照妙玉说的行事；若稍有偏差，便喊我进去，无论妙玉、惜春，尽数诛杀。"

仇衙内道："父亲大人，别的尚好，只是那妙玉，若这样死了……"仇都尉虎目暴睁道："还不快去！"见父亲发了虎狼之怒，仇衙内再不敢争辩，起身蹑手蹑脚往隐灵庵去了。

仇都尉伏在土丘上，心中暗想："妙玉纵然精明十倍，也逃不出老夫的手掌；你若有一丝妄念，我便依了你的心愿，叫你这辈子都留在隐灵庵中……"

仇都尉带了妙玉去了已有半月，南边却迟迟没有传来消息，贾府上下每日都好似活在油锅之中。贾母身子刚刚好些，经这一番打击，病又重了起来，连床也下不得了。宝玉更是如热锅上的蚂蚁，终日里走外转，挂念四妹妹安危，却走不出府门半步。

这一日傍晚，宝玉打定主意，定要趁着夜里翻墙出去，便是叫外头的兵丁乱刀砍了也要一试。袭人、麝月又是落泪又是拉扯，怡红院里正乱作一团。忽地小厮茗烟慌慌张张打外头进来，跪下便叫："二爷大喜！二爷大喜！"宝玉正在烦乱，听了气不打一处来，指着茗烟骂道："蠢东西，越来越没了分寸！如今房子都要叫外头的人烧了，哪里来的什么喜？"茗烟道："是喜！是喜！二爷快去瞧瞧，外头的人眨眼工夫走了个干干净净！此刻门外不见一个兵丁！"

茗烟这样一说，满屋子人都觉意外，一个个压住火气，抹了眼泪，一溜烟地出了怡红院，来到正门前看个究竟。其余各房也都得了消息，老爷、太太、公子、姑娘等等都来了这里。宝玉一眼看去，街左街右果然没有一个兵丁，只有几个百姓来来去去。一旁王夫人喃喃道："来去一阵风似的，忠顺亲王那头莫不是出了什么变故？"凤姐忙回道："太太宽心，我已叫赖大去打听了。"

话音未落，只见赖大一路奔了回来，二话不说跪在众人面前便哭出声来。众人本就如惊弓之鸟，见赖大这一跑一跪一哭，心里霎时凉了大半。凤姐忙道："先别急着号，快说出了什么事？"赖大抬起头抹了一把鼻涕眼泪，带着哭腔道："南边瓜洲，隐灵庵大火！"这一句如平地惊雷，吓得众人魂飞魄散。宝玉第一个颤声问道："那四妹妹跟妙玉怎样了？"赖大道："四小姐……跟仇都尉的儿子都死在了大火里；妙玉一个人取了庵里的东西，已然不见了！"

仇都尉站在一片瓦砾之中，面前只剩下两具缠在一处的焦烂尸体和一尊被"开膛破肚"的古佛。两具尸体一眼看过去，便知道是一男一女。男人是自己的独子，那具女尸依稀辨得出是个去了头发、身穿缁衣之人。女尸手脚虽已被烧焦，但手中仍紧紧握着一幅卷轴。卷轴其他部分自然化作灰烬，但手心一截却依稀可辨是一幅画。两具尸体扭在一起，显是生前最后一刻还在为争抢这幅画拼尽全力。

眼见独子下场如此之惨，饶是仇都尉是极有城府之人，此刻也难以压抑胸中激愤。他忽地转回身，朝一边跪着的一个手下道："你可看得清楚？"手下身子一震，急忙磕头回道："小人看得真切。小人奉命守在后门，见一人打庵里溜了出来，将三口木箱一个一个搬进了等在后面的马车里。这个人留着长发，身穿百衲衣，确是妙玉无疑。小人正纳闷她怎地没去正门呼大人进去拿人，却在这里搬运木箱，忽地看见里面冒出了青烟。小人想着公子跟大人要抓的都在里面，便急急跑来禀告大人，没顾上拦截妙玉……"

仇都尉越听越气，抬起脚一下蹬在那人前心，口里骂道："天杀的蠢材！"七八个下人吓得一齐跪倒，却无人敢出声求情。仇都尉再度环顾四下，看着周围一片狼藉。从烟起到火光冲天，前后不过半刻钟，叫仇都尉一众束手无策。不论正殿、后殿或是东西厢房，皆化作废墟，显然放火之人早有准备，十有八九早已将桐油、干柴、枯草等引火之物堆在各处，是以一处点火处处遭殃。

最奇怪的还是面前的古佛。尊者卧像上的金漆早已剥落，只剩下青铜内胎。既是青铜，便没有四周木质房舍那样容易焚毁，是故卧佛整体轮廓尚在。卧佛背上破了一个不大不小的空洞，显是有人蓄意为之。如此一来，前前后后之事便不难理解：

妙玉进来骗得惜春信任，同她一起寻到了藏匿在隐灵庵里的逆产。正如贾母授意的那幅绘画所示，逆产便藏在古佛之中。此刻仇衙内立功心切，便跳出来想要擒拿惜春。不想螳螂捕蝉黄雀在后，两人扭打之时，一旁的妙玉突下杀手，将二人灭了口。她从卧佛里搬走了贾家藏匿的逆产，又放火焚烧了隐灵庵，自己乘乱离去。

儿子一路对妙玉垂涎三尺，定被妙玉记恨在心。这样一来，妙玉既能得了逆产，又能杀了心中所恨之人，可谓一箭双雕，何乐而不为。想到这里，仇都尉恨不能将妙玉抓回来碎尸万段。他乃是久经历练之人，便是遭遇丧子之痛，依旧丝毫不乱。仇都尉心中盘算道："妙玉不敢久留瓜洲，又带了三口木箱，定然雇船或雇马离去。这里只有一处渡口与三条出州的陆路，只要叫当地衙门派人日夜守住这四处，妙玉便是生了翅膀也飞不出瓜洲。"

想到这里，仇都尉喝道："留下两个在这里看守，剩下的随我走一趟知州衙门！"众人起身齐声说是。仇都尉迈开大步走了出去，竟连儿子的尸首也未多看一眼。

第九回 世难容

宝玉与柳湘莲下船登岸时，时节已至隆冬。连宝玉自己都不曾想到，短短数月里，自己竟然往南边跑了两回。这一回跟柳湘莲来瓜洲，一是探查惜春之死，二是不能叫藏匿的东西落到朝廷手中。宝玉左臂依旧包裹得严严实实。本来伤处已见大好，宝玉吵着不要再包这些劳什子，偏那天遇着黛玉，说筋骨上头的伤，稍有闪失便是一辈子的病根，叫宝玉不可掉以轻心。黛玉既这样说了，宝玉哪有不听的，便是再包上三年五载也不在话下。王夫人原本断不叫出门，怎奈听闻四妹妹葬身火海，宝玉便似没了三魂七魄，定要到瓜洲为惜春收葬。眼见宝玉好似活不下去般一日憔悴过一日，又有柳湘莲担保一路照应，王夫人也只好准了。一路上宝玉痴痴傻傻，便是跟柳湘莲，一日也说不上三句五句。

二人在渡口下了船，柳湘莲便将宝玉安顿在距渡口不远处的客栈中。柳湘莲叮嘱宝玉不可到处乱走，只等自己打探到消息再作定夺。柳湘莲一去便是大半日，回到客栈时却是面露欣慰之色。宝玉知道定是有了进展，强打起精神问道："柳大哥可是有了惜春妹妹的消息？"柳湘莲知他一心只盼着惜春还在人世，此刻却只能摇头道："惜春姑娘还没消息，妙玉与那些东西倒有了下落。"听柳湘莲这样说，宝玉便灰心了大半，勉强问道："有何消息？"柳湘莲压低声音道："今夜三更时分，她便会雇船运送三口木箱出去。只是，渡口那里早已被仇都尉跟瓜洲本地的兵丁守得死死的，恐怕未必会如她所愿……"

宝玉迟疑道："那妙玉若是落入仇都尉之手，只怕……"宝玉是个至情至性之人，便是妙玉三番两次做下对不住贾府之事，心里依旧为她牵挂。柳湘莲道："我担心的，是妙玉手中的东西若是落在仇都尉手里，只怕会殃及贵府。"宝玉才想到这层，不禁急道："柳大哥可有应对？"柳湘莲又摇头道："事到如今，也只好见招拆招了。今晚你我伏在渡口静观其变，余下的，也只好交给我手中这鸳鸯宝剑了。"

瓜洲虽不属北方，此时的夜半三更也是寒冷透骨。宝玉跟柳湘莲伏在渡口一边的密林中，都觉得如万箭穿心般不自在。从这里瞧过去，渡口登船的地方约有三四百步远，几盏气死风灯在阵阵北风中摇曳不止。

渡口原本寂静无声，忽地有稀稀碎碎的马蹄声由远及近。宝玉看过去，只见一辆马车驶到了渡口，三个人从车上跳下来，走到后面载着的三口木箱旁。

柳湘莲低声在宝玉耳边道："那船跟这三个人都是妙玉雇来的，三口箱子里装的都是那个甄家的东西。那三个人中两个我都已查问清楚，一个外号叫'缠死鬼'，另一个叫'鬼难缠'，都是这里出了名的船油子。"宝玉问道："还有一个是谁？"柳湘莲道："这人也是奇了，当地人对他一无所知，好像是最近才到这里谋食的。"

"鬼难缠"跟"缠死鬼"抬起第一口木箱，身子微微一颤，口里叫道："怎地这么沉！快来搭手！"第三个赶紧过来帮忙，三人勉力才将三口箱子一一抬到渡口边的船上。宝玉低声道："看来这三口箱子里，装了无数珍宝金银……"一旁的柳湘莲却不搭话，只是紧皱着眉头，盯着渡口出神，嘴里喃喃道："珍宝金银……"

这时只见船上三人撑篙离岸，小船载了三人三箱顺流而下，柳湘莲急忙拉上宝玉沿河岸跑了下去，边跑边盯着船上动静。

船头上，"鬼难缠"说道："怎地委托之人不与这些箱子同往？"船尾的"缠死鬼"答道："那人说自己还有事情，叫我们先行。""鬼难缠"笑道："咱兄弟在河上跑了几百几千回，还没见过一个女道士雇船运货。""缠死鬼"道："你瞎了两个窟窿还是怎地，那明明是个姑子，如何成了道士？""鬼难缠"道："留着一尺长的头发，如何是姑子？""缠死鬼"道："那个叫'带发修行'。张大哥，我可说错了？"

"张大哥"显是在叫第三个人。这人打一上船便跟三口箱子一道进了舱里，之后再没了动静。见张大哥不说话，"缠死鬼"又叫了两声。"鬼难缠"压低声音道："休再诈尸！张大哥敢是睡了，不要惊动了他。这一回跑上一趟，银子顶得上往常十趟。这等好事若不是张大哥引荐，哪里能落在你我头上！"听同伴这样说，"缠死鬼"缩了缩脖子，便不再开口。

"鬼难缠"用力划了两下，自言自语道："这些天渡口查得甚严，怎地今晚兵丁全部不见了……"话音未落，见对面来了一只大船，上面站了十几个人，手里皆举着火把，腰间悬着佩刀。大船在河中打横，将小船逼停在河心。"缠死鬼"放下手中竹篙，三两步跑到船头，与"鬼难缠"朝对面船头望去，嘴里喃喃道："这是哪个道上的硬茬子？怎么会拦住咱家的船？"两个人惊疑不定，忽听到身后舱里的张大哥开口道："对面来的是我家主子，京中都尉仇大人便是！"

第十回 乐中悲

襁褓中，父母叹双亡。纵居那绮罗丛，谁知娇养？幸生来，英豪阔大宽宏量，从未将儿女私情略萦心上。好一似，霁月光风耀玉堂。厮配得才貌仙郎，博得个地久天长，准折得幼年时坎坷形状。终久是云散高唐，水涸湘江。这是尘寰中消长数应当，何必枉悲伤！

运送三口木箱的船甚小,因此仇都尉只带了两个最贴身的手下登了上来,立于船头,其他几个手下依旧留在打横的大船上。仇都尉对面,"鬼难缠"跟"缠死鬼"并排跪着,从船舱里出来的"张大哥"立在二人背后。

见仇都尉上来,"张大哥"屈身施礼道:"大人果然料事如神!我等在渡口、陆路守了这些天,不见那个妙玉影子。大人叫明里撤了哨子,暗地不错眼珠地盯着,结果那姑子果然现身,急着把东西运出去……"仇都尉扫了一眼跪着的二人,冷哼一声道:"她便真是个天上的仙姑,也跨不出我划出来的银河。可笑,她还以为这个'张大哥'真是替她办事运货的捎客。""张大哥"道:"小人遵吩咐,将她引入了大人的掌心。只是不承想,事到临头,那姑子竟不与逆产一道,只叫我先将三口箱子运出去。"仇都尉点头道:"那妙玉既能在隐灵庵里将我跟贾府都摆上一道,自然不是等闲之辈。这一趟我等寻的是贾府藏匿甄家逆产的罪证,那妙玉又不是贾家的亲朋挚友,倒也不急着一时间擒她归案,盯紧了东西才是正题。"

仇都尉独生爱子死在妙玉手里,他却将忠顺亲王交办的差事看得比爱子要紧百倍,心肠可见一斑。底下的人听他如此说,都不敢再提及妙玉。"张大哥"道:"那些逆产就在船舱里，小人查到妙玉后，便不错眼珠地盯着，绝无半点差池。"仇都尉点头道："这一趟回京，我定在亲王千岁跟前报你的头功！""张大哥"急忙叩首道："全仗大人神算，小人无非奉命行事。"仇都尉朝身后两个手下道："看好了这两个船家，我进舱查验逆产。"

"张大哥"引着仇都尉低身进了船舱，三口木箱并排摆在里头。仇都尉曲着身子，皱着眉头道："这里怎地积了这些水？""张大哥"这才低头，发觉舱里浅浅积了一层水，已将鞋底打湿。他不解道："想是水里行船，里头难免汪了些水，不碍事的。"仇都尉觉得有理，便不再理会，指着其中一口木箱道："快些打开。""张大哥"忙蹭了过去，一边抬开箱盖，一边道："大人过目……"

箱盖翻开，却见里面空空如也，休说金银珍宝，便是连一丝木屑尘土都瞧不见。"张大哥"瞠目结舌，手上一松，盖子朝后翻了下去，啪的一声砸在了木箱后面。仇都尉眼里似要瞪出火来，却依旧沉声问道："里面的东西去了哪里？"

仇都尉并未声色俱厉，"张大哥"听来却胜骂、胜打、胜杀、胜剐，魂魄都丢到爪哇国去了。他一下将旁边两只箱盖掀开，里面却都是一样，哪里有半点金银？"张大哥"如被抽去了筋骨一般，霎时软在船舱里，磕头如鸡啄碎米般道："大人明鉴！小的怕被妙玉识破，不敢贸然掀开盖子，却是一路搬运到了这里，便是方才还跟外头那两个一起抬了箱子。箱子十分沉重，我等三个男人也只是勉强放进了舱里。之后舱里只剩小人一个，况且船一路行在水上，断不会有人对箱子动手脚。若说……若说之前妙玉自己动了手脚，东西换了或是有的，但那分量定不会错！里面装了石头倒也不稀奇，又怎会是空的？小人亲手抬过，那分量却跑去了哪里？"

仇都尉虽气恼不已，却依旧听他说完，心里也觉得句句有理——不论如何，里面断不该是空的！仇都尉亲自上前查看，却见三口箱子里皆阴阴的，四面的木头上隐隐挂了水迹，除此之外什么也瞧不见。饶是仇都尉心思缜密，此刻却如飞蛾陷在蛛网里，觉得千头万绪，却动弹不得半分。想到这里，他抬起右腿，狠狠一脚踢在木箱上。木箱翻倒，露出了底面。方才谁也没有在意，这一面一角竟然有个窟窿，将木板钻透。钻破的地方有半个拳头大小，一圈断口尚新，显是刚刚钻透不久。

仇都尉伸手将另两个箱子也翻了过来，瞧见上面都被钻了同样大小的窟窿。这一面一直在最下面，是故木头已然全被舱里的水汪湿了。仇都尉见了窟窿，更是如堕五里雾中，喃喃道："怎地好像孙猴子钻透了狮驼岭的阴阳二气瓶？"

正在思量时，忽然听见外头连着两声扑通，显是有人掉进了运河里，跟着两只船上都是一阵混乱。外头一个手下钻进船舱，颤巍巍道："大人快出来瞧瞧，那两个船家只一个眨眼，便跳进水里见不着了。"仇都尉顾不上瘫在地上的这个，一下子跳了出去。借着手下的火把，仇都尉举目四看，却哪里还有"鬼难缠"跟"缠死鬼"的踪影。听到落水之声，到冲出船舱站在这里，不过转瞬之间，水面上却连二人入水激起的水花波纹都见不到，二人水上的功夫不禁叫仇都尉咋舌。

仇都尉站在船头，忽地身子一震，思量着："那两个船家水里功夫如此了得，为何不一开始就入水溜了，偏偏要跪上半天才走？"又转念一想，不觉冷汗涔涔："那两个只是受雇运货的，即便被拿住，也无甚大罪，为何逃了去？"刚想到这里，只见"张大哥"屁滚尿流般爬出船舱，鬼哭狼嚎道："大事不妙！舱里的水已没过脚面了！"

仇都尉大惊失色，还未来得及跳回大船，小船忽地四分五裂，船底片片木板如生了脚一般，自拼合处分开，四下漂开。仇都尉大叫道："来人……"话未出口，只觉得脚下一空，天地倒置，口鼻里蹿进了一道腥臭河水，眼前一黑便什么都不知道了。

岸边伏下的宝玉跟柳湘莲将这一幕真真地瞧在眼中。宝玉惊愕不已，柳湘莲却似有所思，并未将心思全放在运河之上。宝玉无意间朝远处瞥了一眼，忽见一个纤细身影自灌木后头站了起来，急匆匆朝远处走了。夜色漆黑，宝玉自然瞧不清那人面孔，却知必定是个女子。女子头上戴着僧帽，身上穿着一件百衲僧衣。

宝玉立时跃了起来，狠狠握住柳湘莲的手臂道："那不是妙玉是谁……"柳湘莲抬眼望去，只见一个身影已然消逝于茫茫夜色之中。柳湘莲眉头紧锁，又陷入沉思之中。此刻河面之上已是乱作一团，大船上的想尽办法将仇都尉拉上来，哪有人在意岸边动静。宝玉便要追着妙玉过去，却反被柳湘莲一把抓住。柳湘莲一下按在宝玉左边伤处，宝玉一疼，倒也从惊愕之中醒了回来。借着月光，宝玉瞧见柳湘莲脸上露出之前从未见过的神情，手上并不松开，只是缓缓对着宝玉摇了摇头。

二人回到渡口边客栈时，天色已是微微泛白。坐到床上，宝玉哪有丝毫睡意，急急地扯着柳湘莲道："柳大哥如何不让我追上妙玉？"柳湘莲道："仇都尉落水，显是妙玉安排下的。虽说妙玉于贵府有亏，只是最要紧的还是不叫那些东西落在仇都尉手里，其他的须从长计议。既然如此，便不宜在此时横生枝节。"宝玉道："那仇都尉落水真是妙玉做下的？"柳湘莲点头道："宝兄弟自然瞧不出，我这等久在江湖漂泊的，一看便知。仇都尉那个手下只道自己骗了妙玉跟两个船家，却不知自己被妙玉跟船家瞧穿了才是正经。妙玉用空木箱将仇都尉一伙骗到河上，那两个船家等到恰当时机，便跃进水里逃了。"

宝玉问道："那两个等的是什么时机？"柳湘莲道："自然是等小船四分五裂的一刻。"宝玉瞪大眼睛问道："他两个如何知道小船要出事？"柳湘莲笑道："这些都是江湖中常用的伎俩。那条小船看似寻常，却和一般的货船大不相同，只因粘住这船木板的并非榫卯，而是一种从草木根茎中炼出来的东西。将这种东西涂在木头、瓷器乃至砖石上头，都能将其粘在一处，一时三刻全都掰扯不开。"宝玉道："竟有这样的东西？"柳湘莲道："江湖中人都是知道的。只不过这种东西最怕水泡，泡在里头不用半个时辰便会瓦解冰消，两边粘着的物件自然便会断开。黑道行船的常常打造这样的船只，将人运到江湖中心，图了财物便入水而去，留下一船的人只等着船只开裂，葬身鱼腹。"

宝玉听到世上竟有这样歹毒的手段，不禁倒抽了一口凉气。柳湘莲又道："想来妙玉早已跟两个船家商议好了，今儿个用的就是这样的船只。等时候到了，粘着船板的东西就要溶开，便纵身跳进河里，直叫仇都尉一伙掉进河里。如此一来，妙玉也就可乘乱从瓜洲脱身。"

听了这番话，宝玉点了点头，不禁叹道："妙玉真真是个深藏不露之人。柳大哥，船只的关节小弟懂了，可那三口箱子又是什么缘故？里头明明装了东西，也被那个手下搬过，怎么转瞬间就成了空的？难不成也是江湖手段？"柳湘莲笑道："这一处并非江湖手段，十有八九是妙玉自己想出的法子。我在岸边见得听得并不仔细，只能姑妄推之。"宝玉道："小弟愿闻其详。"

柳湘莲道："依我看来，三个人将箱子自马车搬去船上的时候，里面定然装了东西；到了仇都尉开箱的时候，里面却空空如也。是故里头的东西，是珍宝金银也好，是砖头瓦片也罢，总是在这中间没了的，这个关节不论如何是错不了的。"宝玉沉思道："理虽如此，可我如何都想不明白。三口箱子到了船上，始终不离那个姓张的左右，里面的东西如何就不见了？难不成是生了翅膀飞了出去？"柳湘莲笑道："诚如宝兄弟所言，里面的东西，还真真就是自行飞了出去……"

见柳湘莲说得一本正经，宝玉越发摸不着头脑。柳湘莲见了，又笑道："宝兄弟想想，那空箱子里头，可有什么不同寻常之处？"宝玉道："我在旁边听得仔细，三口箱子底下皆被开了空洞；再有就是……是了！舱里的两人都说里头不知道因为什么汪了一些水。"柳湘莲点头道："就是这里！那时粘着船板的东西还没有溶开，舱里是打哪儿进的水？"宝玉沉思半晌，忽地惊觉道："难不成是从三口箱子的空洞里？"柳湘莲点头道："宝兄弟果然是一点便通透的人。"宝玉又问道："莫非箱子里装的是河水？定然不是，若真是，那姓张的搬运时如何没个觉察？想来还应该是个有形的物件！"

柳湘莲道："宝兄弟只差了这最后一层窗纸。兄弟再想想，可有什么物件起初是有形的，过不了许久就成了流水，才能从空洞里流到舱内？"未等柳湘莲说完，宝玉从床边一跃而起，大声呼道："是了！里面原先装的是冰！"柳湘莲点头道："宝兄弟说得不错。当下正是深冬，这里虽是南边，找些冰来却是不难。旁的不说，那两个船家经年累月跟鱼鳖虾蟹打交道，为保这些河鲜不腐，须常年制冰贮藏。妙玉既能与二人设计仇都尉，取些冰放进木箱里自然不是难事。"

宝玉半晌无语，忽地开口道："柳大哥如何看出这些？"柳湘莲道："从三个人将木箱运下马车时起，我便觉察出异样。咱们来到这里，耳朵里灌的全是前些日妙玉设计害了四……害了仇都尉儿子的事。这里百姓都说，仇都尉的手下亲眼见妙玉一人把隐灵庵里的三口箱子搬了出来。我便想，这三个精壮男人方能勉强抬动的东西，妙玉一个柔弱女子如何能搬得这样轻松？是故我贸然揣测，那时的妙玉便已经想好了后面的事，放在车上的只是三口空箱。"宝玉惊道："柳大哥是说，我家藏下的那些东西，根本就不在隐灵庵里？惜春妹妹的画作，古佛背上的窟窿，都只是掩人耳目的东西？"柳湘莲缓缓点头道："说来匪夷所思，但当下也只好这样解读。"宝玉一急，左边的胳膊又被扯了一下。宝玉忍痛道："若真是如此，老太太为何要四妹妹画了那样东西？又何苦暗中叫四妹妹来这里寻找什么逆产？岂不是……岂不是白白送了四妹妹性命？"说到这里，宝玉已然声泪俱下。

柳湘莲凝视面前宝玉，不禁喃喃自语道："白白送了四妹妹性命……"

仇都尉落水虽被救起，却受了惊吓，外忧内惧，第二天起便躺下去不能理事，只好回京复命养病。这一趟没拿着贾府藏匿的逆产，还走了妙玉死了儿子，仇都尉真真是比遇上了孔明的周都督还苦。

平安州知州按仇都尉手下所述，画影图形缉拿妙玉。可一连十余日，平安州东南西北、渡口陆路均不见人影，好似这个女子从未来过这里，从未在这里纵火弄水。宝玉跟柳湘莲心中称奇，想不出妙玉施了什么障眼法。即便穿戴发饰可随意变化，身段面容总是改不了半分，平安州城地方不大，举全城之力，如何找不到一个女子？又过了几天，这里的兵丁衙役无不懈怠，都不将这事放在心上。

宝玉见妙玉迟迟不现身，便跟柳湘莲商量一道坐船北上归京。这一次虽没找到妙玉，好在也没见什么逆产，只是惜春丧命在隐灵庵里，叫宝玉不能释怀。宝玉跟柳湘莲到隐灵庵废墟前祭拜惜春，自然又是一番伤悲。

祭拜之后，宝玉知道再留于此地亦是无用，便跟着柳湘莲来到渡口，寻船北上。看见渡口石碑刻着"瓜洲渡"三个大字，宝玉不禁想起昔日光景。当日妙玉曾对自己言说，师父叫她来京中生活，切不可留在原籍瓜洲，还说妙玉终生不得南归，不然便要遭逢大劫。此刻想起这些话，又想到前头妙玉跟着仇都尉离开栊翠庵时对自己说的那番言语，宝玉顿觉嘘唏不已——妙玉从这里全身而退，遭了大劫的反是自家姐妹。

宝玉站在渡口，远远见一人朝自己奔过来，却不是寻船的柳湘莲。跑到跟前才瞧得清楚，来人竟是留在京中的贴身小厮茗烟。茗烟一下子跪在宝玉跟前，未及开口已然哭出声来。宝玉见他自京中来寻自己，心中便是一惊；又见如此伤悲，更觉不妙，急急问道："还未开口却哭些什么！可是又出了大事？"茗烟抬起脸，抽抽噎噎道："二爷快些回去！老太太娘家，叫人抄了！"

宝玉跟柳湘莲坐在船里，随大江上下颠簸。江上阴云低沉，却总不见雪飘落，恰如宝玉此刻阴郁心绪。二人并未跟着茗烟逆运河北上归去，而是打发茗烟先回去送信，只说自己跟柳湘莲由运河转至大江之上，再乘船一路西去。茗烟苦劝，说老太太、太太都叫先回，不可节外生枝，怎奈宝玉心中已然打定主意。此刻他心里并不甚在意史家被抄没，更没想着自家会否受池鱼之殃，一心想的只是史湘云的安危。

茗烟告知宝玉，史家乃是十天前遭了言官弹劾，圣上即刻下旨，叫忠顺亲王领人抄没。只半天不到，史家金陵原籍的八房跟京中的十房被抄了个干干净净。忠靖侯史鼎、保龄侯史鼐兄弟被押入大理寺候审，其余族人或关、或杀、或卖，皆被发落。史湘云并非忠靖侯与保龄侯本房，自幼与史家往来不多，又加上年岁尚轻，倒也没怎么被上面纠缠。论理湘云该被送去人市贱卖为奴，可皇帝突然降了旨意，点名将史湘云沿水路送去川中，交川陕总督大将军发落。

听茗烟说到这里，宝玉急道："抄了家，也是按律条处置，怎么平白无故地就送去川中了？"茗烟被问得哑口无言，柳湘莲却道："宝兄弟不知道，我却听冯大哥、卫大哥他们说过。这个总督大将军说上一句，可比圣旨还要管用。"宝玉道:"不是说'率土之滨,莫非王臣',怎地又出来个什么大将军?"柳湘莲道:"这个大将军是当今圣上在潜邸里一手调教出来的奴才,圣上还是王爷的时候,他家妹子便已是王妃了……"宝玉缓缓道:"如此说来,比我家娘娘入宫还早。"柳湘莲道:"正是如此。这个大将军能征惯战,手段果决,可说是一路将当今万岁送上了金銮殿的龙椅。皇上登基之后,西边一直不甚太平,前些日子南安郡王又吃了败仗,现下全仗着大将军维持局面。他原本已是四省总督,又加封了大将军,手下统率二十万大军,直把西边当成了自家后花园,予取予求,便是圣上也不敢有二话。"

宝玉道:"难道湘云妹妹的事,也是他开了口?"柳湘莲道:"若不是他,只怕别人也没有这样的脸面。我略有听闻,这个大将军是个穷奢极欲之人,于女色上更是一味荒淫,想是听闻史家小姐美艳惊人,便动了心思……如今一边是保着江山的大将军,另一边是犯官家中的女子,二者相权,圣上岂能不知该如何降旨?"宝玉不禁怒道:"什么大将军是人生父母养的,湘云妹妹便不是?皇帝的江山要紧,湘云妹妹的性命便不要紧?"一旁茗烟吓得魂不附体,急忙伸手去掩宝玉的口……

就这样,宝玉便与柳湘莲逆江西去。宝玉也不知这一趟到底是去做什么,便是在大江上或川中寻到湘云,自己又能如何?是能救她脱离苦海,还是能替她受去半分苦痛?可即便想到这一层,宝玉依旧要去瞧上湘云一眼,哪怕这一眼只能徒增伤悲。

柳湘莲一路上未发一声，心中却早已打定了主意，这一趟便是宝玉不提，自己拼了命也要救出史湘云。柳湘莲与史湘云从未谋面，还是上一回在围场射圃才头一回听宝玉说起。之所以如此决绝，一半是因为跟宝玉的交情，另一半乃是卫若兰的缘故。史湘云乃是卫若兰未迎娶的妻子，不想中途出了变故，卫若兰为寻父亲的尸首一去不回。这一回史湘云眼见便要落入虎口，自己不知晓也就罢了，既然知道了，断然不能袖手旁观。

柳湘莲久历江湖，在这大江上来来回回跑过几次。他知道史湘云是在原籍金陵被押上了船，和自己一样逆流而上去往川中。既然走水路，则会穿过荆楚之地。柳湘莲曾在那边闯荡多年，知道那里自古便是九省通衢，最是热闹。大江流到那里分出一道支流，便是"湘水"；湘水与大江交汇的地方积了一片大水，便是洞庭。

这一带向来龙蛇混杂，来往三教九流熙熙攘攘，是柳湘莲心里行事的绝佳地方。自己定要赶在押送史湘云的船只前头，等在江口上，伺机救下湘云，也算不辜负与卫若兰、宝玉相识一场。柳湘莲知道宝玉并非江湖中人，心中装不了这样的事，便未将心中所想向他吐露半字。

押运史湘云的官船日行夜停，自然比不过柳湘莲这边日夜行船。等二人到了江口边时，打听官船还要两日才到。柳湘莲安顿宝玉住下,只说让他在客栈候着,自己出去打听,定然会让他见上湘云一面。宝玉欲言又止,晚饭也没有吃便睡下了。

就这样过了两日,果见一只官船于黄昏时分停靠进来,说是在这里歇息两夜,安排地方送些粮米木炭上船。地方上虽不知道船里送的是何人,但都知晓是大将军安排下来的,哪个敢怠慢半分,早就等在码头,招呼船上的苦力将各类应用之物一件一件搬上船去。

柳湘莲依旧叫宝玉留下,独自去到码头,见一批苦力刚从船上下来,上前便将其中一个拉到一旁酒馆攀谈起来。柳湘莲精通此道,又舍得使银子,好酒好菜摆了一桌。被他拉进来的苦力如何受得住这些,三五杯下肚,便把柳湘莲当作过命知己一般。

柳湘莲见时机已到,便又给苦力斟了一杯,低声道:"不瞒大哥,小弟虽流落江湖多年,却也是世家子弟,时刻惦记光耀门楣。这些年来,大将军乃是圣上跟前最红之人,这一回听闻停在这里的船舶便是为大将军办事的,便想着巴结上去。刚才看大哥刚从上面下来,就想着找个真神,仔细打听一番。"

那个苦力又饮了一杯,懒懒地道:"这位兄弟问我,却是找对了人。休看哥哥我是个做苦力的,船上那些爷们的事,却是一清二楚。"柳湘莲见他已有七分醉意,急忙道:"还请哥哥指点。"苦力道:"这一趟,船是打金陵府来。上面艄公、伙夫，还有哥哥这样的苦力，都是金陵府花银子雇的；可真正管大事、说了算的，却都是大将军那边过来的。"柳湘莲佯装惊讶，追问道："大将军远在川中，如何叫手下到金陵押船？"苦力打了个酒嗝，满面猥琐笑道："大将军不是佛祖下凡，看见金银财宝、哥儿美女，如何不往怀中揽？"

说到这里，苦力朝酒馆窗户瞥了一眼，正好看见码头停着的官船。苦力指着说道："兄弟可瞧见船上那层格子？"柳湘莲抬眼望过去，见甲板上头立着一排五间木房，房门全都朝着一头，里面朦朦胧胧掌着灯火，好像金陵秦淮河上的花船一般。苦力又道："这一回，大将军点名要了个女子让送去川中，就住在第三间房里。我隔着窗子瞧过一眼，那真是海棠花般的人物，难怪大将军在江上打个来回也要接她过去。说来那姑娘真是女中豪杰，经历了这些事，竟不见她流过一次泪……"

柳湘莲故作镇定，笑着问道："那其他四间房里，住的都是什么人？"苦力道："都是空的！这些房间收拾得一般无二，都是拿来接送大将军心上人的，旁的长了几个脑袋敢睡在那里。我们这些下贱坯子，连同大将军那里过来的几位爷，都只能睡在舱底下。"柳湘莲急问道："这一回大将军派了几个过来？可有人能将小弟引荐给大将军？"苦力又喝了一口道："总共来了四个，三个听差的，估摸连大将军的脚后跟都碰不着。只有个什么谢都管，据说是大将军夫人家的老仆，也是这趟差事领头的，或能说得上话。"柳湘莲道：

"如此说来，我这便上船去寻这个老都管说话。"

苦力一把拽住柳湘莲胳膊，把头晃得如拨浪鼓般，口沫横飞说道："寻不着！寻不着！那四个都是酒色之徒，船一靠岸，老都管就带了两个年岁大的胡天胡地去了，只留下一个年轻的看船。你要找他，怕是要等明儿晌午过了。"柳湘莲道："他们不怕船上的人有个闪失？"苦力听柳湘莲如此说，好似听了世上最好笑的笑话，伏在桌上不住地笑，边笑边道："兄弟难怪家道中落，原来是个傻子！漫说船上是个无人粘连的犯官族人，便是玉皇大帝、太上老君的女儿，便是……便是这湘水上的神女，叫大将军看上了，谁又敢横生枝节？难不成嫌自己脑袋在腔子上待得太久？"听他这样一说，柳湘莲未再搭话，只是微微点头，心中却想："如此说来，我倒要那个大将军再寻不着船上的神女。"

深夜三更，码头早已没有白日里的喧嚣，只剩下江水拍打岸堤之声。船上其余四间房内的灯火都熄了，只剩下中间一间亮着，将湘云剪影映在门上。柳湘莲一个人潜到了官船近前，抬头看见第三间房依旧掌着灯，心中更是打定主意。

这船并不很大，柳湘莲轻轻一纵，便跳上了甲板。伴着江水声音，真真是听不出半点声响。柳湘莲想得明白，拣日不如撞日，与其盘算再三错过时机，不如趁着船上的人都不防备，挥起快刀斩断眼前乱麻。此刻大将军府的四人去了三个，那些金陵府过来的人更不顶事，今夜便是救下湘云最好时机。自己潜上船只，找到湘云，只说宝玉在船下等候即可。便是被人发觉，船上这七八个人却也不在柳湘莲眼里。

柳湘莲摸到第三间房门前，并未叩门，只是低声唤道："里头可是史家小姐？"里头的人猛地站起来，三两步走到门前，沉声回道："门外是什么人？"湘云身在虎狼窝里，口气中却听不出丝毫慌乱，不禁叫柳湘莲敬佩，急忙答道："我是荣国府宝玉兄弟好友，柳湘莲便是。受宝兄弟之托带姑娘出去，宝玉此刻正在不远处候着，姑娘快些跟我下船。"湘云一顿，低声道："你是爱哥哥的朋友？叫我如何信你？"柳湘莲略一迟疑，随即道："在下不单是宝兄弟的朋友，亦与卫若兰大哥相识！"湘云道："你说什么？你认得……他？"柳湘莲顾不得其他，一股脑道："史姑娘勿疑！在下冒昧问一句，姑娘可是有个金麒麟？"湘云惊道："你如何知道？"柳湘莲道："我原本不知，不过无意间知道宝兄弟将自己的一个金麒麟送给了卫大哥。后来卫大哥与姑娘定亲，宝兄弟只说是'因麒麟伏白首双星'，在下才贸然相问。若是说得不错，还请姑娘……"

话未讲完，湘云已将房门打开，朝柳湘莲施了一礼道："湘云谢过柳大哥救命之恩。"柳湘莲还礼道："难怪宝兄弟几次称赞姑娘豪气不让须眉，今日一见果然不凡。这里不是讲话所在……"

话刚说到这里，忽听船下码头上有人高声唤道："船上的可是湘云妹妹？"这一句叫柳湘莲与史湘云吓得魂不附体，朝船下一望，见宝玉站在那里，手里提着一盏纸灯笼，痴痴地朝这里看着。见没有回话，宝玉又喊了一句："云妹妹可在那里？我是宝玉！"语调中已然带了哽咽之声。

宝玉虽不通俗务，却也不是不通事理之人。来到这里数日，只见柳湘莲早出晚归，却什么也不跟自己提及，宝玉心中又是疑惑又是焦急。今日是官船靠岸的日子，宝玉见柳湘莲依旧独自出去，哪里还待得住，趁着天黑一个人摸到了船前。宝玉正发愁如何查问，却见船上灯火前人影晃动，依稀便是湘云。宝玉是至情至性之人，如何还忍得住，便脱口叫出声来。

这一叫不要紧，不单惊了柳湘莲跟湘云，更惊动了船上的人。顷刻间，甲板上脚步声疾，留下的那个领了七八个人奔了过来，口中大喊："有人劫持朝廷钦犯！"柳湘莲见已无退路，便拔出鸳鸯剑，预备跟这些人鱼死网破。不料湘云一把抓了柳湘莲衣袖，沉声道："柳大哥不可！速带爱哥哥脱身要紧！"不等柳湘莲回话，湘云又道："我是大将军点名要的，他们不敢将我怎样！须从长计议！"

柳湘莲只好点了点头，低声道："姑娘保重，来日方长。"跟着便纵身跃了下去，落在宝玉身边。那个大将军府的不敢贸然离船，一把将湘云推回屋里，自己站在房门前道："我守在这里，你等速速捉拿贼人！"

那些人心中一百个不情愿，却只好虚张声势朝柳湘莲跟宝玉冲过去。柳湘莲脱身不难，但要带宝玉一起，便没有那么容易。忽地，冲在最前面那个脚下一滑，摔在了地上，后头七八个全被他绊倒，一时间都爬不起来。柳湘莲不容分说，一把将宝玉手里灯笼扔在地上，拉着他朝没有光亮处奔下去。

谢都管抬起右手，狠狠打在方才跌倒的那个伙夫脸上。伙夫跪在地上一声不吭，脸上霎时红肿起来。谢都管如此气恼，一半是因险些丢了湘云，另一半是半夜里叫船上报信的人自温柔乡里掏了出来。

谢都管点着面前的人骂道："今儿个只领了我的耳光，那是你等修来的造化！若是大将军要的人没了，便是想挨耳光，只怕也不能够了！"手下三个随从与一群杂役皆不敢抬头，老老实实跪在湘云门前。谢都管瞧了一眼，厉声问道："还有几个时辰开船？"一人颤巍巍回道："还需十二个时辰！"谢都管道："打此刻起，你们三个将船上人分作三班，每个领一班，给我守在这扇门前，便是死在这里，也要给我瞪着眼睛死。记着，不能叫里头的人出门半步，却也不能让她刮破半点儿油皮。出了差池，把你们全都扔进江里喂鱼！"

众人还未回话，忽听屋里湘云传出声来："爱哥哥！爱哥哥！赎我回去！赎了我回去吧！"声音似喜似悲，在深夜的大江上飘飘荡荡，众人听了不禁悚然。谢都管强作镇定，低声问道："这丫头叫的是谁？哪里来的什么'爱哥哥''恨哥哥'？"众人皆一头雾水，只听里面湘云又道："爱哥哥，便是你不来，我也不会到那里去。我就要随这里的云水而去，去到神女娘娘那里……"这些天见到的湘云，与屋里这个胡言乱语的女子天差地别，不由得让众人倒抽了一口凉气。那个与柳湘莲喝过酒的苦力大着胆子回道："小人听说这里乃是湘水神女住的地方。方才一通折腾，莫不是惊扰了神女，娘娘发怒魇了里头的人，叫她跟咱们索命……"

谢都管一口啐了上去，颤声道："放你娘的屁！这是大将军点名要的人，便真是有什么神女神男也要退避三分！"虽不敢反驳，众人却皆暗暗寻思："莫不是方才来人救她不成，断了最后一丝念想，便再撑不住发起疯来？"忽地，又听见里面湘云一字一顿沉声道："娘娘，湘云这便来了。"不等众人醒过劲儿来，湘云一头朝房门撞了过来。

瞧着委顿在床角，已然流干了眼泪的宝玉，柳湘莲又哪里好出言怪他。宝玉从来视身旁姐妹为世间珍宝，乍见湘云沦落如此，又如何能压得住胸中情感？只是，宝玉这一下确是捅了马蜂窝，再想救湘云出虎口，只怕是难如登天。柳湘莲心里明白，经昨晚一闹，只怕官船从湘水上一起锚，便再不会中途停靠了。若真是这样，要救出湘云，只怕是痴人说梦。宝玉也问柳湘莲可还能下手，柳湘莲哄他说事在人为，心里却明白今晚乃是最后的时机。

这一回柳湘莲再三叮嘱，叫宝玉不可再去，否则今生难见湘云。宝玉有了前一回教训，更不敢将湘云安危当作儿戏，自然唯湘莲之命是从。柳湘莲安顿好了宝玉，又一个人往码头而去。

昨夜天色已黑，柳湘莲身手又快，是故倒也不担心有人将自己认出来。他本想再去那家酒馆打探，不料走到跟前，却见里里外外围了七八层人，都不错眼珠地盯着酒馆里头。

柳湘莲大惊，挺身挤了进去，却被酒馆外一排兵役拦住。酒馆四面足有一百多个兵役，身上穿着打了当地字号的衣裤，显是从本地衙门调拨而来。柳湘莲身形挺拔，透过兵役肩膀，把酒馆里头情形看了个一清二楚。里头只留了掌柜跟两个伙计忙前跑后，再有便是大将军府里的四人。谢都管站在最前头，其他三个在后面，都阴着脸直勾勾盯着身前一张木桌。

酒馆显是叫这些人包了下来，只有一张桌子上摆了酒菜。更奇的是，桌上只有一人在饮酒，竟是史湘云。柳湘莲瞧过去，见湘云神色如常，自斟自饮不说，眉宇间竟带了一丝睥睨之色，似全没将眼前押送自己的人放在眼里。旁的还好，却见湘云头上被包了起来，隐隐有一点殷红色透出，额角似是被撞破一般。

湘云正将一杯酒端在手中，朗声道："今日湘云来到这里，自是命中与神女娘娘有缘。湘云不敢惊扰娘娘，只在这里敬奉浊酒一杯，以示诚心。"说罢，湘云将杯中酒洒在地上，放下酒杯纵声大笑。

一旁的谢都管满面尴尬，赔笑着凑过来道："史姑娘，这酒也喝了,神女娘娘也拜过了,天色不早,明日还要赶路,不如回船上吧。姑娘若还有雅兴,小人将酒菜搬到船里,姑娘只管喝个痛快。"湘云瞧着谢都管道:"似你这样的奴才懂些什么?也不怕恼了神女娘娘!娘娘岂是俗人,单一杯酒便万事大吉了?饮了酒,吃了肉,还没为娘娘献诗,如何能回去?"

湘云一番话说得谢都管哑口无言。她也不管其他,只起身道:"湘云今日仓促,不敢冒昧开口唐突了神女娘娘,只好念旧诗一首,以示诚心……"湘云低下头,沉思片刻,复抬头吟道:"神仙昨日降都门,种得蓝田玉一盆。自是霜娥偏爱冷,非关倩女亦离魂。秋阴捧出何方雪,雨渍添来隔宿痕。却喜诗人吟不倦,岂令寂寞度朝昏。"

一首吟罢,酒馆内外的人虽不懂其中意境,却都为湘云风姿震慑,皆鸦雀无声。湘云环顾四周,粲然一笑,却有两颗泪珠缓缓落下。柳湘莲虽不知这一首诗叫湘云想起了当日在大观园诗社里的光景,却也听得痴了。耳边有人喃喃道:"这丫头模样跟画儿里头的仙子一般,还念得诗,怎地说起话来痴痴癫癫,像是脑子不清楚?"一旁有个老者叹道:"你没听说?昨夜来了两个男子,像是要救这丫头出去,不想叫人觉察了。自那时起,想是心里断了念想,这丫头便成了这样。"先前那人问道:"既然如此,怎地还由着她在这里折腾?"老人道:"都说这人是大将军点名要的,漫说疯了,便是死了,也要带了灰回去。这丫头昨晚闹了一夜,竟一头撞在门上伤了自己。今日吵着要来这里喝酒念诗,说什么在梦里见了神女娘娘,定要拜祭一番,祭过了便随船入川。那些人知道她生性刚直,怕生了别的闪失,只好答应。这才包了这家酒馆,又在外面守了百十来个兵丁……"

老者话未说完,只听湘云说道:"娘娘既不肯现身,定是湘云缘分未到,既是如此,不敢强求,这里拜别娘娘。"湘云朝湘水那边屈身施礼,随即转过身对谢都管道:"我要的都管全都应了,湘云自当以直报直,这边跟了都管上船。"听湘云说得这样痛快,谢都管长舒了一口气,俯身拜道:"全仗姑娘体恤。"

湘云走出几步,忽地环视四周,眼中流出决绝之色,旋即头也不回朝官船而去。这一瞥,竟叫柳湘莲不能自已,依稀看见尤三姐手持鸳鸯宝剑看向自己那最后一眼。柳湘莲知道,若是这一下让湘云上去,只怕再无挽回的余地。想到这里,柳湘莲按住鸳鸯剑柄,便要冲上去拼个你死我活。

忽地,一双刚健大手死死握住柳湘莲手腕,在他耳边低声道:"昨夜才救回你这条命,今日便想着再送出去?"

第十一回 葬花吟

花谢花飞飞满天，红消香断有谁怜？
游丝软系飘春榭，落絮轻沾扑绣帘。
闺中女儿惜春暮，愁绪满怀无释处。
手把花锄出绣帘，忍踏落花来复去。
柳丝榆荚自芳菲，不管桃飘与李飞。
桃李明年能再发，明年闺中知有谁？
三月香巢已垒成，梁间燕子太无情！
明年花发虽可啄，却不道人去梁空巢也倾。
一年三百六十日，风刀霜剑严相逼。
明媚鲜妍能几时？一朝漂泊难寻觅。
花开易见落难寻，阶前闷杀葬花人。
独倚花锄泪暗洒，洒上空枝见血痕。
杜鹃无语正黄昏，荷锄归去掩重门。
青灯照壁人初睡，冷雨敲窗被未温。
怪奴底事倍伤神，半为怜春半恼春：
怜春忽至恼忽去，至又无言去不闻。
昨宵庭外悲歌发，知是花魂与鸟魂？
花魂鸟魂总难留，鸟自无言花自羞。
愿奴胁下生双翼，随花飞到天尽头。
天尽头，何处有香丘？
未若锦囊收艳骨，一抔净土掩风流！
质本洁来还洁去，强于污淖陷渠沟。
尔今死去侬收葬，未卜侬身何日丧？
侬今葬花人笑痴，他年葬侬知有谁？
试看春残花渐落，便是红颜老死时。
一朝春尽红颜老，花落人亡两不知！

谢都管等人簇着湘云朝船上去了。湘云走到江边，回首朝围着的人群环视。众人皆目不转睛盯着湘云，却无一人出来将其拦下。湘云脸上已不见半分苦痛颜色，更瞧不出一丝怨恨，扭过头望着茫茫江水道："事到如今，凡世定然无人寻我；既是如此，湘云只好去寻神女娘娘……"说罢，湘云忽地向前纵身，眼见着就要跳进湘水之中。

谢都管并不是蠢笨之徒，打今儿一早便一直留心着湘云。先是以死相逼要下船，后来又是饮酒又是吟诗，不论哪一桩皆与之前见过的湘云大相径庭。一番思量，谢都管已猜到湘云可能万念俱灰，一心只想求死。此刻见她就要投江，早从身后一把将她抱住。

湘云见自己心思已被谢都管识破，便不再顾忌，兀自拼命挣脱，口中骂道："本姑娘便是留在这里做了大鱼腹中之食，也决不随你们去见什么将军！"谢都管又惊又气，回头朝众人喊道："你们都是死人吗？还不与我捆了送回去！"众人这才被骂醒，也顾不得许多，七手八脚将湘云扯上了船。任湘云再刚烈，也挣不过几个粗野浊物，口中却仍不住骂道："纵然将我绑过去，也只会叫我把血溅到大将军身上！"

谢都管吓得魂不附体，忙叫道："与我把嘴堵上。"一众人将堵了口的湘云架到官船上，上面的苦力、伙夫、船工都慌慌张张等在那里，不知该如何下手。谢都管见打头的正是昨日挨了自己耳光的那个，气更不打一处来，口沫横飞叫道："可是吃屎堵住了眼窟窿！还不开门，把她绑在床上！"那人想是急着将功补过，二话不说推开身后湘云房间的门。众人乱糟糟拥了进去，再也顾不得脸面，拿出绳子将湘云捆在床上。

众人退了出来，反手将房门关了。谢都管惊魂不定，只是大口喘气，一张黄脸上泛起青黑。过了半晌，谢都管才沉声对三个手下说道："明日一早便起锚离开，其间再不可停靠一刻。屋里的人更不可让她下床一步，便是吃饭饮水都要喂进嘴里，不可解开绑绳。"一个手下苦着脸道："若是大将军见到这姑娘不成了人形，我等只怕都要挨军棍……"谢都管骂道："浑话！她若是再有个闪失，咱们便不是挨军棍了，只怕脑袋都要搬家！"听他这样说，其余三人自然不敢再有话。

谢都管又道："单捆在里面还不作数，今夜须我亲自守在这里。来人，与我搬一把椅子到门前。"有人匆忙搬了椅子过来。谢都管用椅背倚住房门，转身坐在上面道："今夜老夫便坐在这里守着。纵然是睡过去了，里头的人还是出不来，便不怕她生事。"众人见谢都管摆出这副架势，一时间不知该如何是好。倒是那个挨了耳光的学会了乖巧，俯身谄笑道："大人一心为公，定然万无一失。只是已然陪着里头的姑娘忙了一天，连晚饭都还未用过。大人身体若有闪失，大将军便是没了左膀右臂。依小人看,老都管跟三位大人不妨先去用饭,我等在这里看守一刻,也算弥补昨晚走了贼人的罪过。"

听他这样一说,谢都管顿时觉得腹中甚是饥饿,便顺势说道:"既然如此,我等去去就回,定不能耽误将军大事。"说罢,谢都管站起身,带了三个手下走了出去。

这一回宝玉在房里一事未做,等到的却是同样一事未做的柳湘莲。回到客栈的柳湘莲显是在躲避自己,宝玉在他眼中看到了之前从未见过的躲闪与逃避。柳湘莲禁不住宝玉再三追问,只说当时对面人多势众,自己几番想下手,却怕伤了湘云;被问急了,又说便是到了川中,做了大将军妾室,也总胜过留在金陵,随史家一门或打、或杀、或卖。

柳湘莲这一番解释,叫宝玉从头凉到脚底。他呆了半晌,一双走了神采的眼睛并未瞧着柳湘莲,只缓缓说道:"这些时日,多亏柳义士关照,宝玉这里谢过了。"说罢,便快步朝外头走去。

柳湘莲听他不再叫自己"大哥",便明白了七八分。待宝玉往外一走,只等后背朝着自己,便一下子纵了过去,抬了右手,似在宝玉脖子后头一敲。宝玉只觉后头半个脑袋微微一麻,身子一软便什么也不知道了。柳湘莲自身后一把将宝玉揽在怀里,盯着他一张俊俏面孔,轻叹道:"宝兄弟莫怪!今夜你什么都不做,便是做成了一切……"

天色已晚，谢都管回到湘云房前，见那个挨了耳光的带了几个苦力、伙夫、船工，不错眼珠地守在门口。见谢都管吃了晚饭回来，为首的那个急忙过来行礼。谢都管冷冷问道："里头的可还好？"那人回道："小的们盯得紧，里面的姑娘想是闹累了，此刻已然睡下了。"谢都管点了点头，摆摆手说道："你等都下去吧，今夜我亲自坐在门前看守。"

众人皆知道这个谢都管最爱在主子跟前卖好邀功，是故谁也不敢开口叫他回去，更不敢与他争功，只好说自己就在船上随时听候调遣。谢都管微微点头，其余三个手下跟一众人都离开门口。谢都管瞧了瞧身后门板，得意道："任你会七十二变，也逃不出老夫手心。这一趟把人送回去，大将军定将夫人身旁那个小丫头赏赐给我……"

谢都管在这里一坐便是两个时辰，其间自然有人不住送来热酒吃食，还有人拿来棉衣厚被，唯恐他夜里受了风寒。转眼过了三更，谢都管将厚被搭在身上，不觉打起了瞌睡。其余众人一来也都乏了，二来怕惊了谢都管受责骂，便也不再凑过来嘘寒问暖。谢都管一时睡了过去，一时又被江水摇醒，瞧瞧身下的椅子，再瞧瞧身后的房门，皆不见异样，便渐渐放下心来。

五更过去，一轮红日自天海相交处喷薄而出。一干人早早上来，候在两边，只等谢都管醒来。三个手下站在那里左顾右盼，都不见昨日那个挨了耳光的。其中一个低声问道：

"那个伙夫去了哪里？"身边另一个顺口道："想是昨日马屁拍得狠了，今日一早爬不起来。"两人低头抿嘴，强压着不笑出声来。无意间，都发觉脚下船板上多了许多木头碎屑。

一个皱眉问道："哪里来的这些木头渣子？昨晚你可见过？"另一个抬起鞋底瞧了瞧，摇头道："二更三刻时分我还来给谢大人送过热酒，来来去去却没见地上撒了这些。"二人四下打量，不见其他异样，只有身旁头一扇房门跟第二扇房门中间木墙上，多了三五个圆形孔洞。

每处孔洞左右约摸一寸宽，深浅也不过一寸五分。伸手一摸，四面碴口尚新，显然是才打在墙上不久。三个手下都凑到跟前，上上下下仔细打量一番，见墙上总共被开了八处孔洞，左右两边各有四个。每两个又在一排，下头一排在膝盖那里，上头一排比常人高出一头。每排两个孔洞并不连在一起，之间约摸隔了二尺。

三人见了均是一头雾水，不知道这里为何有这些孔洞。疑惑间，听得一旁谢都管打了个哈欠，一双三角眼缓缓睁开。三个手下急忙转身凑到近前，俯身朝谢都管施礼。谢都管坐在那里清醒片刻，直起身子将厚被堆在椅子上，转过身瞧了瞧背后房门。见一切如常，谢都管长出了一口气，朝左右沉声道："传我的话，一刻之后起锚离岸，片刻不停直抵川中。"

三个手下相互使了眼色，其中一个壮着胆子回道："老大人明鉴，是不是先往屋里瞧上一眼才好？"谢都管斜着眼睛打量三个手下,哼道:"怎么?可是觉得这一夜老夫守在这里,出了什么差池?"三人把身子屈得更矮,支吾回道:"小人怎敢!只是事关重大,还是确保万无一失的好。"

谢都管也觉三人说得在理,只冷冷瞥了一眼,转身朝着房门,低声问道:"史姑娘睡得可安稳?"屋里并无人答话。谢都管清了清喉咙,略略提声道:"史姑娘可睡好了?小人这里知会姑娘,咱们这便要离岸行船。"屋里仍旧没有响动。谢都管迟疑了一下,高声喊道:"姑娘莫要怪罪,我只进去瞧上一眼。"说罢,他手上用力推开房门,径直走进屋里。一眼看过去,谢都管不禁魂飞魄散——屋里哪还有史湘云的踪影!

谢都管疯了般掀开床铺、衣柜,俯身钻进床下,却依旧不见人影。他满脸通红,双目充血,眼见着方寸大乱,转回身朝门外三个喊道:"这一夜老夫寸步未离,那丫头如何不见了?"外头三个早已叫眼前情景吓呆在那里,如何讲得出半句道理。谢都管冲出房门,放眼四眺,只见江水青天间彩云飞动,好似神女娘娘挥袖起舞。一道日光直射过来,谢都管只觉一阵晕眩,身子一软便坐在船板上。三个手下急忙过来搀扶,却难以挪动半分。谢都管坐在那里,口中只见出气不见进气,只喃喃道:"云散高唐,水涸湘江……难不成那丫头真真感动了这里的神女,神女才用神术将她带走了?"

宝玉幽幽醒来,只觉胸口略略憋闷,脖子后头微微刺痛。耳畔有阵阵波涛声响起，才觉察自己身在船舱之中，小船又漂浮在江上。宝玉抬眼一瞧，舱里只点了一盏油灯，柳湘莲坐在对面，低头不语，手中轻抚着鸳鸯宝剑。自己斜倚着，身上盖着柳湘莲常披的那件皂色大氅。

宝玉渐渐记起之前的事，猛地想到了湘云，一下子直起身子，顿觉脑袋跟左边胳膊一阵刺痛，一下子又萎了下去。柳湘莲见他醒了过来，急忙伸手相搀，谁知却被宝玉躲开。宝玉的脸涨得通红，忙垂下眼睛，只低声问道："这是在哪里？湘云妹妹怎样了？"柳湘莲缓缓缩回了手，沉声道："咱们是在回京的船上。"宝玉大惊失色，扒着舱壁急道："如何就要回京？湘云妹妹尚在虎狼窝里，须拼了命救她出来。"柳湘莲不动声色，依旧慢慢道："宝兄弟不用发急，史姑娘那边，已然有了结果。"

这一句叫宝玉摸不着头脑，只痴痴地问道："如何叫有了结果？"柳湘莲道："今儿一早，湘水码头都传遍了，只说史大姑娘昨儿个夜里，叫神女娘娘带去了。"宝玉听了，更如堕五里雾中，直勾勾盯着柳湘莲。柳湘莲长叹一声，一字一句将自己打探到的消息说与宝玉。

若是寻常之人，打死也不会相信这一番"云散高唐，水涸湘江"的说辞；若是前些年的宝玉，保不定会替湘云高兴，说她也是这里的神女，定要去来的地方看一遭。可如今的宝玉，心思既不同于常人，更非几年前可比，越发急了起来，嘴里念道："怎地又是这样！之前园子里的海棠平白枯死，没几日晴雯便去了；如今湘云妹妹又没了踪迹，想必也不是什么好事。"说到这里，宝玉一边落泪，一边挣扎着道："若真被神女娘娘叫去了，我便寻她回来。我去江里见了娘娘，定要苦苦哀求，只说湘云妹妹命苦，且让她跟着我回园子里过几日快活日子，再去见娘娘也不迟……"

柳湘莲见宝玉悲恸之下又发起了痴，只好一把死死抱住，忽地说出来石破天惊的一句："宝兄弟，若还在这里纠缠，只怕见不着的还不止史姑娘一个。"宝玉立时愣在那里，脸上犹带泪痕，似懂非懂地望着柳湘莲。柳湘莲一双朗目瞧着宝玉，又补了一句道："现如今，有更要紧的需宝兄弟护着！"

宝玉抬起右手，一把死死按住柳湘莲肩膀，嘶声问道："这话是什么意思？哪个是更要紧的？如何就要我去护着？"柳湘莲道："到了今日，宝兄弟这般聪慧灵犀之人，难道真没觉察出这半年里生出的事？"柳湘莲这样一问，宝玉的手缓缓从他的肩上滑落，一下子又坐了下来。

柳湘莲又坐在宝玉对面，沉声道："这些天，贵府里这半年发生的桩桩件件，无一不在我心里翻转，越想越是胆战，只觉得冥冥中像是叫什么牵引起来……"宝玉颤声问道："柳……柳大哥何出此言？"柳湘莲道："宝兄弟仔细想来，自中秋那日起，贵府可曾消停过片刻？先是琏二奶奶做过的一件件被翻了出来，跟着大姐便叫人抱了去；随后孙、钱、赵三家提亲，显是受了指使，最后闹得二姑娘匆匆嫁了出去；跟着珠大奶奶被逐，妙玉设计脱身，四姑娘连性命都……这些倒也罢了，终归是看得见摸得着的。可先是三姑娘在门窗紧锁的屋里没了踪影，这一回史姑娘更是在茫茫江上水涸云散，便无论如何也是讲不通的。"

听到这里，宝玉似忽然想到什么，喃喃道："凤姐姐、大姐、珠大嫂子、二姐姐、三妹妹、四妹妹、妙玉、湘云妹妹……"柳湘莲又道："在下虽是草莽中人，倒也听闻过宝兄弟家里诸钗之名。若论风华绝代，又首推里头十二个。除去宝兄弟数到的八位，只剩下前些年去了的东府蓉大奶奶、在宫里的娘娘千岁，再就是留在园子里的薛姑娘与林姑娘……"

"林姑娘"三个字刚一出口，宝玉全身便是一震，不禁高声问道："柳大哥是说，下一个出事的，就是林妹妹？"柳湘莲道："在下又如何能未卜先知，只是这半年来诸事太过蹊跷，又件件冲着贵府诸钗而来，不能不叫人忧心。宝兄弟，史姑娘那里一时没了消息，若留在这里纠缠，只怕会……"

柳湘莲后面说的，宝玉再没听进半个字，只把怀里藏的，头一回出门前黛玉送至怡红院门口的荷包捧在手里，痴痴地看着，嘴里默默念道："林妹妹放心，我这便回去护你。"

京中。贾府。大观园。潇湘馆。

外间屋里的紫鹃正在似睡非睡间,又听见里头传出一阵轻咳。紫鹃忙坐起来,急急地披了件外衣便跑进了里屋。已然过了三更,黛玉却不在床上,依旧伏在书桌前,手里握着毛笔,眼前一张张尽是写了蝇头小楷的宣纸。桌上只点了一支烛火,烛火下摊开一部宋版朱子的《四书章句集注》。

黛玉已然咳得直不起身子,如弱柳般一阵阵轻颤,却不肯放下手里的笔。紫鹃忙轻拍黛玉后背,满眼关切神色,低声说道:"姑娘这是何苦?自打二爷去了南边,姑娘便日夜在这里抄书,每日睡不到两个时辰,吃的也一日不及一日,这样下去如何得了!"黛玉一边咳着,一边说道:"你跟着我这些年了,难道竟跟她们一样,还不知我半分?他……去了,若再不叫我如此,只怕现在早已……"一句话不曾说完,便又咳得说不下去了。

紫鹃知道自己万万劝不住黛玉,便寻着机会叫她分心歇息片刻。紫鹃一边潆了一碗清茶端了过来,一边瞧着桌上的纸张道:"姑娘只抄这些做什么?宝二爷见了这些孔子、孟子的便心烦,何不抄些诗呀词呀的,二爷回来见了定然高兴得不得了。"听紫鹃这样一说,黛玉禁不住一笑,反倒放下了手里的笔说道:"蠢材!蠢材!我抄这些,哪里是给……给他瞧的。他前前后后往南边去了两回,都是背了老爷。这一趟回来,老爷岂能轻易放了他?若是不拿出些功课应付,只怕又是一顿板子等着。与其到了那时再去送药,倒不如先给他将这些抄的送去。只是……只是一来我这些天越发不济,抄来抄去也就得了这些;二来我费尽心思,写出来的字迹却还跟他略有差异,只怕到时候露了马脚,反给他添了灾祸……"话未说完,黛玉又红了眼圈。

紫鹃忙道:"如此说来,姑娘倒是该多抄几张。前儿我遇着了茗烟,他跟我说算着日子,二爷大体这些天就要回来了。他还说,在什么瓜洲不过跟二爷见了一面,二爷三句话便说到姑娘,连姑娘用的胭脂都问遍了,还把姑娘送的荷包拿在手里看了又看。"

听紫鹃这样说,黛玉缓缓站了起来,一步步走到窗边,抬头见一轮明月挂在当空,将院子里落下的片片飞花映得格外显眼。黛玉倚窗,捧心轻叹道:"你若再不回来,任凭何种花蕾,也要叫冬日里的风刀霜剑逼谢了。"

紫鹃急忙拿起一件外衣,跟上去披在黛玉肩上,口中劝道:"姑娘切莫多思,旁人不敢担保,宝二爷对姑娘的心意,便是瞎子也瞧得出来。老太太最近身子虽未大安,毕竟还是一言九鼎。只要二爷不动不摇,老太太定然站在孙儿这边。有了二爷跟老太太坐镇,便是太太跟姨太太有些心思,也不能……"

黛玉不等紫鹃说完,便止住她道:"快别说了!越发要上房了,太太跟姨太太也是你背后说的!"紫鹃知道黛玉向来待自己嘴利心软,也不在意,依旧道:"只要姑娘好受些,便是揭了我的皮我也心甘情愿。"说到这里,紫鹃忽收了脸上嬉笑神色,正色道:"姑娘不必开口,我心里全都清楚。

姑娘挂在心上的，无非是那一回娘娘将老太太跟宝姑娘召进宫里说话……"

黛玉听见"娘娘"二字，身子微微一颤，却垂目说道："这些日子府里出了许多大事，二姐姐出去了，三妹妹不知去了哪儿，四妹妹已经……又说湘云也是不好，我又怎能只想着自己？"说到这里，黛玉强忍住泪水，不再吐出半个字。紫鹃道："紫鹃虽没读过书，却也知道些道理。眼见姑娘这样下去，我真真是比自己死了还要难受。姑娘也不用拦着我，明日我便去找鸳鸯姐姐，把我想问的问个明白，便是被乱棍打死也无怨无悔。"

黛玉抬起头，欲言又止，只用一双似泣非泣含露目凝视着紫鹃。

天色微明，黛玉才浅浅睡去，紫鹃在外头却是硬生生挨到了卯时。见黛玉未醒，紫鹃穿戴齐整，蹑手蹑脚摸了出去，径直朝贾母住的院子去了。一路上，遍地都是昨夜被寒风吹落的花瓣。说来奇怪，今年年景反常，明明已是隆冬，又是北地，园子里的各式花卉却刚刚零落，比往年竟晚了两个多月。换作昔时，下人们定然早将马屁拍到了天上，说什么老天降福，将满园春色长留府中；怎奈今年乃多事之秋，不祥之事一件挨着一件，又哪里有人敢多说一句，心里只想着"事出反常必有妖"。

紫鹃自是无心看花，一门心思来到贾母院子外头，只想看见鸳鸯出来好问上一句。等了许久,并不见院子里有人出来。紫鹃耐不住,正要上前叩门,却听见远处有人气喘吁吁往这边奔来。紫鹃忙退到一旁,远远瞧着,见是赖大家的过来了。她停在院门前,伸手拍打门环。不一会子,门分左右,是贾母身边丫鬟琥珀过来打开。

不等琥珀开口,赖大家的便急道:"姑娘快去喊了鸳鸯姑娘,叫她无论如何也要服侍老太太起来。宫里差人传出话来,辰时三刻,大明宫掌宫内监戴权戴公公要来传元妃娘娘意旨。"赖大家的这一句吓得琥珀不轻,急忙转身领她进了院子,反身又将院门关了起来。

紫鹃躲在一边听得仔细,心中顿时如烧开了水一般。几年前东府蓉大奶奶没了,这位戴权公公还亲来吊唁。那时他只一句话,便给了贾蓉五品龙禁尉的名头,由此可见也是个红透了天的奴才。上一回夏太监来了一趟,叫荣国府脱了一层皮;这一回又来了个戴公公,真不知是福是祸。

紫鹃知道这一趟万万见不到想见的人,只好默默往回走去。想到戴权来传的是元妃意旨,紫鹃一边觉得内心稍安,另一边却越发不踏实。府中都知道上一回娘娘召贾母跟宝钗进宫的意思,这一回又派人过来,只怕于黛玉而言,绝非好事。想到这一层,紫鹃不觉停下脚步,一个人直愣愣站在那里,身边只剩下片片落花。

辰时三刻未到,荣国府上下已然穿戴妥当,在府门前等候。贾母原本不该出门，但既是元妃传旨，也只好强撑着起来。贾母尚且如此，黛玉自然不能不来。其余主子，自邢夫人、王夫人起，凤姐、宝钗、赵姨娘、周姨娘等一个不少，个个敛声屏气，恭肃严整，半点儿不敢怠慢。

不过一刻，自街东头隐隐传来雅乐之声，跟着便是两队仪仗缓缓过来。戴权骑着高头大马行在仪仗正中，左手执着缰绳，右手里托着一道意旨。行至荣国府正门，戴权翻身下马，并不瞧向诸人，只高声道："荣国府跪受贤德妃娘娘意旨！"

贾母领着众人俯身跪倒。戴权两手展开意旨，沉声念道："娘娘有旨，荣国府一门忠良可嘉，除夕即至，特有赏赐，望竭诚尽敬，勤勉无怠。荣国府上下谢恩拜领。"此语一出，荣国府上上下下皆长舒了一口气，提了半日的心总算落进肚子里。贾母及众人叩头谢恩，跟着便当着戴权的面一一领受赏赐。

元妃赏贾母鎏金如意一柄、白玉如意一柄、紫檀拐杖一根、伽南念珠一串、"富贵长生"锦两匹、"福寿绵长"锦两匹、紫金如意锭十只、银鲤鱼锭十只。邢夫人与王夫人比贾母少了两柄如意跟拐杖、念珠，凤姐又比两位夫人少了五只紫金锭。就连出去的李纨、嫁了的迎春、丢了的探春亦都有赏赐，唯独少了没了的惜春那份。

除去府里女眷，元妃特命戴权传旨，赏宝玉文房四宝一套、玉璧一枚、金银锭各十只。宝玉尚未回来，便由王夫人代其受领。戴权见王夫人收了赏赐，又说道："娘娘传出话来，薛、林二位姑娘虽非荣国府出身，但在此留居多年，且品行端正，秀外慧中，特一并赏赐。"宝钗听了，急忙将身子俯得更低；黛玉跪在宝钗身旁，万没想到元妃特意点了自己，微一迟疑，也俯下身来。

戴权续道："赏薛姑娘文房四宝一套、玉璧一枚、金银锭各十只……"众人听了，心中不觉一动，都在思量："宝姑娘受的赏赐，竟和宝二爷的一般无二！"几个捺不住的都微微抬起了头，偷眼瞥向宝钗。宝钗却只是一动不动跪在那里，仿佛意旨里提到的根本不是自己。戴权又道："赏林姑娘文房四宝一套、金银锭各十只……"此语一出，众人再也按捺不住心中的惊愕。黛玉得的赏赐，比宝钗少了一枚最要紧的玉璧，只是跟迎春、探春同为一等。和宝玉凑成"双璧"的，竟只有宝钗一个。满府上下无人不知宝玉跟黛玉之间打小的情分，精明些的更知贾母对二人的维护安排，是故听了元妃娘娘赏赐，都惊诧不已。

黛玉心思最是细腻，岂能听不出其中关节，戴权话未说完，她脸上已全没了血色。黛玉跪在地上，微蹙着两道罥烟眉，痴痴地盯着地面，泪水已然落了下来。这一滴泪只在电光石火之间，黛玉旋即又俯下身去，只是微微发抖。

戴权似全没瞧见一般，依旧说道："娘娘还有意旨，荣国公诰命夫人大病未愈，况年事已高，准暂不入宫谢恩，准贾政之妻王氏带薛宝钗代为入宫谢恩！"

这一句刚出口，跪倒众人再也按捺不住，竟顾不上礼节，抬眼偷瞧向宝钗。按礼法，宝钗无论如何不该入宫。上一回尚可说是陪同贾母，这一回王夫人代贾母入宫谢恩天经地义，还特意点了宝钗陪同，娘娘心思可谓不言而喻。

一众人里岿然不动的只有两个，一个是跪在最前头的贾母，另一个便是宝钗自己。王夫人自是欣喜，急忙叩头谢恩。宝钗也恭恭敬敬叩头行礼，一字一句道："薛宝钗谨遵娘娘意旨。"戴权上下打量宝钗，微微点头道："无怪乎娘娘千岁再三叮嘱，咱家今儿个算是开了眼了。既然如此，咱们这就回去交旨谢恩。"

说罢，戴权与贾母略客套几句，便带了王夫人与宝钗转身而去。见仪仗去远了，众人才乱纷纷站起身来，只有黛玉一人仍木胎泥塑一般跪在那里。紫鹃急忙过去，俯下身轻声道："姑娘，人已经走了。"黛玉并没看着紫鹃，只缓缓说道："是，人都走了，我也该回去了！"说罢，黛玉并没叫紫鹃搀扶，慢慢站了起来，朝贾母及邢夫人行过礼，便独自朝里面走去。紫鹃竟被黛玉吓住，在一旁不知所措，眼瞧着黛玉纤细背影只移了两步，忽地身子一软，竟倒了下去⋯⋯

紫鹃将手里托盘放在一旁桌上，伸手将床上的黛玉轻轻扶了起来。紫鹃一只手揽住黛玉，另一只手忙将身后枕头竖起来，好叫她靠着。黛玉半倚在床边，低声问道："外面什么时辰了？"紫鹃一边端过旁边的小碗，一边回道："姑娘可算是醒了,这一遭把我的魂儿都吓去了大半。已然入了亥时,姑娘睡了大半天。"黛玉想要直起身子,忽地又是一阵咳嗽,两只手险些没撑住身子。紫鹃急忙扶住她,嘴里念道:"姑娘,可是不能再作践自己的身子了……"一句还没说完,紫鹃眼里泪珠儿已然落下。

黛玉看着紫鹃,幽幽道:"便是作践,又有谁知道?"紫鹃知道断不能再引着黛玉伤心,忙把手中小碗端起来,柔声说道:"这燕窝炖了一整天,姑娘快吃些,身子便能好起来。"黛玉垂目盯着碗中燕窝,只缓缓道:"她去了那里谢恩,我只能吃些她留下的燕窝……"黛玉并无半分怨恨口吻,听来却叫紫鹃心碎肠断。黛玉屋里的燕窝全是宝钗送来的,如今天意弄人,也不怪黛玉生出这样的感叹。

紫鹃捧着燕窝,竟不知该如何是好。黛玉忽又问道:"她……可从宫里回了?"紫鹃一听,不觉低下了头,把手里的碗又放回了桌上,却并不接过黛玉的问话。黛玉却又说道:"你既这样,她定然是回了……"黛玉似并不在意,略往后靠了一下,又是一阵咳嗽,边咳边叹道:"她已回了,他却还没回来。"

听到这里,紫鹃再也忍不住了,猛地站起来,又俯身跪在黛玉跟前,哭着说道:"姑娘,快派人叫二爷回来吧!再不回来,只怕就都迟了!"黛玉问道:"你这又是从何说起?"紫鹃道:"晌午刚过,宝姑娘就回转了来。宫里娘娘传了话,只等二爷回来,便要安排他跟宝姑娘成亲!"

黛玉听了这句，犹如五雷轰顶般，一时只觉天旋地转，一下子伏在床边，颤巍巍问道："那……那老太太那边又怎么说？"紫鹃扶着黛玉道："老太太、太太都说……说谨遵娘娘意旨，已经叫琏二奶奶去置办了。姑娘，快让茗烟叫二爷回来吧！"

黛玉一下瘫软在床上，拿手帕捂住了嘴，又是一阵咳嗽。不多时，竟有一丝鲜红色自手帕上洇了出来！紫鹃大惊，慌忙叫道："可不得了了！姑娘快躺下，我这就去喊人过来！"说罢，紫鹃急急朝外头跑去。

黛玉伏在床边，口中喃喃道："去了……你们都去了……你们怎地都离我而去了？"忽地，黛玉不知从哪里来的最后一分气力，竟自行从床上下来，踉跄着朝园子里跑了过去。

天色已黑，大观园里已经没有几人还在外头走动。偶有几个丫鬟、婆子看见黛玉，无不如见了鬼魂一般，皆大惊失色。自打黛玉进府，这些年无人不知，这位小姐是个纸糊出来的美人灯，风吹一吹便要倒下。休说在夜里一路跑了过去，便是大白天里散步，两只脚也不能迈大了半寸。

黛玉奔到怡红院门口，见一扇黑漆大门关得死死的。黛玉气喘不止，咳得更加厉害，一只手死死握住门环，另一只手拼了命拍打着院门，嘴里不住唤道："开门啊！宝玉，开门啊！是我！快开门啊！"见里头无人应门，黛玉顿时泪如弦断，依旧叩门叫道："怎么没有人呀！我来找你们起诗社了！宝玉！快些开门！晴雯，你快些把门打开！晴雯，可是睡去了？"黛玉在门前耗尽了最后一丝气力，身子软软地滑了下去，再也发不出半点叫喊，只在月下抽泣。

忽地，后面亮起几点灯火，跟着一群人朝这边走了过来。前面两个提着灯笼的是袭人跟麝月，后面跟着的是莺儿，走在中间的竟是宝钗。一行人显是刚从贾母住的西边过来，经过怡红院，转去宝钗居住的蘅芜院。见黛玉一个人倒在门前，袭人急忙领着麝月跑过去，轻轻将她搀了起来。袭人口中念道："老天爷，竟是出了什么事，怎地叫姑娘半夜里跑到这里。叫老太太知道，咱们可都别活了。"

黛玉刚刚被人扶起，紫鹃便从潇湘馆那边跑了过来，一把便将黛玉揽在怀里。宝钗见是黛玉，也着实吃了一惊，脱口叫道："颦儿，如何又这样逼迫自己！"话一出口，宝钗方觉这一句说得极不妥当，忙转过身对莺儿道："快跟着紫鹃将林姑娘送回潇湘馆，煮些薏米百合粥给她，便安排她快些睡下。记着，万不能再饮茶，更不能受凉。万事等到明儿个再说。"身后的莺儿急忙走了过去，想与紫鹃将黛玉搀扶回去。

不料，见莺儿那边扶稳，紫鹃忽地松开黛玉，一下子跪倒在宝钗跟前，抓住宝钗哀求道："宝姑娘，紫鹃请您救救我家姑娘吧！若是宝姑娘再不理会，我家姑娘怕是要熬不过去了……"一句话尚未说完，紫鹃已然泣不成声。

宝钗急忙扭过头，并不低头看向紫鹃，反而瞧着愣在一边的莺儿,开口斥道:"可还呆着做什么?还不快送林姑娘回去!"袭人头一个醒过劲儿来,急忙拉着麝月道:"宝姑娘说的是,万不可再叫林姑娘添了不适。二爷不在,咱们也不急着回怡红院,一道跟着莺儿将林姑娘送回去,也好有个照应。"黛玉此刻已然痴了,全不在意眼前出了什么事。莺儿跟袭人急忙点头称是,一同护着黛玉朝潇湘馆而去。

见她们走远了,宝钗才低头扶起紫鹃,口中却道:"紫鹃姑娘怎地还不回去侍奉你家姑娘,反在这里跟我说些摸不着边际的胡话。我只问你一句,你家姑娘究竟遇着了什么,如何就要我来救她?"

宝钗这一问,反叫紫鹃没了回话。紫鹃不觉扪心自问:"我这话确是问得毫无道理。林姑娘跟二爷的事,如何能叫宝姑娘帮忙?难道要她违了娘娘跟老太太的意思,从此不再与宝二爷相见?"见紫鹃愣在那里,宝钗又道:"你若真心疼你家姑娘,就该时常劝她,叫她凡事不可太过执着,不该撺掇她一味往牛角尖里挤。世间之事,十有八九不会如意,终须自己宽慰自己,否则定然遍体鳞伤。"

宝钗一席话讲得滴水不漏,并无半句越礼与恼怒,却也把自己的心意说得一清二楚。宝钗接着说道:"今日话赶到这里,该说的不该说的都与你说了。还是早些回去服侍林姑娘,跟她说,明儿个一早,我一定去看她,一定去看她。"说罢,宝钗并不等紫鹃回话,转身一个人朝蘅芜院走去。紫鹃呆在怡红院门前,口中喃喃念道:"林姑娘外表如冰,心里却燃着火；宝姑娘外表似火，心里头却是一块寒冰……"

谁知转瞬之间，宝钗忽地停下脚步，沉思片刻，竟又走了回来，对紫鹃正色道："不需等到明日了，我这便跟你到潇湘馆去。"

夜已深了，紫鹃裹了一件外衣，一个人站在潇湘馆的院子里。宝钗随她到了这里，见袭人跟麝月已将黛玉安顿妥当，便叫她们回了怡红院。叫人万没想到的是，宝钗竟也打发莺儿先回蘅芜院，只说自己有事要与黛玉讲，不让她等在这里。莺儿不敢违了宝钗意思，与紫鹃打了招呼便独自去了。紫鹃见了，自然不再待在房里，一个人站在院中，心里怎地也想不通宝钗为何突然跟到这里，又为何把旁人一概打发出去。

紫鹃在院里待得无趣，便轻轻推开潇湘馆的院门，站在门口眺望园中夜晚景致。月色朦胧，寒风冷月笼罩下的园子别有一番味道。无意间，紫鹃朝远处望去，竟有一点灯火缓缓朝潇湘馆这边移过来。紫鹃心中思量道："这般时候了，又是谁往这里走？莫不是莺儿放心不下自家小姐，提了灯笼又过来了？"

来人越走越近，仔细瞧过去乃是两个，其中并没有莺儿。一个提着灯笼，旁一个腰背比这一个驼了些，也丰腴些，脚下步子略有些蹒跚，走上几步便要停上一停。这位一停，提灯的人也跟着停下，手里灯笼远远看去时动时止。

光亮越来越近，紫鹃仔细瞧过去，比见了最奇特的西洋镜儿还要惊愕百倍。打对面过来的，可不是贾母与鸳鸯吗？这三更半夜的，贾母带了鸳鸯到这里做什么？

紫鹃急忙跪在院门前，刚要开口请安，却被贾母伸手止住。贾母微微俯下身子，叫紫鹃起来，压低声音问道："怎地一个人站在门口，不进去伺候你家姑娘？"紫鹃忙回道："老太太不知，宝姑娘在里面正跟林姑娘说话呢，特意叫我等在外面，不要扰了她们。"贾母一听，不觉面露惊讶神色，抬起头往院子里瞧了瞧，追问道："宝丫头在里头？"紫鹃点头道："林姑娘一时……一时不适，正巧叫宝姑娘看见。宝姑娘叫我等把林姑娘送回来，这个那个全都叮嘱了一遍。原说明儿个一早来看林姑娘，后来又似等不得了，跟着我一路过来，便跟林姑娘一直说了这许久的话。"

贾母听了，不禁点了点头，脸上竟露出欣慰之色，喃喃自语般道："好！好啊！林丫头终归是个有福气的！"贾母这一句话叫紫鹃一头雾水。自打娘娘头一回召贾母和宝钗进宫，黛玉脸上便再没晴过一天，今日更是出了这样的事，贾母怎地还连声说好？还说是黛玉的福气？紫鹃自然不敢多问，只回道："我这就叫二位姑娘出来迎接老太太……"

贾母急忙一把将紫鹃拉住，低声道："她既来了，我便不用来了。你只安心将两位姑娘服侍好，不要管我。对了，千万记着，不可跟两位姑娘提起我来过这里。"后头这半句，贾母说得可谓一字一顿。

说罢，贾母扭过头与鸳鸯道："咱们回了吧！"鸳鸯伸手搀了贾母，只朝紫鹃微微点了一下头。贾母一边走一边仍念道："懂事的！都是懂事的！"语气里满是高兴，却隐约还透出无奈之感。紫鹃不敢再说，只是瞧着贾母月下背影，忽觉得自己从未认识过这位一言九鼎的贾府老太君。

紫鹃还在望着外面出神，忽听背后有人唤道："可站在这里卖的什么呆？"紫鹃回头一看，见黛玉竟跟宝钗一前一后走了出来。黛玉全没了方才叫人心痛的模样，除去面色略显苍白，眼睛上哭出来的红肿尚未褪去，其他已然恢复如常。宝钗还是跟平时一般无二，从容不迫地跟在黛玉后面，仿佛只是跟最亲热的姐妹说了半宿体己话。

见紫鹃盯着自己发愣，黛玉抿嘴一笑，扭过头对宝钗说道："我不晓事，害姐姐大半宿没得歇息。"宝钗也笑道："你既叫我'姐姐'，如何好说这样的话。年幼时，宝琴到我那里，一说一闹便是一个通宵。第二日白天，她倒头大睡，我却还要做这做那，恨不能找了筷子把眼皮支起来。比起宝琴，颦儿你真真算是手下留情了。"黛玉与宝钗又是一笑，更把一旁的紫鹃弄得一头雾水。黛玉要叫紫鹃送宝钗回去，宝钗执意不肯，只再三叮嘱紫鹃悉心照看黛玉，便一个人离开潇湘馆。方才贾母背影尚在紫鹃眼前，此刻又掺进了宝钗，真叫紫鹃摸不清其中的门道。

紫鹃将院门掩好，转身瞧见黛玉痴痴地站在院子里，一时竟不知道该如何开口。黛玉看着院子洒落的花瓣，忽地对紫鹃说道："这些天想了些不相干的，竟把最要紧的事情抛下了。"紫鹃问道："姑娘说的要紧事又是什么？"黛玉道："今年百花到此时才纷纷谢去，叫我们多赏了这么久，已是格外恩惠。我却忘了将落下的花葬在土中，岂非辜负了上苍待我恩德？明日须将我的花锄与花囊备好，万不能再看着百花落入污泥浊水之中无人问津。"

紫鹃犹如听天书一般，直勾勾盯着黛玉道："姑娘……莫不是一时心急没了章法？怎地到了这个关节，还有心去做这些事，却将紧要的事放在一边？"黛玉淡淡地道："世间本无事，又说什么要紧的不要紧的。放在心上，便是要紧；不放在心上，便是不要紧。"听了这一句，紫鹃心中更是急躁，寻思黛玉莫不是叫宝姑娘灌了迷魂汤，怎地打屋里出来后就说起胡话来？

想到这里，紫鹃忍不住道："那姑娘倒是告诉我，宝二爷的事，是要紧的，还是不要紧的？"黛玉微一迟滞，缓缓道："若是我一直待在姑苏，从未来过京中，更从未见着他，你说是要紧，还是不要紧？"紫鹃一愣，竟不知该如何开口。黛玉又道："我曾说过，万事有聚有散，聚时不要一味欢乐，散时便少了许多苦楚。如今也是这样，既有来的时候，也该有去的时候；既是有去的时候，便不该把来时的事放在心上。"紫鹃一把抓了黛玉的手，急急说道："姑娘这样说，可对得住宝二爷一片痴心？二爷还没回来，万事皆有变数，姑娘不可听了宝姑娘的话,就……"

黛玉抽回了手,皱起眉对紫鹃道:"宝姐姐并没跟我说什么,这些都是我自己想明白的!"紫鹃跟了黛玉多年,知她虽然孤高自许,但从未不等自己把话说完便打断。今夜忽然如此,可见是心里真的发了狠劲儿。黛玉续道:"打明日起,我到园子里将百花葬入土中。待百花葬尽,我便要回到自己该去的地方。"紫鹃仍不死心,又问道:"若是二爷回来找到姑娘,姑娘如何回他?"黛玉淡然道:"我自葬我该葬,回我该回的。他回不回来,与我有何相干?"

这句一出口,叫紫鹃再无话应对,只呆呆站在院子里,真不知这一夜所闻所见,是梦是真。

自第二日清晨起,黛玉真就带了花锄跟花囊,到园子里一片小林中葬花。紫鹃自然不离左右,只是每每来到林边,黛玉便叫她站在这里等候,不可跟自己一起进去。紫鹃知道黛玉素来将收花葬花之地看作内心最后一片净土,漫说旁人,就是宝玉几次想去帮忙,都叫黛玉挡了下来,是故紫鹃虽放心不下,却也不敢不从。

冬日清晨甚是寒冷,每天林中都起了浓雾,数十步之外便只能瞧见轮廓。不过,紫鹃最放心不下的倒不是严寒跟黛玉的身子,反而是她这几日显出的模样。从那一夜后,黛玉好似换了个人,忽地看开了一切。不论赐婚、宝钗、贾母,还是宝玉,好像全不在黛玉心里。黛玉眼里只剩下片片飞花，上午将装得满满的花囊埋在林中，下午便又缝制新的，第二日再用。虽然依旧轻咳不止，黛玉往昔的灵动与神采却回到了身上。换作往常，紫鹃定然喜不自禁，但如今乃非常时期，黛玉之反常倒叫紫鹃越发忧心，心里依旧盼着宝玉快些回来。

第五日清晨，二人依旧来到林边。紫鹃将花锄与花囊递与黛玉，嘴里叮嘱道："今儿个雾气太重，姑娘不要在里面待太久。"黛玉道："前几日将里面的众位花友收得差不多了。过了今日，便不必再来，我也该回去了。"黛玉嘴里又说出"回去"两个字，紫鹃不觉又是一惊，瞧着黛玉道："姑娘，你……"黛玉只是微微一笑，已将东西拿在手中，转身便朝浓雾绕着的林中走去。

忽地，后头响起一阵脚步声，跟着便是一人朗声唤道："林妹妹，我回来了……"紫鹃循声转过头看，却见宝玉满身风尘地打外头跑来。紫鹃见是宝玉，如逢了大赦一般，忍不住也跟着叫道："姑娘，看是谁回了！"哪知黛玉竟似没听着一样，只是缓步朝林中走去。

宝玉跑到小林旁，忽地想起黛玉不喜旁人进到花冢那边，不觉停下步子，只高声又唤道："妹妹，是我回了！"却见黛玉头也不回，纤纤细影渐渐隐没在了林间雾中。

第十二回 终身误

都道是金玉良缘,俺只念木石前盟。空对着,山中高士晶莹雪;终不忘,世外仙姝寂寞林。叹人间,美中不足今方信。纵然是齐眉举案,到底意难平。

宝玉连着叫了黛玉两声，却不见黛玉回头，只是径直走进叫浓雾包着的小林中。这时，柳湘莲打后面走过来，站在宝玉身边。两个人是连夜赶回的京城，走到荣国府门口时，天已然大亮。柳湘莲本不打算跟着宝玉进府，无奈宝玉执意如此，也就不好推托。宝玉打听到黛玉在这里葬花，顿时又发起痴来，一路跑了过来。柳湘莲既放心不下宝玉，又不想在荣国府里失了礼数，只好快步跟在后面，是故晚了一步来到小林边。

见黛玉没有理会自己，宝玉也顾不得许多，拔腿便要冲进小树林内。恰在此时，忽听到一旁有人问道："可是宝兄弟回了？"宝玉扭头一看，却是宝钗打蘅芜院那头走了过来。宝钗身后十数步外还有一人，正整理着手中一件素色棉斗篷，正是宝钗的贴身丫鬟莺儿。宝钗身上裹着一件大氅，莺儿那里的斗篷像是防备天冷一并带出来的。

见宝钗过来，宝玉忙道："宝姐姐安好。我先去瞧瞧里面的林妹妹，再给姐姐请安。"宝钗一听，露出惊讶神情道："颦丫头又在里面葬花？"紫鹃忙道："回宝姑娘，林姑娘今儿个一早就到了这里。"宝钗微微皱眉道："我正要去潇湘馆看她，怎地又跑到这里。这颦儿就是太由着性子，天气如此寒冷，这不是拿自己身子开玩笑？"宝玉忙道："姐姐说的是，我这就进去拉林妹妹出来，咱们一道去潇湘馆唠一唠。"宝钗摇头道："你又不是不知，颦丫头把葬花的地方看得最重，最讨厌男子进去。"说罢，宝钗转头对莺儿道："快进去请林姑娘，就说二爷跟我在这里等她。"莺儿连忙应了，将斗篷搭在胳膊上，快步走进了小林。

不多时，只听里面传出黛玉声音："你且等在这里，我将这些花神葬了，便跟你一道出去。"莺儿立即低声应道："是。"听见黛玉这样说，外头的宝玉不禁长舒了一口气。

不多时，只见一道纤细身影自浓雾中缓缓走出来，边走边以手掩住口鼻，不住低头轻咳。黛玉只走了两步，忽地停了下来，转身又走了回去。跟在后头的莺儿问道："姑娘，你……"只听黛玉道："我将花锄忘在里头。你且先出去，我拿了花锄，拜了花神便出去。"莺儿略一迟疑，又听见林中黛玉道："还不快出去，不要惊了花神。"莺儿只好又整了一整胳膊上的斗篷，快步走了出来，站在宝钗身旁。

宝玉、宝钗、柳湘莲跟紫鹃都直勾勾盯着浓雾中的小林，等黛玉拿了花锄出来。谁知左等右等，过了将近一刻钟，却依旧不见黛玉出来。宝玉再忍不住，抬脚往林中奔去。紫鹃与柳湘莲紧跟在宝玉身后，宝钗也带着莺儿走进林中。

宝玉穿过重重迷雾，径直来到林子最深处，口中不住唤道："林妹妹！妹妹！妹妹去了哪里？宝玉有话要说！"阵阵回声在林间回荡，却哪里有黛玉的踪影？只有一把小巧花锄立在一旁，下面的泥土显是刚刚被翻弄过。宝玉一路上担心之事，竟在刹那间成了真！

宝玉痴痴盯着泥土，忽地一下子跪在地上，发狂般用两只手刨了起来，口中依旧"妹妹"喊个不停。旁边四人都上来拉他，宝玉却一味痴狂，眼中泪水簌簌落在被自己翻开的泥土中。可是，泥土中有的只是一只装满了花瓣的纱囊，又哪里会有黛玉。宝玉双手颤着捧起了花囊，里面的花瓣随寒风片片飞落，仿佛对这尘世再无半分眷恋。

宝钗沉声问莺儿道："莺儿，方才只有你跟林姑娘在这里，究竟是怎么一回事？"一旁的莺儿气喘吁吁，一副惊魂未定的模样，听宝钗一问，忙垂手跪了下去，并不敢抬头。宝钗又道："不要慌张，一五一十说来。"莺儿答道："回姑娘跟宝二爷，我到了这里，见林姑娘正在往花囊里收着花瓣，却不叫我下手帮忙。我说姑娘跟宝二爷在外头等着，林姑娘只淡淡地叫我等着，说葬了花便去。我瞧着她将花囊埋了，直起身子，朝外面走去。我不敢多问，便跟在后头。哪知林姑娘忽地想起花锄忘在这里，转身返了回来，还叫我先出去。我也知道林姑娘的脾气，就先走了出去。后边的事，姑娘跟宝二爷都看在眼里。"

宝钗听了这番话，垂首无语。柳湘莲微微皱起眉头，不觉抬眼四下打量。这片小林在园子一角，除去众人站着的那面，余下三面皆是院墙。柳湘莲看过去，院墙甚是高大，上面平整光滑，漫说是黛玉，便是自己也不能从墙内一跃而出。况且外面便是街巷，早有往来行人走动。若是忽有黛玉这样的人物翻了出去，只怕外头早已炸了锅。可是，黛玉既不会出去，又去了哪里？忽地，柳湘莲觉得眼前所见哪里都透出异样，不禁抬眼打量面前几人，却又说不出哪里不对。

宝玉仍跪在地上，却已不再痴狂痛哭，反而喃喃念道："你们都不要找了，我知道，林妹妹定是去了仙界。三妹妹去了，云妹妹去了，如今林妹妹自然也是要去的。她们都去了，只留下我这样的须眉浊物……"

紫鹃早已泣不成声，宝钗、湘莲跟莺儿都想相劝，却不知该如何开口。又是一阵寒风吹过，将花囊中余下的花瓣皆卷到半空，四下散落，仿佛黛玉从未到过这里，更未在这里葬花。宝玉抬起眼，盯着漫天飞花，痴痴念道："尔今死去侬收葬，未卜侬身何日丧？侬今葬花人笑痴，他年葬侬知有谁？"

黛玉仙遁，已然将宝玉的三魂七魄也一并带了去。府里上上下下皆担忧宝玉撑不下去，却没料到自那日起，宝玉竟没再疯魔过一刻，甚至连眼泪也没再流过一滴。每日里也不梳洗更衣，更不踏出怡红院半步，只是痴痴地坐在床里，攥着黛玉绣的荷包，喃喃道："去了……你们都去了……"

袭人、麝月端来饭食茶水喂到嘴边，宝玉照吃照喝，也不抱怨酸甜苦辣；叨念累了，倒在床上便睡，一觉醒过来，也不论天黑天明，照旧坐在那里继续叨念。这一来可愁坏了府里上下，终日或求医问药，或围着宝玉哭天抢地，却不见半分起色。贾母想起前些年宝玉跟凤姐叫人魇了，是一个癞头和尚与跛足道人过来解了那一劫。贾母卧病在床，叫人再去找那和尚与道士，却哪里还在。

柳湘莲心中亦放心不下宝玉，让薛蟠带自己进府探看宝玉。宝玉却似从未见过柳湘莲一般，只直勾勾盯着眼前，并不朝柳湘莲投去一眼。柳湘莲一连唤了宝玉几句，不见答应，也只好叹着气退了出来。

这半年里，柳湘莲因故在府里进进出出了几次，早对这里了然于心。从怡红院出来，柳湘莲知道自己不便在园子里久留，便径直朝大门那里走去。可巧经过一片荷塘，却见管家赖大支使几个小厮在打捞枯死了的荷花叶子。时至隆冬，里面的叶子自然早已枯萎，叫人捞出来本不足为奇；奇的是，柳湘莲远远瞧见一伙子人围在塘边，低着头不知看着什么东西。

柳湘莲走到近前，正好叫赖大瞧见。赖大知道他是宝玉挚友，自然不敢怠慢，领着小厮齐向柳湘莲施礼。湘莲还了礼，开口问道："管家大人何故领人站在这里？"赖大忙赔笑道："柳二爷请了。小的在这里清理叶子，不想一把捞下去，抄起了一包物件到上头。大伙都想不明白，才站在这里犯迷糊。"

柳湘莲一听，随即问道："可知是何物件？"赖大侧过身子，指着地上的东西道："柳二爷上眼，就在这里。"柳湘莲两步走到跟前，蹲下身子仔细查看起来。地上铺着一块正方靛蓝包布，早已叫水浸透了，上头的颜色已然褪去了三四分。包布敞开着，里面裹着四样东西——第一样是装胭脂的小瓶子，里头的殷红胭脂膏子早被水冲刷干净，只剩下薄薄一层挂在瓶壁上。第二样是一只手镯，叫水泡了许久却还是光灿灿的，不见半点儿锈迹，可见是真金之物。手镯上面雕着一只彩凤，可谓栩栩如生。第三样乃是一方素色手帕，此刻已是脏兮兮的。最稀奇的还是最后一样。这一样是一把极小的刀子，拿在手中尚不及手掌一半，刀刃又细又薄，一时竟看不出是做什么用的。

柳湘莲忍不住捡起小刀，用食指轻轻拨了一下刀刃，不想竟被刺了一下，一滴血珠瞬时结了出来。柳湘莲微微吸了一口凉气，不禁叹道："这柄小刀比我的鸳鸯剑小巧百倍，不想锋利却更胜一筹。"

赖大站在后头道："也不知是哪个没规没矩的，把这样的东西扔在里头！"柳湘莲缓缓站起身来，似在答赖大问话，又似在自言自语道："扔东西的，我知道是谁，却不是个没规没矩的。"这一句话，叫赖大一头雾水，瞠目问道："柳二爷怎会知道？"柳湘莲依旧自顾自道："想不到，转了一圈，又回了走出来的地方。"

贾府内纵是一波未平一波又起，有件事却从未耽搁，那便是宝玉跟宝钗的婚事。众人心知肚明，黛玉是横亘在中间的最后一道关。这一回她仙遁而去,反倒成全了姻缘。宝玉成了任人摆弄的空壳子,宝钗亦不嫌弃未嫁夫婿痴痴傻傻,加上贾母身子一日沉过一日,众人都想着办了喜事冲上一冲。几层叠在一起,便有了最后的结果——腊月二十八这日,宝玉与宝钗成大礼完婚。

既是如此,紧跟着便有另一件大事要办。成亲之后,宝钗便要随着宝玉住进荣国府。贾母跟王夫人早叫人将荣禧堂后几间正房打扫出来,当作新人洞房。大婚当日,宝玉从荣禧堂出去,到梨香院接宝钗再回来,便是成了大礼。众人皆知,住进荣禧堂一线的,便是荣国府主事之人。

如此一来,大观园里竟无人再居住——去了李纨,嫁了迎春,丢了探春,没了惜春,遁了黛玉,现在又走了宝玉跟宝钗,就连栊翠庵的妙玉也不见了踪影,真真是个人去楼空。这半年倒霉事一桩挨着一桩,王夫人早想将园子关闭,如今正好名正言顺。大观园为元妃省亲而建,任谁都没想到,才过了三年,便落了个封园闭户的结果。

宝玉叫人架去荣禧堂后面正房,每天依旧如此,竟连婚事也不闻不问;宝钗更是在梨香院内不出半步,全凭母亲跟哥哥薛蟠在外头张罗。这一日,柳湘莲又来府中找薛蟠,将贺礼送上,又拱手施礼道:"除了送礼,小弟这回还有事相求。"薛蟠撇嘴道:"自家兄弟说什么求不求的。只是,我纵然带你去见了宝玉,也只是凭空添了不痛快。他还跟前些日子一样,连老子娘都不认了,你又凑上去做什么?只可怜我那妹子，盼星星盼月亮，如今却盼来个……"薛蟠硬生生将"傻子"两个字吞了进去。

柳湘莲道："这一回，却不是叫薛兄带小弟去看宝玉。小弟想见的，却是另一个人。"薛蟠瞪大双眼，一脸不解问道："另一个？也是要我带你去？"柳湘莲道："说出来甚是失礼，小弟这一回想见的……乃是令妹薛姑娘。"

柳湘莲万没想到，四大家族的千金、荣国府下一个主事人的闺房，竟能如此素雅，一眼望去四壁雪白，好似进了雪洞一般。宝钗并不在意柳湘莲露出的诧异神色，请他坐在了一旁椅子上。房中最显眼的，就要数书桌上的十数张宣纸，上面皆是蝇头小楷，显是宝钗刚刚写在上头的。宝钗叫莺儿送来热茶，便叫她在外头候着。见莺儿出去，柳湘莲歉声道："冒昧拜见姑娘，不到之处还望海涵。"宝钗道："柳公子不要说这样的话。这半年里若无公子上下照应，我等断然支撑不到现在。"

柳湘莲朝书桌瞧过去，开口问道："姑娘大婚在即，不想还有这等闲情逸致。"宝钗微微笑道："随手所写罢了。"柳湘莲道："在下索性再冒昧一回，可否拜读姑娘佳作？"宝钗好似早就料到柳湘莲会有此一问，将文稿放在柳湘莲面前放茶杯的桌案上，沉声道："公子不嫌耽搁了自己工夫便好。"

柳湘莲低头一看，每张纸上皆写着一首七言绝句，吟诵的都是一位古代先贤。最上头第一首写道：

楚江东逝巫山空，天问不及鼓舌能。
举世皆醉谁独醒？怀石遗恨汨罗中。

柳湘莲虽是江湖中人，却也是世家出身，颇通诗词曲赋。读过这第一首，不禁叹道："千百年里吟颂屈子者甚多，薛姑娘这首却与众不同。"宝钗垂手道："柳公子来这里找我，该不是只为了读诗。"柳湘莲道："姑娘果然蕙质兰心。既然冒昧读了姑娘佳作，柳湘莲自该礼尚往来。只是，今日带来的东西却不成体统。"

说罢，柳湘莲拿过带来的靛蓝包袱，俯身铺在地上，将里头的胭脂瓶子、素色手帕、又小又薄的刀子跟鎏金凤镯一件件摆了出来。宝钗并不惊讶，只瞧了一眼，淡淡道："这几样东西确是稀奇。"柳湘莲直起身子道："姑娘不问这都是些什么？"宝钗道："我便不问，柳公子也会说与我听。"柳湘莲点头道："那我便姑且说一说。这些东西先前有人在我跟宝二爷面前问过，这人便是琏二奶奶跟前的丰儿。那一日贵府遭逢不幸，先是二奶奶的娘家哥哥遇害，后来又丢了大姐。众人散去之后，丰儿跑来一通找寻，说琏二爷房里的秋桐姑娘丢了一瓶胭脂、一方素色手帕跟一只鎏金凤镯。当时任谁也没留过心，不想前日这些物件竟从贵府荷塘里捞了出来。非但一样不少，反倒多出了一把极小巧极锋利的刀子。"

宝钗低头看了一眼地上的小刀，只说了一句："反多了一件，确是不同寻常。"柳湘莲道："虽不同寻常，却并非无迹可寻。旁的不说，现在回想，这样的刀子，我是见过的。"宝钗问道："柳公子在哪里见过？"柳湘莲道："中秋夜宴那晚，在琏二奶奶的手里见过。"

饶是宝钗这等人物，听了这一句，身子也不由得微微一震，但也只在一瞬之间。柳湘莲又道："想来薛姑娘记得，那日琏二爷跟二奶奶起了争执。二奶奶一时急了，随手拿了桌上剥蟹壳的小刀，在琏二爷腿上划了一下。那一把小刀，便跟眼前这把一模一样。"宝钗道："依柳公子说来，二奶奶抄起来的那把，后来叫人扔到荷塘里了？"柳湘莲道："虽说蹊跷，可倒也并非全无可能，琏二爷伤了之后，到处乱作一团。刀子掉在地上，被人一脚踢进了荷塘也未可知。可奇就奇在，刀子竟叫人包裹起来，跟胭脂瓶子、素色手帕、鎏金凤镯一并沉进了荷塘。这几样东西，是秋桐姑娘房里不见了的。偏偏这位姑娘，却又是受了伤的琏二爷的屋里人。"

宝钗道："柳公子绕了一圈，却想说些什么？"柳湘莲道："便是二奶奶跟平儿姑娘，也不能随意进出秋桐姑娘房里。能拿走这么多东西的，怕是只有琏二爷一人！"宝钗依旧不动声色道："琏二爷拿这些做什么？"柳湘莲道："薛姑娘问的是。琏二爷平白拿了这些，到了晚上就出了许多意外；再往后，这些物件连同伤了他自己的东西，又被扔进了荷塘里。若将这些串联起来，任谁也不能说里头没藏着蹊跷吧。"

宝钗道："听这话，柳公子已将这些串联到一起了？那我真是要洗耳恭听。"柳湘莲道："柳湘莲万不敢当。不过这些胡话说出来给薛姑娘解闷儿，倒也无妨。"柳湘莲略沉吟片刻，又开口说道："中秋那夜，琏二爷忽朝二奶奶发难。虽说二爷提的那几桩事桩桩属实，但在下看在眼里，却是来得无头无尾。有些事已然过了数年，二爷为何偏偏选了中秋夜发作？须知撕破脸面，二奶奶纵然声名扫地，可全府上下也都摆脱不了干系，就连二爷自己也难独善其身。另一边，二奶奶更是叫人料不到，竟一刀子伤了二爷的腿。随后，王仁便在夜里丢了性命，死在了自己房里。我思之再三，并不能认定哪一个是行凶之人，却能认定一人断断不会是真凶。这个人，便是腿上伤了、行走不得的琏二爷。在下对此深信不疑，直到瞧见了这包东西。我立时想到，若是有人反其道而行之，岂非就能骗过众人。我之所以没有疑心琏二爷，全是因为二爷伤腿在先，王仁被杀在后。可若是二爷本就没有叫二奶奶伤了，趁着身边的人都去请医取药的空子，跑过去杀了王仁，再原路返回来，岂不是易如反掌？"

宝钗道："可琏二爷腿上的伤叫郎中看过了，那可是实打实的。"柳湘莲道："伤了不假，可受了伤的时辰，却是假的。琏二爷跟二奶奶想是早就商定了，故意在众人眼前撕破了脸。二奶奶看似随手，实则早有准备。她抄起桌上剥蟹壳的刀子，朝琏二爷腿上划去。这一下根本没伤到二爷。二爷却顺势倒了下去，打怀里掏出这方素色手帕，一把捂在了伤处，立马有殷红色自手帕上渗了出来。当时我并不疑心，如今不仅见了那方手帕，更见了它跟一瓶子殷红色胭脂在一块儿，便不由得多生出了几个心思。若是在下所料不差，琏二爷从秋桐姑娘那里取了手帕跟胭脂，便是跟二奶奶演戏给大伙看的。二爷早将胭脂调好，抹在手帕上，又将帕子揣在怀里。二奶奶一动手，他便用帕子捂住膝盖。旁人皆惊慌失措，哪里还会起疑，都认定二奶奶伤了他，更认定他不能下地走动。

"如此，琏二爷便神不知鬼不觉杀死了王仁。只是，片刻之后便会有郎中过来诊治。若是见自己腿上无伤，这出戏便唱不下去了。他早有准备，取出了带在身上的又一把剥蟹壳的刀子。像这样吃蟹用的器具，贾府里少说也有三五十套，拿一把一模一样的出来断非难事。琏二爷狠下心，拿了刀子在膝盖上划了一道，将假的弄成了真的。随后只剩下一处破绽，便是手里的刀子、偷来的胭脂跟手帕都万不能叫旁人瞧见。琏二爷将这几样东西包在一处，又在里头添上了一只鎏金凤镯。窗户外头便是那座荷塘，琏二爷便一下子将包裹甩了进去。那只金镯子自然是为了压住分量，叫包裹沉入塘底。如此一来，便是天衣无缝了，任谁也疑不到不能动弹的二爷身上。"

宝钗听了这一大段，半晌无语，脸上却不动神色，只淡淡道："柳公子心思缜密，叫人敬服。只是有个大关节始终不曾讲明。若真是琏二爷串通了二奶奶做下了这些，为的又是什么？二奶奶何苦叫夫君去杀自家哥哥？"

柳湘莲并未立即回话，反而低头盯着桌上的诗稿，过了良久才沉声说道："当时看去，二奶奶确是没有道理打这样的算盘；后来在平安州那边翻出了王仁跟忠顺亲王那边来往的书信，便不难理解了。这个王仁看贾王两家将倾，便昧着良心投靠了那边，竟然勾结仇都尉的儿子，故意放印子给他，还留了借据。这件事闹腾起来，二奶奶跟整个贾府都脱不了干系，忠顺亲王便可从这里下手扳倒政敌。这事叫二奶奶跟琏二爷知道，便不得不先下手为强。想来，王仁忽被二奶奶叫来府里赴宴，绝非轻率偶然之举。"宝钗道："若二奶奶真是觉察出来，把老太太那五千两银子给他就是了，又何必把二爷跟自己搭进去，落个两败俱伤？"

柳湘莲似全未听到，只将宝钗作的第二首诗拿在手里。这一张上写的是：

执节饮雪十九冬，蛮王怎撼苏子情。

南望长安日复日，致使鸿雁泣血鸣。

柳湘莲反复读了几遍，才放下手里的诗稿道："若只关乎府里荣衰，或可从长计议。只怕是，那个王仁丧心病狂，竟要做出更加败坏纲常的事，这才落了个死于非命的下场。"宝钗问道："他又想做什么？"柳湘莲道："二奶奶是个通透之人，不会瞧不见远虑近忧。她自己留在京中知命强英雄，也要为大姐谋划妥帖。依我看，二奶奶本来是要将大姐托付于王仁，叫他把外甥女领回金陵原籍。可谁又想得到，这个娘舅是个十足的狠舅，计划着把人领出去交给人伢子。如此一来，二奶奶跟琏二爷便是拼了性命不要，也断不能留他在世上。"

宝钗道："为人父母的为儿女着想，原也是有的。只是若按柳公子所说，王仁死了，大姐就该平安无事，怎地平白还是出了差池？难不成防住了王仁，没防住蓉哥儿？"柳湘莲摇头道："薛姑娘这一回怕是冤枉了蓉哥儿。狠舅确是狠舅，奸兄却未必是奸兄。"宝钗追问道："那蓉哥儿跟大姐又去了哪里？"柳湘莲道："蓉哥儿这边，暂且放下，先只说大姐。大姐确是叫人带走不假，这个人却不是蓉哥儿。"宝钗问道："那又是谁？第二日除去蓉哥儿，东西两府并不缺了哪个。"柳湘莲道："既是府内不缺，那必是外头的人。薛姑娘断不会忘记，那一晚，说巧不巧，偏偏就有个外头的人过来凑热闹。见出了事，又早早出府而去，任谁也没在意。"

宝钗略一思索，随即答道："公子说的是刘姥姥。"柳湘莲点头道："我问过宝玉，这一回刘姥姥已是三进大观园，只怕早已是熟门熟路。这刘姥姥与二奶奶跟大姐颇有些渊源，便是大姐的乳名，都是刘姥姥起的。头两回，大姐跟刘姥姥的外孙板儿玩在一处，必定也跟姥姥熟了。这个老人若是骗她说抱她去找娘亲，大姐定然不会哭闹迟疑。"宝钗叹道："难怪那一夜守着的人什么也没听见。只是……刘姥姥进府时领了板儿，若出府时一个变了两个，送她的人怎地并不拆穿？"柳湘莲道："刘姥姥说自己带了板儿进来，天黑板儿乏了，便安排到偏房睡下。除了接她进来的周瑞家的，我等从未见过板儿。而这周瑞家的，偏又是太太的陪房，唯二奶奶之命是从……"宝钗道："公子是说，这些二奶奶也早做了安排？"柳湘莲道："还是那话，二奶奶是何等通透之人，虽被王仁辜负，但早已打定了心思，这大姐是无论如何不能留在府里的。人人都知道板儿不离刘姥姥左右，是故见她抱了孩子出去，谁都不起疑心。况且适逢深夜，孩子定是被裹得严严实实，又有周瑞家的照应，真真是万无一失。我早有听闻，这个刘姥姥两番得了二奶奶好处，这一回，大姐也算是前人栽树后人乘凉了。"

听到这里，宝钗不禁叹道："二奶奶为保全府里老少，竟然跟琏二爷谋划出了这样置之死地而后生的法子，着实称得上巾帼英雄。"柳湘莲却道："二奶奶固然是非凡人物，但这'巾帼英雄'四个字，却不该只由她一人担当。"宝钗问道："柳公子这话又作何解？"柳湘莲道："薛姑娘何必过谦！若只有琏二奶奶一人担得，今日我又何必到这里搅扰姑娘……"

这一句说出来，房里顿时陷入沉寂。宝钗只低下头，柳湘莲翻看起了第三张诗稿，见上面写着：

未央中断龙门开，百卅春秋鉴兴衰。
武帝无端辱司马，难阻史笔落案台。

宝钗忽抬起头，沉声道："柳公子心中想的，不妨都说出来。"柳湘莲道："若只是死了王仁、走了大姐，在下必会认定是二奶奶谋划的。可后面闹出来的几件事，却不能不叫我疑心。头一桩自然是宝蕴楼里三家公子丧命。其中手段我已说得明白，只是这手段背后，怕是另有隐情。"宝钗道："愿闻其详。"柳湘莲道："其中隐情有三。其一，贵府老太君最是疼爱小儿女，京中无人不知。怎地这一回却将二小姐的终身大事视如儿戏？天下人都知道孙、钱、赵三家皆非善类，更与忠顺亲王勾结，老太君又怎能不知？除非……除非老人家早就知道这婚是结不成的。其二，三家公子皆是蠢徒，怎地一夜间竟想出了如此精妙的杀人嫁祸之法？既能想到，又如何都露出了如此明显的破绽？莫不是三人背后有人指点，而正是这指点之人将三人送进了鬼门关？其三，乃是在下最不解之处。案发那天，我一时找不到头绪，亏得薛姑娘提到了楼门口放伞的架子，才叫案子柳暗花明。在下有所耳闻，薛姑娘向来谨言慎行，为何那一日偏偏说了出来？"

宝钗淡淡笑道："无心之言，却叫公子想偏了。"柳湘莲亦笑道："虽是无心之言，只怕更是有心之失。就是姑娘这一句，点出了三人自杀自灭的真相，才叫三大家族知难而退，没再向贾府发难。"宝钗回道："无论如何，总是公子多虑了。"

见宝钗依旧不动声色，柳湘莲也不急躁，又低头翻看第四张诗稿，上面写着：

白羽依旧没棱中，龙城射虎鬼魅惊。
千载明月洒关塞，飞将皓首却难封。

读过这一首，柳湘莲不禁长叹一声，放下诗稿道："二小姐这边若说无心，三小姐那里，却断然是有意。"宝钗道："怎地又说到那边去了？"柳湘莲道："不论哪边，说出道理便好。三小姐平白不见踪影，此事乍看毫无破绽，在下亦理不出头绪。三小姐一人在房里，宝二爷、薛姑娘和那个张嬷嬷都在外头拉过房门，房门却纹丝不动。后来听宝二爷讲，那一刻其余人皆慌了手脚，唯有薛姑娘镇静自若，叫二爷跑去喊我，叫张嬷嬷到园子门口去喊那两个侍卫。二人离开前，三小姐就在里头，这是千真万确的；待我跟两个侍卫赶到那里撞开了门，三小姐已然不在，这也是千真万确的。如此一来，在下贸然猜度，三小姐羽化而去，便是这一去一回之间的事。在此之间，守在门口的，却只有一人。"

宝钗道："柳公子何必遮掩，这人便是宝钗不假。只不过公子不要忘记，先前宝玉跟张嬷嬷亲手拉了房门，房门纹丝未动，可见确是从里面闩着的；后面两个侍卫将门撞开，门闩断成了两截，亦可证明我所言不虚。既然前面后面那里的门都闩着，里面的人去了哪里，又与我何干？"

柳湘莲道："亲眼所见，却未必属实吧。后面那两个侍卫撞门而入，大伙瞧见门闩折成两截扔在屋里，自然觉得门是闩着的。但若细想，倘若有人事先弄断了门闩扔在屋里，再将门虚掩，外面的人用了十成气力撞进来，根本觉察不出房门究竟上没上闩。大伙之所以深信不疑，一是进屋瞧见了断掉的门闩，二是宝二爷跟张嬷嬷都说自己拉了房门，力证房门是从里面闩着的。如此一来，便人云亦云了。"

听了柳湘莲这番话，宝钗一语不发。柳湘莲又道："说了后头，再说前头。宝玉跟张嬷嬷拉过房门，都说是纹丝不动。我后来看了撞坏的门板，已然有些老旧。纵然从里面闩了，纵然宝玉跟那个嬷嬷力气不大，却也不该是纹丝不动，况且后来还有薛姑娘帮忙。这样一来，在下不由得心中生疑。大伙进去屋里，只见一些木板拓片四处散落，其中一块上面沾了血迹。若是三小姐出了意外，屋子里有些血迹倒不稀奇，可奇就奇在，十几块木板横七竖八散在里头，竟只有一块有血。在下是久闯江湖之人，打打杀杀也算见了不少。漫说是人出了事，便是杀鸡屠狗，溅出来的血也断然不会如此规整。"

宝钗忽道："我等不比柳公子见多识广，公子说的这些，我全没体会。"柳湘莲似没听见宝钗这句，接着说道："木板上的血迹为何会这样？起初我也不明所以，只好先退了出去。我跟着宝二爷走到楼梯下面，宝二爷心里一急，狠狠跺了一脚，正跺在楼梯最末一级的下头。宝二爷这一脚，跺在地上，更是跺在了我心头。"宝钗道："这话我更不懂了。"柳湘莲道："先前我留心瞧过贾府各处铺着的大红猩猩地毯，但凡铺在楼梯上的，总要在最下一级楼梯下面再长出一截，绝无例外。可偏偏三小姐出事那天，毯子只搭在了最末一级楼梯上，这难不成只是个巧合？我便又返了回去，俯下身子查看了直铺到房门口那方平台上的毯子。我揭开门口那块毯子一看，另一面竟然也沾着木板上头的血迹。"

宝钗道："那里怎会也有血迹？"柳湘莲道："总共两处沾了血迹，一处在木板上，另一处便是毯子背面。如此一来，便只有一种解说：有人将木板放在了毯子底下！毯子叫木板垫了起来，上边高出一截，下边自然便要短了一截，是故宝二爷那一脚，才跺在了地上。"宝钗问道："那几块木板分明在屋子里，如何又到了门外头毯子下面？"柳湘莲道："薛姑娘问得好。破门后木板在里头是真的，破门前木板在外头也是不假，既如此，便只能是在这二者之间开了房门，将木板从外头移到了里头。想那三小姐，也便是在这个时候，从里头跑到了外头。这期间，似乎只有一人留在门口，便是薛姑娘。"

柳湘莲见宝钗并不搭话，便又说道："话讲到这里，容在下冒昧揣测。三小姐奉旨远嫁，自然违了贾府上下心愿。只是皇命不可抗，三小姐若是不见了，东西二府都要受牵连。可是，倘若是老天叫她隐了去，便是谁也管不得了。于是乎，才有了这一幕三小姐临帖仙遁。旁人以为三小姐要了那些木板是为了写字，在下却觉得那些都是放在地上抵住房门的物件。三小姐突然着了魔一般，头一个跑过去的必定是那个张嬷嬷。门本就是朝外开的，张嬷嬷必定会用力拉门。只要叫她认准了门是闩着的，后面的事便都好办了。只是那扇门已然老旧，若是不巧真被她拉开进了去，整日待在三小姐身边，后头的戏便没法儿唱了。是故在这里，须找个叫张嬷嬷断断不会拉开门的法子。这个法子，便是那些木板。三小姐早就把木板放在了门口平台上，拿毯子盖了起来。木板和台子大小一般，张嬷嬷又是外来人，哪里分辨得出，只当多了一级楼梯罢了。只是，为了盖住木板，毯子不免要高出一截，下面自然也短了一截。还有就是，木板是深色，毯子偏是猩红色，若是露出来可不得了。于是乎，有人便在最上头那一块木板上涂了些血迹，为的是一眼瞧过去，和猩红毯子浑然一体。事后三小姐去了，屋子里出了些血迹，反而更能扰乱视听。

"一切安排妥当，那个张嬷嬷便像蠢鱼一般钻进了网子。她踩在木板上头，用力拉门，却不知用的力气越大，身子也就越沉，压得门前的木板越瓷实。宝玉上去帮忙，两个人都踩在上头，自然更是越帮越忙。到这里，张嬷嬷已是深信不疑，门确是闩上的。她哪里知道，里面闩了倒也不假，只是房门纹丝不动，却是因为在外头顶了木板。

"宝二爷跟张嬷嬷离开之后，三小姐开了门打里边出来。

想是贾府早就安排妥当,给三小姐找好了去处。薛姑娘将木板收进屋里,又把事先折断的门闩摆在里面,随后将门关紧。两个侍卫过来,一下子撞了进去,更加坐实门是从里头闩上的。如此一来,三小姐便是仙遁无疑,无论如何也怪罪不到贾府头上。"

宝钗忽地说道:"柳公子的茶想是冷了,这便与公子重瀹一杯。"说罢,宝钗唤莺儿进屋,端去了柳湘莲的茶杯。柳湘莲见宝钗对自己所说未置可否,也不再客气,只是低头看着第五张诗稿,上面写着:

只手补天将星微,五丈秋风终无悔。
草庐田桑俱如旧,不见昔人躬耕回。

不多时,莺儿将新茶端了上来。柳湘莲端起三才盖碗,用盖子拨弄上边的茶叶。宝钗微微笑道:"柳公子安心便是,我叫莺儿泡的只是香茶,里头并没有别的东西。"柳湘莲顿时一愣,随即放下盖碗,笑答道:"莫非薛姑娘已然猜出在下要说什么?"宝钗道:"探春妹妹的事了了,紧跟着的自然是夏公公中毒身死之事。"

柳湘莲道:"话讲到这里,也没什么要说的了。既是琏二奶奶跟薛姑娘都在局中,贾府老太君又怎能置身事外?先前五千两银子便是老太太拿出来的,后头二小姐招亲更是老太太力主,如今三小姐没了踪影,宫里必定叫夏太监来问话。这夏太监也是坐在忠顺亲王那边的，如此一来，也是断断不能留他。只是这一回纵然谋划得周密，也叫老太太以身涉险了。"宝钗淡然道："凤姐姐跟我都劝老太太珍重，老太太却说，这一回若不是自己出去卖个脸面，夏公公万不会轻易就范。"柳湘莲不禁长叹一声道："难怪世人都说老太君最是疼爱儿孙。若在下想得不错，那日老太君跟夏太监喝下去的茶里，放的并非断肠毒药，只是叫腹内一时疼痛的猛药。两杯茶里都是如此，是故夏太监不论拿起哪杯，后果都是一样的。"宝钗点头道："只有这样，夏公公的人才不会疑心。"

柳湘莲又道："夏太监腹中剧痛，早已经慌了手脚，来不及分辨，便服下了西洋的呕吐药剂。他哪里知道，老太君服的是呕吐之药，他自己吃下去的，却是断肠毒药。不过一刻，老太君转危为安，夏太监却一命呜呼。他手下的人亲眼见了老太君跟他喝了一样的茶水，服了一样的解药，却想不出其中关节。趁荣禧堂一片混乱之时，只要将毒药偷偷放些在夏太监用过的茶杯里，便将所有事情都坐实了。事后，只将一切都推在走了的王善保家的身上，府上又可平安无事，还顺道除去了夏太监这个敲骨吸髓、随时会出卖全府的祸害。"

宝钗道："公子只怕还漏了一节。"柳湘莲道："请薛姑娘指教。"宝钗道："老太太借题发挥，将珠大嫂子跟兰哥儿撵了出去，乃是为他们寻一个抽身退步的出路。"柳湘莲被宝钗一语点醒，不禁叹道："难怪老太君要叫珠大奶奶出去招待夏太监！只是……老人家这个心思，珠大奶奶未必能明白。"宝钗道："老太太早就说了，但凡儿孙得福，知不知道老辈子人的用心，都不打紧的。"柳湘莲道："那之后借题发挥，将一干人引到平安州去，叫蓉哥儿拿几口棺材哄了贾雨村等等，也都是安排好的？"宝钗道："贾雨村忘恩负义，借他之手将王仁、仇都尉、孙钱赵三家、夏公公等的丑行公示天下，也是理所应当；另一边，平安州那边确有府上不少产业，都是凤姐姐听了蓉哥儿媳妇的话置下的。如今已是山雨欲来风满楼，寻个借口将蓉哥儿送出去，变卖了产业退身而去，也早在计算当中。"柳湘莲道："难怪王仁出事当晚，蓉哥儿就不见了踪影，又故意在平安州那边现了身。老太君跟琏二奶奶、薛姑娘，真真是算无遗策！"

说到这里，柳湘莲又低头看着第六张诗稿：

艰难困苦独登高，国破流离浮萍漂。

广厦千万欢颜日，寒毡浊酒祝舜尧。

宝钗却叹道："公子休说什么算无遗策……若真是如此，后面的事也不会……"柳湘莲道："薛姑娘，说的是四小姐……"不料，宝钗却摇头道："我讲的，乃是妙玉。"

宝钗这一句，叫柳湘莲大惊失色。今日柳湘莲来找宝钗，自觉已将前前后后的事想了个明明白白。不料说到惜春这里，宝钗的反应却跟柳湘莲预料的大相径庭。柳湘莲急道："薛姑娘怎地在为妙玉叹息？四小姐之死……"这一回，宝钗竟没等柳湘莲说完，便插话道："去了的并不是惜春，而是……妙玉！"这一句更是出乎意料，叫柳湘莲哑口无语。宝钗低头道："想来柳公子已将惜春的事猜出个七七八八。老太太故意叫四妹妹画了那幅画，将仇都尉一干人引去了瓜洲。原本，四妹妹会将装了冰块的箱子运上船。于仇都尉眼里，府中藏匿的珍宝自然比四妹妹要紧百倍，是故一准儿会朝箱子扑去，四妹妹便可脱身而去。"柳湘莲道："可那个妙玉……"宝钗道："任谁也没想到，妙玉在栊翠庵得知四妹妹有难，竟挺身而出，将仇都尉带去了瓜洲。"柳湘莲道："如此说，妙玉过去为的是救人，并非将贾府出卖给了仇家？"宝钗道："起先我等也都以为妙玉反了水，前些日竟收到四妹妹从外头送回的消息，才知道咱们都冤枉了妙玉。妙玉一生不与世俗同流，便是去了，也被我们这些俗人误会。"

宝钗这番话说得举重若轻，却字字击在柳湘莲心头。宝钗续道："四妹妹信中说，妙玉到了瓜洲隐灵庵，进门便与惜春商议如何助她。不料，仇都尉儿子跟了进来，发觉了妙玉用心。妙玉拼死与仇衙内相搏，最后两人死在了古佛跟前。临去前，妙玉撑着最后一口气告诉惜春，叫她跟自己换了衣服，穿上那件百衲衣，再剪了自己头发带在身上，以备不时之需。之后，便放火烧了隐灵庵，将二人尸首化为焦炭。进来的人分不清面目，又看其中一具尸首是女尼模样，定然以为惜春已死，走了妙玉。那时，惜春便用那几口箱子金蝉脱壳。事成之后，惜春只需褪下百衲衣，扔了那束头发，便可做回自己。仇都尉纵然上天入海，也找不到那个逃走了的'妙玉'！"

柳湘莲惊道："果然是一招奇谋！难怪出事之后，瓜洲那边掘地三尺，都不见妙玉的踪迹。"宝钗点头道："妙玉从未得知其中的谋划，却能凭惜春作画猜出个七七八八，可见其绝非凡人。只是，这样的人物，竟然……"讲到这里，宝钗不禁回过了身子，再也说不下去。

柳湘莲亦呆呆坐在那里，过了半晌才缓缓低下头，心中念着第七张诗稿：

孤臣未逢盛世宁，马革辗转碾悲情。
南庭若有田横骨，何须寥落叹零丁？

过了良久，宝钗才抬起头来，脸上没了方才的悲伤神色，口中说道："想不到，凤姐姐、大姐、珠大嫂子、二姐姐、三妹妹、四妹妹的事，柳公子竟都料得八九不离十！"柳湘莲道："在下并非故作谦虚，但薛姑娘这番称赞，在下无论如何承受不起。这一回所以敢打定主意前来叨扰薛姑娘，一大半是因为湘江上史大姑娘的事。史大姑娘的事，并非是在下揣测出来，而是在那里凑巧遇到了一位故人。"宝钗笑道："公子遇到的，可是卫若兰卫公子？"柳湘莲已不再惊讶，也笑回道："正是卫大哥。我在湘江口那夜，本想救史大姑娘出来，不想叫人察觉。偏在最前头追赶我的跌了一跤，我才侥幸得脱。第二日见史大姑娘要被送回船上，我便要来个鱼死网破，谁知却被一旁的人紧紧拉住。我扭过头一瞧，不是卫大哥却是谁？他一身船上杂役打扮，我险些没认出来。此时我才知道，前一夜摔倒救了我的人，也正是他。"听柳湘莲说到这里，宝钗也不觉莞尔一笑。

柳湘莲又道："卫大哥告诉我莫要轻举妄动，当夜自己便会救史大姑娘出来。他跟我说，自己打西边寻了卫老伯尸骨，回到京里，才知道金陵史家已被抄没，史大姑娘也要被押去川中。也就在这时，一位朋友指点了卫大哥一条妙计，让他速速南下装扮起来，混进官船的杂役中。如此一来，我才能在那里遇着卫大哥。他对我说，跟他一道上船的，还有冯紫英冯大哥、倪二哥跟贾府里的芸二哥。我又问是哪个朋友为卫大哥出了妙计，听他说了这人名姓，我一颗心算是落在肚子里，知道那晚自己不出手，史大姑娘也必定转危为安。"

宝钗忽道："你便这样信得过那个出主意的？"柳湘莲笑道："不光在下信得过，只怕说出来，薛姑娘比我更信此人十倍百倍。给卫大哥送信儿的，正是薛姑娘的兄长。"宝钗不觉莞尔，摇头问道："柳公子说的我信过旁人十倍百倍之人，却是家兄？"柳湘莲亦笑道："送信儿的是薛大哥不假，在下信得过之人，却不是他。卫大哥告诉我，薛大哥不仅将史大姑娘境遇、行程说了个清清楚楚，还把运送她的官船构造讲得明明白白。最后，薛大哥更是献上妙计，告知卫大哥如何救史大姑娘出来。卫大哥将这些记在心里，才叫了冯大哥、倪二哥跟芸二哥过去。"

说到这里，柳湘莲微微一顿，又说道："在下跟薛大哥打过交道，知道他断不是在这些事上用心之人。这一回却计划得头头是道，想来定是受了高人指点。这背后的高人，才是叫我信得过的。"宝钗也不再客套，只缓缓说道："家里世代为皇家采买，我跟妹妹宝琴南边北边也都去过，各式官船也都乘过，无非现学现卖而已。"

话说到这里，柳湘莲与宝钗皆已释然，再也不必打着哑谜。宝钗起初还处处防范，后来沉默不语，此刻见柳湘莲已经推出个七七八八，知道再遮掩亦是无用，更知柳湘莲绝无恶意，反而坦然应对。柳湘莲道："救出史大姑娘的法子，在下虽猜出大略，毕竟不是亲眼所见。薛姑娘若不介意，可否赐教。"

宝钗道："这事说来简单，只不过借了船上一排五间屋子一模一样罢了。卫公子混在船上，乘人不备给湘云妹妹传了话，叫她无论如何要将看守她的人引去船下。湘云妹妹最是聪慧，立时寻了借口，将一干人引去了船下酒馆中。此刻船上无人监看，卫公子四人便拿了事先备好的一样东西，装在了第一扇房门跟第二扇房门间。柳公子可知他们装上去的是些什么？"

柳湘莲道："若在下猜得不错，该是一扇与其余五扇门一般无二的假门。"宝钗点头道："正是！他们在船壁上打了榫卯，将假门装上。不多时，湘云妹妹吵闹着被送了回来。当时众人早已经乱了方寸，无人在意五扇房门成了六扇。只知道湘云原本在第三间里，推开第三扇门，便把她关了进去。那些人却不知，湘云进的乃是第二间房。随后，卫公子守在这里，叫管事的下去用饭。那些人才走，他们几个马上拆下了假门，那里只剩下船壁上的孔洞跟地上的木屑。管事的回来，一下子坐在第三扇门前，以为万无一失，却不知湘云只在隔壁，他背后房里空无一人。待他夜里睡去，卫公子几个只需轻声领湘云妹妹出去，便成了'云散高唐，水涸湘江'。"

宝钗所说虽与自己所想大差不差，柳湘莲还是忍不住低声赞道："薛姑娘真真是女中英雄！"说到这里，柳湘莲正好低头看到手边第八张诗稿：

诤臣何曾出深山，寇盗压城却等闲。
孤直高洁遭人妒，忠肃光耀荡世间。

柳湘莲还在斟酌诗中含义，宝钗却道："湘云妹妹之后，柳公子只怕该问到林姑娘了。"柳湘莲忙回过神来道："正是。"宝钗笑道："湘云妹妹这边是我说了；林姑娘那边，柳公子都看在眼里，现下说出来又有何妨？"听宝钗这样一说，柳湘莲道："如此，在下便再莽撞一回。既然之前诸位小姐皆去得有缘故，我想，林姑娘仙遁，也绝不会没有缘由。那天宝二爷叫了林姑娘几回，先是林姑娘置若罔闻，又是薛姑娘过来拉住宝二爷不叫他进林子，我便料定其中必有玄机。思之再三，发觉薛姑娘使的，却是世上最简单又最胆大的障眼法。"

宝钗道："愿闻其详。"柳湘莲道："当时，薛姑娘叫莺儿姑娘进去请林姑娘。莺儿手上拿了斗篷进去，不多久便跟了林姑娘出来。林姑娘忽地想起花锄落在里头，转身返了回去，只有莺儿姑娘一人走了出来。莺儿不住整着胳膊上的斗篷，将自己的脸都遮了起来，一边整一边退到了薛姑娘后面。此刻，不论宝二爷、紫鹃姑娘还是在下，皆全神贯注盯着林中的林姑娘，都未曾注意莺儿。后来里面没了动静，我等一起进去，却见不到林姑娘踪影。莺儿在一旁说林姑娘不见了，我等更是方寸大乱。混乱间，我依稀觉得眼中所见好生奇怪，却又说不出怪在哪里。忽然间，我如梦方醒，奇怪之处就在莺儿身上。我等跑进林子之后，她一直拿在手上的那件斗篷已然不见，只是垂着手回薛姑娘的问话。"

宝钗淡然道："这等伎俩，也只能瞒柳公子一时。"柳湘莲道："薛姑娘过谦了，虽只一时，却已将大事做成。我思前想后，才明白其中关节。打林子里出来、拿斗篷遮了脸的，并非莺儿，却是林姑娘！待我等跑进林子，她早已从不显眼处离开，真真是仙遁而去。莺儿一直留在林中，等薛姑娘问话，急忙在一旁搭话。我等都以为她也是跟着跑进来的，却是大错特错。想来薛姑娘早已和林姑娘商议稳妥，只等那日依计而行。隆冬时节，每日清晨林中大雾弥漫，想来这些早在薛姑娘计算当中。"

宝钗道："不过是学了武侯借箭之法罢了。林姑娘打林子里出来时，只有那件斗篷遮挡，也是无奈之举，险中求生而已。"柳湘莲道："越是险计，越能掩人耳目，就像是武侯空城之计，非大才不敢用之。"

宝钗听了，朝柳湘莲施了一礼，不再回话。从凤姐到黛玉，柳湘莲已将想问的悉数问过，此时反倒没了话，只好低头看着手上最后一张诗稿：

兴衰涂炭逞干戈，匹夫走卒岂无责？
覆巢何处求完卵，亭林湖畔洗沉疴。

见柳湘莲良久无语，宝钗开口道："柳公子事已问了，诗也看了，可还有赐教？"柳湘莲道："安排府中诸芳退步抽身，才是元妃娘娘召老太君跟薛姑娘入宫的缘由吧？"宝钗点头道："正是。"柳湘莲又问："前前后后这些，便都是老太君、琏二奶奶与薛姑娘定下的？"宝钗道："事关重大，不可让太多人知晓。忠顺亲王势大，府里人口众多，下人中未必没有他安插的耳目，即便血亲，也未必没有王仁那般见利忘义之辈。诸位姑娘乃是事到临头才被告知。至于宝玉那边，他最是至情至性，万不可叫他知道。"柳湘莲道："薛姑娘可谓用心良苦！只是……在宝二爷眼里，先是失了身旁挚爱之人，后来又被安排跟薛姑娘成婚。薛姑娘若不说个清楚，只怕宝二爷今生都要误会。"

宝钗却只是淡然一笑，说道："柳公子切勿挂怀。公子说的这两处，在宝钗看来并非无解。头一条，不论是二姐姐、三妹妹、四妹妹，还是湘云妹妹，乃至宝玉最……乃至林丫头，一个也没失了。这一劫过去，她们自会在一处最稳妥的地方相聚，又何来宝玉失了挚爱之人？漫说是人，便是往后生活所用，老太太跟凤姐姐也早就预备下了。"柳湘莲又是一惊，问道："薛姑娘是说……"宝钗点头道："蓉儿将平安州那边变卖来的银子带了过去。除了这些，仇都尉心心念念追究的那些东西，终究还是留在了贾府手里。"柳湘莲道："可是，惜春小姐那回……"宝钗道："不错，那一回人去了是真，隐匿起来的东西却不在瓜洲，不然老太太又怎能叫四妹妹将仇都尉引去那里。但藏下的东西确是有的，全都一五一十画在一张图上。出去的人按图索骥，便能拿回那些东西。"

柳湘莲越发觉得惊奇，忍不住问道："贾府被盯得严严实实，这张图如何能送出去？"宝钗反问道："柳公子可知这张图现在哪里？"柳湘莲一呆，回道："在下全然摸不着头脑。"宝钗道："柳公子可还记得，那日我在府中设下螃蟹宴，公子跟着宝玉去请四妹妹，在半路上遇着一个黑衣人，一把弄伤了宝玉左臂？"柳湘莲惊道："薛姑娘不提，我已然忘了！今日再想，此人来去得似有些无头无尾。"宝钗道："不怪柳公子想不通，那夜里的人，是老太太安排下的。"柳湘莲惊愕不已道："老太君叫人打伤了宝玉？这又是何缘故？"宝钗道："伤了宝玉，才好叫人与他包裹伤处；有人与他包裹，才好将东西裹在里头。"

宝钗一语点醒了梦里人。柳湘莲道："原来如此！难怪宝二爷一伤，琏二奶奶跟薛姑娘都跑去为他包裹；难怪过了这些时日，依旧不许宝二爷摘下包裹的棉布。原来早已将那张图放在了宝二爷身上。真是妙计，任谁也不敢去触碰二爷伤了的左臂，却不知那张图就在眼前走来晃去。"宝钗又道："如此一来，等到宝玉出去了，那些匿了的东西便也跟着出去了。"

柳湘莲猛地一惊，也顾不得失礼，只是直勾勾盯着宝钗。宝钗避开柳湘莲目光，从容道："宝玉出去了，便没了这桩亲事，柳公子方才说的第二处担忧，也就没有了。"柳湘莲道："可……可元妃娘娘已下了意旨，数日后宝二爷就要与……"宝钗道："娘娘从来都没有这个意思。宝玉亲事打一开头就只是个幌子。须知，在这幌子下行事，方能掩人耳目……"

宝钗吐出"幌子"二字，听来轻巧，语气中却含着无尽凄凉跟无奈；等说到"掩人耳目"四字，已然讲不下去了。柳湘莲天生一副江湖儿女心性，遇到这样局面竟不知所措，半天才说："如此真真苦了薛姑娘。"话一出口，又觉说得不成体统，恨不能收回来丢去爪哇国。

宝钗并没有半分介意神色，坦然道："这个'苦'字从何处说起？数日之后，大礼依旧，我便是荣国府明媒正娶的……媳妇。"柳湘莲道："薛姑娘是说，待礼成后再送宝二爷出去？"宝钗摇头道："欲成大礼，必叫宝玉知道其中真相。但若真如此，他便陷入两难境地。结了亲，便伤了外头等他的林姑娘；不结亲，又恐露出破绽前功尽弃。宝玉是用情最深的一个，我又如何能看他苦痛不堪。"

柳湘莲听了，不禁紧皱眉头道："薛姑娘的话，在下却不懂了。既要成大礼，又不肯将宝二爷夹带其中，如何能有两全其美的法子？"宝钗道："这又有何难？嫁与宝玉，又……又何须宝玉留在自己身旁？"柳湘莲惊道："姑娘的意思是，即便成了大礼，也不会与宝二爷同去？"

宝钗淡淡地道："有去的，便有留的；有留的，才能有去的。贾府赫赫百年，若一时间都去了，到头来必定一个也逃不了。元妃娘娘在宫内苦苦支撑，在府里，便是凤姐姐与我陪着老太太。这一条也是一开始便商量定的。到了那一日，我自会嫁进荣国府，只是宝玉早已不在了。"说到这里，宝钗虽还是微微笑着，腮边却有一滴泪珠落了下来，只喃喃道："叹人间，美中不足今方信。纵然是……到底意难平。"

柳湘莲半晌无语，忽地说道："薛姑娘作的这九首诗，可拟了题目？"宝钗不解柳湘莲之意，只缓缓道："皆是随手写来，不曾拟什么题目。"柳湘莲道："在下虽身在草莽，却也读过几年书,薛姑娘如不嫌弃,容在下拟个题目如何?"宝钗道:"请柳公子指教。"柳湘莲道:"薛姑娘吟颂的九位先贤,皆是重义轻身,为国为民舍去一己之私的至德之人。纵是举世皆浊,这些人也不甘独善其身,皆以拯救万民于水火为己任。纵然最终落得孤身一人,也在所不惜,是天下第一等孤独之人,却也是第一等独立之人。既然都占了一个'独'字,何不将题目定作'十独吟'?"

宝钗低头沉思片刻道:"'十独吟'?柳公子题得甚是绝妙,只是这里只有九首,何来'十独'之说?"柳湘莲道:"加上薛姑娘自己,如何不是'十独'?"宝钗道:"我如何能与九位先贤相提并论?"柳湘莲正色道:"在下看来,薛姑娘与这九人列在一起,可谓当之无愧!"

宝钗听了,淡然一笑,朝柳湘莲深施一礼。柳湘莲还以大礼,恭敬严正道:"成大礼之日,不论宝二爷在或不在,柳湘莲定然来给宝二奶奶贺喜。"说罢,柳湘莲头也不回,转身离去。

第十三回 恨无常

喜荣华正好，恨无常又到。眼睁睁，把万事全抛；荡悠悠，把芳魂消耗。望家乡，路远山高，故向爹娘梦里相寻告：儿命已入黄泉，天伦呵，须要退步抽身早！

腊月二十八，荣国府，大礼成。

袭人与莺儿一左一右搀扶两位新人入了洞房，不仅新娘挡了盖头，便是新郎模样也没叫众人瞧个清楚。进了新房，众人退下，便是新郎也转瞬间不见了踪影，只剩下宝钗一个默默将大红色嵌金丝盖头揭了下来。

宝钗举目四望，新房内一派欣喜祥和之色，与独守空闺的自己恰成对比。喜案上摆着各式新婚应用之物，只是今晚都派不上半点用场。喜案上最显眼的，是一只精巧的紫檀木匣。宝钗站起身，走到喜案前拿起匣子，轻轻打开。

里面装的，竟是一块宝玉！宝钗拿起宝玉，见其大如雀卵，灿若明霞，莹润如酥，有五色花纹缠护。宝玉正面镌刻有八字"莫失莫忘，仙寿恒昌"；反面镌刻"一除邪祟，二疗冤疾，三知祸福"。宝钗将玉捧在手里，已是全身颤抖。她心知肚明，手里的不是宝玉那块通灵宝玉又是什么！

木匣底部还有一封书信。宝钗将宝玉放回去，将书信展开细细读来。满纸字迹清俊挺拔，一眼望去便知出于武人之手。信中写着——

弟柳湘莲拜上荣国府宝二奶奶：

弟谨遵二奶奶之命，已将当送之人送至当去之处。

斯人如梦方醒,痛断肝肠,便欲返回,被弟所止,言明万不可辜负宝二奶奶、琏二奶奶、老太君、元妃娘娘及袭人、莺儿良苦用心。今夜后,弟亦追随而去,二奶奶万勿挂怀。弟终此一生,必不负二奶奶之托,与那边宝琴姑娘会合,维护宝二爷、林姑娘、史姑娘、二小姐、三小姐、四小姐以及大姐周全。

斯人托弟将通灵宝玉转交二奶奶,并有一语相告:留玉在此,与所佩之金合在一处,以成金玉之盟;卸玉后,剩顽石一块,自该到木石处以完此劫。今生所负,唯来世报偿……

宝钗读到此处,已然看不清下面文字。

腊月三十,除夕。虎年过去,兔年已至。

荣国府已比不得往昔,只有凤姐与宝钗一左一右陪在贾母两旁。贾母缓缓道:"到头来,只有你们两个丫头还陪着我这个老废物过节。"宝钗轻轻替贾母敲腿,凤姐回道:"我们一个是琏二奶奶,一个是宝二奶奶。我们不当老太太的哼哈二将,难不成叫旁人占了便宜。"贾母笑道:"不论何时,凤丫头这张嘴总是不饶人的。虽是逼不得已,总归是叫你二人受委屈了。"宝钗道:"老太太到这里快一个甲子了。难道只有老太太受得委屈,我跟凤姐姐便受不得?"贾母点头道:"说的是!受得,咱们娘儿几个都受得!"

说到这里，只见袭人远远走来，手里捧了一只暖炉。袭人走到跟前，先给贾母、凤姐行了礼，才对宝钗道："二奶奶出来得急，把手炉忘在屋里了。"宝钗接过手炉道："难为你什么都想着。"凤姐道："这袭人丫头真是不得了，竟叫麝月跟了……跟了出去，自己却跟着咱们留在这里。"

听凤姐这样一说，袭人不觉红了脸，低下头轻声道："我是老太太赏给……赏过来的，现在自然是二奶奶的人，留在这里侍奉二奶奶理所应当。"宝钗放下暖炉，一把抓了袭人的手，柔声道："最难得的，便是袭人这般有始有终。"贾母道："确是这话！最难得的，便是有始有终。"

忽地，周瑞家的自外头跑了进来，跪在桌案前颤声道："老太太，宫里差人来报，元妃娘娘……薨了！"

众人俱是愣在那里，仿佛除夕夜里烟花鞭炮响声盖住了周瑞家的声音。过了良久，贾母才幽幽道："那丫头……终是离了那不得见人的去处。"

收尾 飞鸟各投林

为官的,家业凋零;富贵的,金银散尽;有恩的,死里逃生;无情的,分明报应;欠命的,命已还;欠泪的,泪已尽。冤冤相报岂非轻,分离聚合皆前定。欲知命短问前生,老来富贵也真侥幸。看破的,遁入空门;痴迷的,枉送了性命。好一似食尽鸟投林,落了片白茫茫大地真干净!

阳春三月。海外。真真国。

宝琴跟着父亲来过这里五六趟,可谓轻车熟路。今日天气甚好,忍不住带着一行人到城外走上一遭。一路上当地真真人无不侧目,不知从哪里忽地冒出这样一些人,都生得黑发黄肤,男的英俊洒脱,女的更是万里挑一。这些人自称姓"甄",皆是来此贩货的。这里的人哪里知道,冥冥中自有天意,"甄"与"贾"虽是反义,却和"真真国"的"真"是一个音。不过,经历过许多,是"真"是"假"又有何妨?反正"假作真时真亦假,无为有处有还无"。

宝琴说过,不论是"西海沿子",还是"真真国",皆是中原人的称呼;按当地文字,"西海沿子"该叫"地中海","真真国"该叫"罗马国"。这里崇尚商贸,不以农耕立国,是故历法月份皆与中原不同。不过到了春暖花开之季,却与中原相似,也算给来这里的人一分慰藉。

此刻,众人都来到郊外,宝琴带了宝玉、黛玉、湘云、迎春登高远眺,远远望见大姐跟板儿正与刘姥姥玩耍,拔了许多野花插在姥姥头上。宝玉看在眼里,不禁叹道:"也不知,那边的严冬过去了没有……"一旁湘云道:"爱哥哥莫要如此!挨过严冬,才有阳春勃勃生机。虽说各处春意有先有后,却总会到来。"黛玉幽幽说道:"看起来,我们也只好反认他乡是故乡。"

一边惜春一直在低头作画。众人围拢过去,见纸上画着一位绝代美女,却身着铠甲,腰间系了宝刀,眉宇间多了一分英武之姿。宝玉看了不禁惊道:"四妹妹画的,莫不是姽婳将军?"惜春全心都在画上,一旁探春道:"正是二哥哥吟颂过的姽婳将军林四娘。"宝琴忽道:"你们看这姽婳将军像谁?咱们都是见过的!"众人仔细一看,画中人眉宇间竟与妙玉带了三分神似。众人自然知道惜春心中所想,无不暗暗叹息。惜春猛地将画笔一抬,一幅《姽婳将军图》跃然纸上。

探春提起了笔,将宝玉那日作的《姽婳词》题于画上:

恒王好武兼好色,遂教美女习骑射。
秾歌艳舞不成欢,列阵挽戈为自得。
眼前不见尘沙起,将军俏影红灯里。
叱咤时闻口舌香,霜矛雪剑娇难举。
丁香结子芙蓉绦,不系明珠系宝刀。
战罢夜阑心力怯,脂痕粉渍污鲛鮹。
明年流寇走山东,强吞虎豹势如蜂。
王率天兵思剿灭,一战再战不成功。
腥风吹折陇头麦,日照旌旗虎帐空。
青山寂寂水澌澌,正是恒王战死时。
雨淋白骨血染草,月冷黄沙鬼守尸。
纷纷将士只保身,青州眼见皆灰尘。

不期忠义明闺阁，愤起恒王得意人。
恒王得意数谁行？就死将军林四娘。
号令秦姬驱赵女，艳李秾桃临战场。
绣鞍有泪春愁重，铁甲无声夜气凉。
胜负自然难预定，誓盟生死报前王。
贼势猖獗不可敌，柳折花残实可伤。
魂依城郭家乡近，马践胭脂骨髓香。
星驰时报入京师，谁家儿女不伤悲！
天子惊慌恨失守，此时文武皆垂首。
何事文武立朝纲，不及闺中林四娘！
我为四娘长太息，歌成余意尚彷徨。

探春一气呵成，又让此画添了三分光辉。湘云道："爱哥哥这一首诗题在这里，真真是再恰当不过。"宝玉直直盯着画中人，长叹一声道："当日胡乱作了这一首，心中在想，似林四娘这样的奇女子，天下再也不会有第二个。如今来到这里，再读此诗，忽觉得胜过四娘百倍的女子都在身边。宝姐姐、凤姐姐、老太太、妙玉、元春姐姐、可卿、袭人、莺儿……若无她们挺身而出，我们如何能在这里作画题诗……"说到这里，在场众人无不垂首落泪。

忽地，一人在旁边说道："若这些脂粉英雄知道我们在这里作画题诗，必然不悔自己挺身而出。"众人扭头一看，说话的却是柳湘莲。

这一句话叫众人沉吟无语，唯宝琴往前到柳湘莲跟前，上下好一番打量，口中问道："便是你，看破了我姐姐的计谋？"柳湘莲俊脸微热，只是点了点头。宝琴又问道："还是你，得了我姐姐之托，跟到这里关照我等周全？"柳湘莲更不知所措，只好又点了点头。宝琴不错眼珠地盯着柳湘莲，爽利说道："既如此，从今儿个起，我倒要看看你有何本领，能不能护我周全！"

望着宝琴背影，柳湘莲呆在那里，全不知如何是好。

"难不成，柳大哥恩师所指的，就是这里？"

听宝玉这样一说，柳湘莲脑中只剩下一片白茫茫大地真干净。

（正文完）

后 记

这是一部推理小说,一部从《红楼梦》而来的推理小说。

《红楼梦》前八十回读过数十遍,推理小说读了几百本,然后写出这样一本书,好像不是很难。

不难,但也非常难。

如果所谓的"从《红楼梦》而来",仅仅是借用了贾宝玉、林黛玉、薛宝钗这几个名字,借用了一座大观园做景,或是借用了酸笋鸡皮汤、雀金裘、金麒麟等物件,内容却和日本那种暴风雪山庄推理一般无二,人物也和阿加莎·克里斯蒂的《无人生还》相仿,那便不叫"从《红楼梦》而来",只是披了一件《红楼梦》的外衣。这样的尝试,欧美作家有过,日本作家有过,中国作家也有过,却不是我自己想要的。

我想要的"从《红楼梦》而来",应是以前八十回原著与脂批为基石,不可拂了曹公原笔原意,再添上"意料之外、情理之中"的推理元素,方是我心中的"红楼推理"。

在这部推理小说中,"玉带"应在林中挂,"金钗"应在雪中埋,湘云应在湘水中飞逝,凤姐应被贾琏所休,探春该是远嫁海外,惜春该是常伴青灯,大姐该是得了刘姥姥恩惠,袭人该是有始有终,贾雨村会落在门子手里,卫若兰会为有麒麟的人肝脑涂地,宝琴的归宿"不在梅边在柳边",麝月则是最后一个留在宝玉身边服侍的人……金陵十二钗的判词、黛玉的《葬花吟》、宝玉的《姽婳词》都该一一应验,而宝钗也该如脂批中透露的那样,在一个关键的节点作出《十独吟》。总而言之,我该做的,是让"红楼"本意合情合理,把推理恰到好处地融入其中,绝不是自作聪明的标新立异。

如此一来,写这样一本书,似乎不难——曹公、脂砚斋早就将所有结局安排妥当,纵然没有二人那般震古烁今的才华,我只需照猫画虎,便不会有大错。只是,我想写的却不是"《红楼梦》结局探轶",而是一部推理小说。这么一来,就有些难了。

"玉带林中挂",在推理中是一幕众目睽睽下的人间蒸发谜案;

探春和湘云的结局,都是推理中的密室消失;

迎春的出嫁是暴风雪山庄中的连环杀人案;

惜春皈依佛门则变成了一桩无面尸奇案……

把十二钗的归宿和推理文学中的经典手法对应起来,做到严丝合缝,没有半点"跳戏"之感,实在没有那么容易。

在这个时候，那读了数十遍《红楼梦》和几百本世界经典推理小说的经验，终于派上了用场。

思想和大基调得以保证，推理元素的应用恰如其分，接下来考虑的就是文字的风格。最初，我使用的是现代白话文风格，写了不少，始终觉得不伦不类；然后，开始尝试模仿曹公文风。于是，就成了诸公看到的模样。我常与人说，个人心中"红楼"文风是汉语言最高境界，张爱玲学得三分神似，便可纵横华语文坛。而我这部书，如能有一分形似曹公，足可以吹嘘终生。

在写作中，给予我最大鼓励、最大帮助的，莫过于我的夫人心弈。她是我的妻子，是我孩子的母亲，更是我的知己，还是我的"红楼"领路人。在她的影响下我开始接触红学，她以独特的视角教我从多个维度审视《红楼梦》，鼓励我试着把最擅长的推理和最喜欢的《红楼梦》合二为一。她无数次与我谈论，为我提供思路，为我查寻资料，为我校对文字，最后还为我的书寻找出版机会。没有她就不会有这本书。于我而言，她既像黛玉般灵动慧黠，是我的灵魂伴侣，又像宝姐姐般大气雍容，对我万般照护。生活中的她有湘云的娇憨，陪我饮酒啖肉，"是真名士自风流"，又有探春的聪敏，把工作和家事都打理得井井有条。到了这种程度，我反而找不到恰当的文字来表达心情——还好，书本身就是最好的表达。

感谢浙江文艺出版社，感谢我的编辑於国娟老师。没有你们的信任与支持，一切全都无从谈起。

除了《红楼梦》，尽人皆知的"四大名著"还有三部。有了这一次成功尝试，接下来我想做的，就是看看另外三部与推理是否存在结合可能。我相信，不管结果如何，过程一定是新鲜而愉快的。

后记不宜过长，否则便是对作品不够自信，对读者不够信任。因此就写到这里，余下想说的，都在故事当中。

褚 盟

2021年12月5日于北京